Das Buch

Bei einem lang zurückliegenden amerikanischen Flottenbesuch in Oslo ist es zu einem Mord an einer jungen Bildhauerin gekommen, der Tochter des norwegischen Ölmagnaten Assmundson, der über ein gigantisches Vermögen und allerbeste Beziehungen zu Moskau verfügt.

Herbst 2006: Die russische Murmansk-Flotte schwärmt im Nordatlantik aus, offenbar um eines ihrer atomgetriebenen Jagdboote der neuesten Akula-II-Klasse zu suchen. Für den amerikanischen U-Boot-Analytiker Robert DiAngelo zunächst kein Grund zur Beunruhigung. Doch als per Zufall die USS *Baton Rouge* die *Kugar* auf einem sehr ungewöhnlichen Kurs erfasst, schrillen die Alarmglocken. Gejagt von den eigenen Leuten, befehligt von einem fanatischen Kommandanten, hat die *Kugar* offenbar den Flugzeugträger USS *Ulysses S .Grant* im Visier. Eine hochbrisante Situation und erneut ein Fall für Captain DiAngelo ...

Der Autor

Peter Brendt, Jahrgang 1964, wuchs im Badischen auf. Nach dem Abitur ging er zur Marine und diente dort zunächst als Navigator, bevor er zu den Waffentauchern wechselte; Teilnahme im Rahmen der NATO an diversen Einsätzen, zusammen mit der US Navy. Nach turbulenten Jahren in Sonderkommandos nahm er seinen Abschied, studierte Informatik, der er dann als selbständiger Softwareentwickler fast zwanzig Jahre treu blieb, bevor er sich verstärkt der Schriftstellerei zuwandte. Seiner Leidenschaft für die Wracktaucherei, die ihn unter anderem in der Irischen See in 168 Meter Tiefe zur *Empress of Britain* führte, frönt er aber nach wie vor weiter.

Von Peter Brendt sind in unserem Hause bereits die U-Boot-Thriller *Crashdive*, *Shallow Waters* und *Subdown* erschienen.

Peter Brendt

Dead Soul

Roman

Ullstein

Besuchen Sie uns im Internet:
www.ullstein-taschenbuch.de

Umwelthinweis:
Dieses Buch wurde auf chlor- und säurefreiem Papièr gedruckt.

Originalausgabe im Ullstein Taschenbuch
1. Auflage Oktober 2007

Umschlaggestaltung: Hilden Design, München/
Buch und Werbung, Berlin
Titelabbildung: Viktor Gernhard
Satz: LVD GmbH, Berlin
Gesetzt aus der Sabon und Antique Olive
Druck und Bindearbeiten: Ebner & Spiegel, Ulm
Printed in Germany
ISBN 978-3-548-26809-5

Prolog

13 : 00 Ortszeit, 15 : 00 Zulu – Nordatlantik,
etwa 400 Seemeilen südlich Reykjavik

Die bleierne Dünung lag unter einem weißen Leichentuch aus Nebel verborgen. Kein Vogel durchstreifte die kalten Lüfte über den weißen Bänken. Still und ruhig lag die See. Sie wartete, wie sie es immer getan hatte, auf Unvorsichtige, auf Neunmalkluge oder auch nur auf jene, die das Glück verlassen hatte. Auf das nächste Opfer. Die See hatte es nicht eilig, denn hier draußen war sie die einzige Herrscherin, seit Jahrmillionen, und sie würde es auch bleiben, auf Jahrtausende hinaus, gleichgültig, wie sehr die moderne Technik den Seeleuten Sicherheit vorgaukeln mochte.

Schatten schoben sich durch den Nebel, wurden als dunkle Silhouetten Augenblicke lang sichtbar, bevor sie wieder hinter einer dichteren Schwade verschwanden. Nebelhörner klangen klagend durch die weiße Geisterwelt. Unsichtbar tasteten die Strahlen der Radargeräte jedes Schiff und jedes Flugzeug im Umkreis Hunderter Meilen ab. Elektronik reagierte auf automatische Anfragen aus den Operationszentralen der Raketenkreuzer und Lenkwaffenzerstörer, und Transponder sandten aus Passagiermaschinen in dreißigtausend Fuß Höhe die Antwortcodes, die sie als harmlos identifizierten. Ein Strom aus Signalen auf allen denkbaren Frequenzbändern ging ständig ein und aus. Schiffe änderten den Kurs und inspizierten andere Schiffe, von denen sie verblüffend klare dreidimensionale Ansichten erzeugten, die in Sekundenbruchteilen mit den Daten aus Dutzenden von Datenbanken verglichen wurden. Frachter, Fischtrawler, ein vereinzeltes Kreuzfahrtschiff – sie alle erregten die Neugier der patrouillierenden Kriegsschiffe. Die untersuchten Objekte ahnten davon nichts und sahen allenfalls bisweilen einen fernen hellen Fleck auf einem ihrer eigenen Radarschirme. Alles völlig normal, denn der Atlantik war niemals leer, auch wenn man niemanden sah. Und die Datenbankabfragen immer als Antwort: »harmlos«. Denn wenn diese nicht so gelautet hätten, vielleicht auch nur aufgrund eines Fehlers, wären in Minutenschnelle kampfstarke Zerstörer losgeprescht, die Raketensysteme heiß und die Fünfzöller mit größter Erhöhung auf den verdächtigen Ankömmling gerichtet. Seit dem Anschlag auf die *Cole* und den Terrorattacken vom 11. September vor sechs Jahren hatte die Navy ihre Gutgläubigkeit verloren ... falls sie die jemals besessen hatte. Besser also, man war auch wirklich der, als der man sich ausgab.

Unter Wasser woben die Sonargeräte der Kriegsschiffe ein weiteres Sicherheitsnetz, unterstützt von den am weitesten westlich liegenden SOSUS*-Bojen, die am Grunde des Nordatlantiks auf Geräusche lauerten. Aktivsonar in den verschiedensten Frequenzen und mit durchaus unterschiedlichen Geräuschkulissen durchsuchte die Tiefen bis weit jenseits der maximalen Tauchtiefe eines jeden U-Bootes nach möglichen

---

* Sound Surveillance System, am Meeresgrund angebrachte Hydrophone.

Gefahren. Ab und zu erfasste eines der Sonargeräte der ständig wachsamen Zerstörer ein eigenes U-Boot, das schweigend unter dem Verband seinen Kurs zog. Immer wieder prallten die harten Pings auf dessen Stahlhülle, und selbst das Wissen darum, dass es die eigenen Kameraden waren, die einen einpeilten, konnte das damit verbundene unangenehme Gefühl bei den Männern an Bord des U-Boots nicht verhindern, deren Kopfhaut sich dabei unwillkürlich zusammenzog, während ihnen leise Schauer über den Rücken liefen. Für Sekunden untersuchten Hochfrequenzsonars den Rumpf. Doch das Boot lag genau auf Kurs, hatte genau die richtige Größe und Form, besaß die passende Sonarkennung, denn andernfalls ... Die U-Boot-Fahrer wollten nicht über dieses »Andernfalls« nachdenken. Es war Bestandteil ihres Jobs, gehörte mit zu ihrer Mission. Ein Risiko mehr, aber nicht das einzige.

Sonarbojen hinter den Überwasserschiffen, ein langes Towed Array hinter dem einsamen Jagd-U-Boot, das Passivsonar der SOSUS-Bojen am Grund, all das vervollständigte das Arsenal unter Wasser. Still lauerten die Geräte auf Geräusche, die ihnen die Annäherung eines möglichen Gegners aus der dunklen Tiefe verraten mochten. Aber alles, was sie auffingen, war die gelegentliche vulkanische Aktivität am Grund des Ozeans, das ewige Blubbern ausströmenden Gases, geringfügige Bewegungen geologischer Strukturen oder dann und wann einmal ein entfernter Walgesang, auch wenn der selten geworden war. Nichts entging ihnen, kein Geräusch blieb unanalysiert. Jeder noch so kleine Ton wanderte durch die Schleifen und Unterprogramme der Analysecomputer, wurde zerlegt, verglichen, wieder zusammengesetzt und erneut verglichen. Aber immer lautete die Antwort: »harmlos«.

Hoch über dem Verband kreisten die Satelliten mit ihren Teleskopen, schossen in rasender Folge Bilder in den verschiedensten Spektren. Während im Bereich des normalen sichtbaren Lichts nichts anderes als weiße Nebelbänke zu erkennen waren, leuchteten die heißen Maschinenaggregate der Schiffe im Infrarotbereich, zeichneten sich die Reaktoren der atomgetriebenen Einheiten als grelle orangefarbene Punkte ab und erschienen die verschiedenen Kielwasserlinien durch ihre geringfügige Erwärmung als ein helleres Blau. Nichts war wirklich unsichtbar, nicht einmal in einer Geisterwelt.

In der Mitte des Verbandes schob sich ein Bug von der Höhe eines mehrstöckigen Hauses durch den Nebel. Über vierzig Meter tief reichte das Ungetüm in die See und beinahe genauso hoch ragte es über die Oberfläche. Dahinter folgten eine Viertelmillion Tonnen Stahl, die sich derzeit mit einer reduzierten Geschwindigkeit von fünfundzwanzig Knoten vorwärtsbewegten. Eine schwarze Wand, die sich unaufhaltsam durch die hellen Schwaden schob. Wehe dem, der den Kurs des Riesen unabsichtlich kreuzte. Ausweichmanöver dieser gigantischen Masse konnten höchstens den Charakter eines gut gemeinten Versuches haben, bevor der Gigant der Meere jegliches andere Schiff, das ihm in die Quere kam, überlief und in die See pflügte.

Auf dem Deck des Trägers herrschte Ruhe. Keine der Maschinen startete oder landete, da der Nebel jeden Flugverkehr unmöglich machte. Die Männer des Kolosses warteten darauf, dass wieder normale Verhältnisse einkehrten. Doch im Augenblick machten es die weißen Schleier sogar unmöglich, von einer Seite des Flugdecks auf die andere zu sehen. Weniger als fünfzig Meter betrug die Sichtweite. Keine Seele ließ sich außerhalb der Aufbauten sehen, warum auch. Still und äußerlich verlassen wie ein Geisterschiff zog die *Ulysses S. Grant* ihren Kurs. Gesichert durch einen der besten Kampfverbände der Welt, beobachtet von Satelliten und ständig auf dem neuesten Informationsstand, konnte es wohl nichts geben, das den Riesen zu überraschen vermochte. Man war sich sicher, dass alle Welt die USA hasste, und man war entsprechend vorbereitet. Nichts und niemand konnte sich dem Schiff nähern, ohne entdeckt zu werden. Sollte es ein Feind sein, dann würden ihn die vereinten Waffensysteme der beinahe vierzig Zerstörer und Kreuzer einfach aus dem Wasser blasen, was oder wer er auch sein mochte.

Der Mann klappte die Handgriffe hoch und fuhr das Sehrohr zurück in seinen Schacht. Für Augenblicke prüfte er seine Gefühle. Sein Herz hatte schneller geschlagen beim Anblick der gigantischen Masse, die sich aus dem Nebel schob. Er verstand genügend von Schiffen, obwohl er kein Seemann war, um auch die Seiten zu sehen, die der Mathematik und der Ingenieurskunst immer verborgen bleiben würden. Die eigentümliche Aura mancher Schiffe, ihr Wesen – das, was ein Schiff von einem reinen Stahlkörper, von einer puren Maschine unterschied. Etwas, das man nicht erklären konnte. Was er im Periskop gesehen hatte, war ihm wie ein gewaltiges lebendes Wesen erschienen, mit einem pochenden Maschinenherzen und einer eigenen Persönlichkeit. Und er würde es töten! Langsam drehte er sich um und nickte dem Kommandanten zu. »Gehen Sie auf Tiefe!« Er lächelte traurig, als er dessen missmutiges Gesicht sah. Natürlich war es taktisch unklug gewesen, das Sehrohr überhaupt auszufahren, aber er hatte trotzdem nicht anders gekonnt. Und es war ja auch gut gegangen, denn offensichtlich hatten die Amerikaner den Sehrohrkopf nicht im Radar ausgemacht. Kein Wunder, denn immerhin war der Teil, der über Wasser ragte, mit einer dicken Schicht aus absorbierendem Material überzogen. Dennoch war ihm seine Bestürzung noch immer gegenwärtig, als der Riese in sein Fadenkreuz wanderte. Eine Silhouette im Nebel, kein Mensch an Bord zu sehen, als ob es sich um ein Geisterschiff handelte. Er schüttelte sich unwillkürlich. Töten würde er es trotzdem!

1. Kapitel

1. Tag 21 : 00 Ortszeit, 03 : 00 Zulu – Norfolk, Virginia

Wieder läutete es an der Tür. Robert DiAngelo, in einer Hand den Stock, in der anderen einen Teller mit Shrimpssalat, gab die Überlegung auf, wie er sein Sektglas auch noch mitnehmen könnte. Er stellte den Teller ab und hinkte zur Tür. Angela musste wohl gerade oben sein, um nach den Kindern zu sehen. Nicht nur ihr eigener kleiner Sohn, Ethan, sondern auch Mark und die kleine Vicky, die hoffnungsvollen Sprösslinge der Williams', schlief dort oben. Jedenfalls hoffte er, dass sie das taten, nachdem sie mit einer ordentlichen Dosis Brei beziehungsweise im Falle des etwas älteren Mark mit Spaghetti in Tomatensoße abgefüttert worden waren, denn im Haus herrschte ziemlich viel Leben und Treiben an diesem Abend.

Mit etwas Mühe quetschte Robert sich zwischen den Gästen durch, um die Nachzügler einzulassen. Wie erwartet handelte es sich um Thomas Wilks, seine rechte und bisweilen auch noch linke Hand. »Thomas, schön, dass Sie es auch noch geschafft haben.« Dann erst wandte er sich der jungen Frau mit blondem Haar zu, die mit Wilks gekommen war. »Oh, Pardon, bitte verzeihen Sie mir, Miss …?«

Ein amüsiertes Kräuseln umspielte ihre Lippen.

»Jayne Milton. Ich gehöre zur Abteilung Ihres Freundes Marsden.«

»Den habe ich zuletzt irgendwo auf der Terrasse gesehen. Aber kommen Sie doch erst mal herein.« Er trat zur Seite.

Wilks bugsierte seine Begleiterin in den großen Raum und blieb dann bei DiAngelo stehen. »Verzeihung, Sir, aber da es auch Ihre Geburtstagsparty ist, dachte ich ... es ist ja nur eine Kleinigkeit.« Mit einem ungewohnt schüchternen Lächeln drückte er seinem Vorgesetzten ein Päckchen in die Hand und folgte, ohne dessen Reaktion abzuwarten, Jayne zum Buffet. Verblüfft blieb DiAngelo zurück. Dann gab er sich einen Ruck und öffnete das sorgsam verschnürte Paket, das ein Buch beinhaltete.

DiAngelo machte ein verdutztes Gesicht, als er auf das Cover blickte. »Geisterschiffe – Auf ewiger Fahrt.« Er konnte der Versuchung nicht widerstehen, die ersten Seiten aufzuschlagen und das Inhaltsverzeichnis zu überfliegen. Alle waren sie darin aufgelistet, die *Marie Celeste*, die *Tarawa*, die *München*, Franklins Schiffe im ewigen Eis genauso wie der bekannte *Fliegende Holländer*.

Wie die allermeisten Seeleute war DiAngelo nicht unbedingt abergläubisch. Es gab nur einfach ein paar Dinge, die man den an Land beheimateten Mitmenschen nicht so einfach erklären konnte. Und Thomas Wilks, obwohl inzwischen zum Range eines Lieutenant Commander aufgestiegen, würde immer eine Landratte bleiben. Selbst als DiAngelo ihn mit auf See geschleppt hatte, hatte das Wilks' Verhältnis zur See nicht gerade verbessert. *Eher verschlechtert,* wie Bob sich eingestehen musste. Aber andererseits, was sollte man einem Mann wie ihm schenken, dessen Interessen seiner Familie, der See und Hollywoodfilmen galten? Schmunzelnd folgte er Wilks ans Buffet. »Vielen Dank, Thomas!«

»Ich hoffe, es sagt Ihnen zu.«

»Aber ja! Und das Thema klingt auf alle Fälle spannend. Glauben Sie eigentlich selbst auch an Geisterschiffe, Thomas?«

Der junge LCDR grinste spitzbübisch. »Nein, nicht wirklich. Aber wie Sie immer betonen, aus mir wird auch nie ein richtiger Seemann.«

Von der Seite schob sich Roger Williams zu ihnen heran und machte einen langen Hals. »Oh ... seemännische Gutenachtlektüre?«

»Ja, von Thomas!«

Williams sah Wilks belustigt an. »Sie schrecken wohl auch vor nichts zurück?«

Wilks errötete leicht. »Ich wusste nicht, dass ... aber wie auch immer.« Doch dann riss er sich zusammen. »Erst einmal herzlichen Glückwunsch, Sir! Wohlverdient, wenn ich das so sagen darf.«

Die Blicke der Männer blieben an Williams' Jackett mit den vier Streifen hängen.

»Sieht so aus, als hole ich langsam zu unserem Freund auf. Aber ohne das, was Sie letztes Jahr getan haben, wäre ich jetzt nicht hier«, meinte der frischgebackene Captain.

DiAngelo zuckte verlegen mit den Schultern. »Dazu hat man Freunde, nicht wahr?« Um das Thema zu wechseln, blickte er Wilks an. »Sie sind spät dran. Gab es etwas Besonderes in Langley?«

»Eigentlich nicht. Alles ruhig, soweit ich es beurteilen kann. Von Poljarny aus ist das neueste Akula ausgelaufen. Bisher hat es keinen Kontakt gegeben.«

DiAngelo nickte ruhig, aber sein Interesse war geweckt. »Sie wird vermutlich ein paar Ausbildungsfahrten unternehmen. Nicht sehr viele, denn dafür fehlt den Russen das Geld. Zudem können sie eine erfahrene Besatzung aufbieten.«

Mochte Wilks auch ein lausiger Seemann sein, sein Gedächtnis für Fakten und Details war jedenfalls brillant. »Kapitän Zweiter Klasse Jasselewitsch. Der größte Teil seiner Crew stammt von dem Akula K-284. Die Männer kennen sich von daher mit dem Bootstyp als solchem aus.«

»Möglich.« Bob verzog das Gesicht. »Jasselewitsch ist fraglos einer ihrer besten Kommandanten. Oder war es zumindest. Nur passt er eben politisch nicht mehr in die Zeit. Ich frage mich, wieso sie ihn aus der Versenkung hervorgeholt haben.« Nachdenklich rieb er sich das Kinn. »Entweder sie haben was vor, oder sie haben Kummer mit der neuen Weiterentwicklung, oder er hat doch noch ein paar einflussreiche Fürsprecher im neuen Russland.«

»Bei den Brüdern weiß doch mittlerweile keiner mehr wirklich, was der andere tut«, spöttelte Williams.

DiAngelo sah seinen Freund ruhig an. »Unterschätze sie und ihn nicht.« Sein Blick schien abzuirren, durch Wände, durch tausend Meilen Atlantik, in die ewige Eisregion der Nordpolarmeere. »Ich bin ihm begegnet.« Seine Stimme wurde so leise, dass die anderen sich vorbeugen mussten, um ihn zu verstehen. »Unter dem Eis, damals mit meinem eigenen Boot. Jasselewitsch hatte gerade sein Akula übernommen.« Bob kehrte in die Gegenwart zurück und verzog das Gesicht. »Ein gutes Boot, aber Geschichte. Ist eigentlich noch eine Flasche Sekt offen?«

Nicht weit von den dreien entfernt beobachtete Angela DiAngelo die kleine Gruppe, die nun plötzlich in Gelächter ausbrach, und deutete die Zeichen richtig. Das Eismeer war in ihr Wohnzimmer eingezogen, was irgendwie auch vorhersehbar gewesen war. Zwar trug nur ein Teil der Gäste Uniform, aber der Rest, auch wenn in Zivil, hatte größtenteils ebenfalls mit der Navy zu tun, nicht unbedingt direkt, aber zumindest mit den U-Booten. Einer Navy innerhalb der Navy. Sie brauchte sich nur umzusehen. Am Kopfende des Buffets befand sich Roger Marsden, der Bob damals unterstützt hatte, als der mit der *San Diego* hinter der entführten *Tuscaloosa* hergejagt war. Bei Bob selbst stand Roger Williams, der damalige Kommandant der *San Diego*. In einer Ecke nahe der Stereoanlage ragte ein lang aufgeschossener Mann in die Höhe, der selbst in dieser Umgebung nicht willens war, sich von seiner komischen blauen Wollmütze zu trennen. Commander Tex Walker von der Deep Submerge Rescue Unit. Zusammen mit Bob hatte er Williams und dessen Männer im Südchinesischen Meer aus dem Wrack der versunkenen *Kentucky* geholt. Draußen auf der Terrasse tauschten ein weiterer Kommandant und zwei Erste Offiziere der US Navy mit einem Duo britischer U-Boot-Offiziere Erfahrungen aus. Und Admiral John C. Sharp, der ehemalige Befehlshaber der U-Boote der Atlantikflotte, erzählte gerade der Frau von Vice Admiral Kurt Walker irgendeine Schnurre aus seinem Leben. Walker wiederum bildete so etwas wie eine Ausnahme, denn er war von Haus aus Zerstörer-Fahrer.

Aber was sollte es? Angela kannte die Gewässer unter der Polkappe aus ihrer aktiven Zeit als Sonaroffizier so gut wie die Männer hier. *Been there, done that!* Es war zwar schon eine Weile her, aber dergleichen vergaß man nicht. Manchmal vermisste sie die U-Boot-Fahrerei, genauso wie Bob dies in seinem klimatisierten Büro in Langley tat. Sie konnte nicht begründen, warum, aber das war auch im Moment nicht wichtig. Es galt, Bobs Geburtstag und gleichzeitig Roger Williams' Beförderung zum Captain zu feiern. Damit war der endgültig vom Dienstalter her über das Kommando eines Bootes hinausgewachsen, und niemand war glücklicher darüber als Jenn, seine Frau.

Angela DiAngelo leistete sich ein kleines resigniertes Lächeln, weil sie wusste, er würde *es* immer vermissen, egal, was seine Karriere noch bringen mochte. Mit ein paar Schritten gesellte sie sich zu der Gruppe lachender Offiziere und warf einen Blick auf das Buch, das Thomas Wilks ihrem Mann geschenkt hatte. Armer Thomas, es gab Dinge, die er nie verstehen würde.

Zehn Jahre früher – Oslo

Die Leiche lag zwischen halbfertigen Skulpturen. Der allgegenwärtige Staub, der aufstob, wenn der Meißel die Figuren von dem störenden »Drumherum« befreite, hatte sich mit Blut und der Gehirnmasse vermengt. Eine unappetitliche Mischung.

Inspektor Bergstad sah sich um. Seine Augen schienen jede Kleinigkeit automatisch zu erfassen, was aber kein Wunder war, wenn jemand fünfzehn Jahre bei der Mordkommission zugebracht hatte, selbst wenn es sich dabei um die von Oslo handelte, einer im Vergleich zu anderen europäischen Kapitalen von der Kriminalstatistik her eher friedfertigen Stadt. Was aber nicht ausschloss, dass sich im Laufe der Jahre immer mal wieder ein Mord aus Eifersucht zutrug, ein Raub, der in Mord ausartete, eine Vergewaltigung, deren scheinbar einzige Zeugin mundtot gemacht wurde. Und kam es zu solchen Tötungsdelikten, dann war Frode Bergstad damit befasst, einfach weil die Mordkommission von Oslo relativ klein war.

»Und, was halten Sie davon?«

Bergstad wandte sich zu dem Sprecher um. Leifson, wie konnte es auch anders sein! Die Staatsanwaltschaft war immer mit beteiligt und wenn ein Fall danach roch, als sei damit Publicity einzuheimsen, dann war Leifson der Erste, der vornewegmarschierte. Der Inspektor zwang sich, ein ausdrucksloses Gesicht zu wahren. »Eine ziemlich hässliche Geschichte, Leifson.« Er ließ den Blick ein weiteres Mal über den Tatort gleiten. Überall waren die Mitarbeiter der Spurensicherung zugange. Blitzlichter flackerten auf, Pinsel wurden geschwenkt, überall standen kleine orange Markierungen.

Leifson, ein großer blonder Norweger, der einem alten Kirk-Douglas-Film entsprungen zu sein schien, sah ihn prüfend an. »Vergewaltigung?«

Welch ein Schlauberger! »Sieht zumindest ganz danach aus.« Er starrte auf die gespreizten Beine, das Blut, das zerrissene Kleid. Seine Gedanken nahmen Form an. »So, wie sie sich zurechtgemacht hat, wollte sie offenbar ausgehen.« Er sah sich um. »Der Täter hat sie überrascht, ist aber nicht eingebrochen.« Die Tür zum Garten stand offen, deren Glasscheiben waren unbeschädigt. »Wo bleibt der Doktor?«

»Ist unterwegs.« Einer der Kriminalisten blickte kurz auf. »Die Todesursache ist ja klar.« Er deutete auf eine zerbrochene Skulptur neben dem Kopf der Toten. Das Blut und die Haare, die daran hafteten, sprachen eine deutliche Sprache.

Bergstad wandte sich zu Leifson um. »Gehen wir hinaus, hier stören wir im Augenblick ohnehin nur.«

Weil die Spurensicherung mit dem Garten noch nicht fertig war, mussten sie sich hinaus auf die abschüssige Straße begeben. Frustriert zündete sich der Inspektor eine Zigarette an. Vom Garten aus musste die Aussicht auf die Stadt und den Fjord noch wesentlich beeindruckender sein. Bergstad sah auf die weite blitzende Wasserfläche hinunter, auf der sich bei dem herrlichen Sommerwetter jede Menge Segelboote tummelten. Viele Schiffe lagen auch im Hafen, aber den eigentlichen Blickfang bot ohne Zweifel die gewaltige Silhouette, die wie ein Fremdkörper mitten im Fjord vor Anker lag. Fünf Tage währte bereits der Flottenbesuch der Amerikaner, morgen würden sie wieder auslaufen. Es war sicher nicht ganz einfach gewesen, den Flugzeugträger und seine Begleitschiffe durch das gewundene Fahrwasser zu bringen, doch was zählte, war der politische Gewinn, der sich mit dieser Visite verband. In Norwegen gab es viele Stimmen, die fragten, warum das Land eigentlich in der NATO war und was denn der große Bruder in Amerika als Schutzmacht würde tun können. Der Träger gab darauf eine beispielhafte Antwort. Nun würde man in der nächsten Zeit in der Presse darüber diskutieren, wie diese zu interpretieren war.

Bergstad seufzte. Er hatte von den Kollegen bereits gehört, dass es die üblichen Probleme gegeben hatte, die offenbar mit dem Besuch großer Flottenverbände untrennbar verbunden waren, ein paar Schlägereien in Kneipen, betrunkene Seeleute, die grölend durch die nächtlichen Straßen zogen. Nichts Weltbewegendes, aber es würde ebenfalls seinen Niederschlag im Blätterwald finden, und nicht jede Zeitung war so neutral wie das *Oslo Dagbladet*. Aber wenigstens würde die Politik die Aufmerksamkeit der Presse etwas von der Leiche dort drinnen ablenken.

»Was bedrückt Sie?«

Bergstad sah den Staatsanwalt ruhig an. »Eine junge Frau liegt tot da drinnen. Reicht das nicht, um bedrückt zu sein?«

Leifson verzog das Gesicht. »Es ist nicht gerade Ihre erste Leiche ... oder meine.«

Bergstad verkniff sich die Antwort, die ihm auf der Zunge lag, und zog stattdessen an seiner Zigarette. Die Glut leuchtete kurz auf, er inhalierte tief. *Natürlich begriff Leifson nichts. Sportler, Nichtraucher, Single, politisch korrekt und so ahnungslos, dass man heulen konnte.* »Er muss sie beobachtet haben. Dem Bericht des Pathologen will ich nicht vorgreifen, aber sie trug ein Ausgehkleid und ihr Blut ist noch nicht einmal komplett geronnen. Begreifen Sie, was das heißt?« Er wartete kurz, aber Leifsons Gesicht spiegelte nur Unverständnis wider. »Wer immer es gewesen sein mag, er hat es gestern Abend getan ... aber getötet hat er sie erst heute Morgen.«

1. Tag 16 : 00 Ortszeit, 13 : 00 Zulu – Murmansk,
Basis der Russischen Nordmeerflotte

Langsam, beinahe behäbig bewegte sich das Boot durch die Kolabucht. Dieser Teil gehörte bereits zum militärischen Sperrgebiet, *der größten Atommüllkippe der Welt*, wie Kapitän Boris Jasselewitsch einmal mehr feststellte. Reste großer Schiffe und U-Boote lagen verankert an den verwahrlosten Piers, Stahlplatten aus den gelegentlichen Verschrottungsversuchen stapelten sich an manchen Stellen mehrere Meter hoch. Eine dicke Schneeschicht milderte gnädigerweise die Trostlosigkeit der Szenerie. Vielleicht die einzige Gnade, die Murmansk seinen Besuchern erwies.

»Drei Stunden, und wir sind daheim!«

Jasselewitsch wandte sich um, als er die Stimme seines Ersten hörte. »Daheim?«

»Mir reicht's, um mich so zu fühlen«, meinte der Oberleutnant. »Eine kleine Wohnung, meine Frau und die Kinder, die sich freuen werden, weil wir diesmal nicht monatelang in See waren.«

Nein, lange in See waren sie wirklich noch nicht gewesen. Jasselewitschs Blick glitt über den dunklen Rumpf. Wie alle Akulas wirkte auch die *Kugar* gedrungen. Die Boote des russischen Projekts 971 M, in der NATO bekannter als Akula III, waren bei einer Länge von um die einhundertvierzehn Metern beinahe fünfzehn Meter breit und inklusive der Flosse etwa siebzehn Meter hoch. Im Vergleich zu ihren direkten Konkurrenten, den amerikanischen Los-Angeles- und Seawolf-Booten, die etwa genauso lang, aber nur zehn Meter breit waren, wirkten sie immer wie der russische Bär neben dem amerikanischen Adler. Sie flogen nicht gerade, aber sie waren voller Kraft, und was an Eleganz fehlte, machten sie durch ihre sonstigen Fähigkeiten wett.

»Wir werden schon bald wieder auslaufen. Es wird noch Wochen dauern, bis wir das Boot zufriedenstellend beherrschen.« Die Stimme des Kommandanten klang ruhig, als er das sagte.

Trotzdem verspürte der Erste einen leisen Schauer, obwohl Übungen natürlich unvermeidlich waren. Aber Oberleutnant Igor Fedorowitsch Sulkin hatte eine ziemlich genaue Vorstellung davon, was Jasselewitsch unter »zufriedenstellend« verstand. Sie waren schon zusammen auf dem ursprünglichen Akula, dem ersten Boot dieses Typs gewesen. Jasselewitsch als jüngster Kommandant der Roten Flotte, Sulkin damals als Navigationsoffizier. Ein neues Boot, eine neue Besatzung. Die Welt schien alles für sie bereitzuhalten. Dann brach die Sowjetunion zusammen, und man musste schon froh sein, wenn man überhaupt in der Marine bleiben konnte. Beförderungen waren ein unerreichbares Ziel. Es gab nur noch ein Viertel der Boote, nur noch ein Fünftel der Überwasserflotte, und der Teufel mochte wissen, wie viel davon noch einsatzbereit war. Dafür aber existierte immerhin das nahezu vollständige Kontingent an Admirälen weiter.

Sulkin sah sich um. Der größte Schrottplatz der Welt, der in den neu gedruckten Vierfarbprospekten für den Westen nicht gezeigt wurde. Der Oberleutnant blickte in das schwarze Wasser. Die Kolabucht als neues Touristenziel für Angler? Verdammt, das Zeug, das man hier fischte, hatte deutlich zu viele Augen und Flossen! Das hier, das war das Endlager vergangenen Ruhms. Wenn es nicht der einzige eisfreie Hafen am Atlantik wäre, den Russland besaß, dann hätte man das Loch wahrscheinlich schon dichtgemacht. Die große Zeit war vorbei, was sollte also der Aufstand? »Wir sind nicht mehr im Kalten Krieg, Kommandant!«

Jasselewitsch hob sein schweres Glas und richtete es auf eines der Schiffe am Rande der Bucht. »Die *Sverdlov*! Ich bin auf ihr als junger Kadett gefahren.«

Sulkin betrachtete den gewaltigen Rumpf und die gepanzerten Türme. Einer der letzten Artillerieträger, der letzte konventionelle Kreuzer. Das Schiff war inzwischen beinahe sechzig Jahre alt, aber bis vor ein paar Jahren hatte es trotzdem noch als Ausbildungsschiff für den Offiziersnachwuchs gedient. Ein weiteres Zeugnis der Vergangenheit.

Der Kommandant senkte das Glas. »Nicht mehr im Kalten Krieg, sagen Sie?« Er lächelte leicht wehmütig. »Die Welt macht mit Russland, was sie will, die Terroristen in Tschetschenien, die EU mit ihrer Wirtschaftspolitik, die Amerikaner mit ihrem Raketenschild. Niemand gibt auch nur eine verdammte Kopeke auf das, was wir sagen. Aber das heißt nicht, dass wir das auf Dauer einfach hinnehmen müssen.« Er blickte über den schwarzen Rumpf der *Kugar*. »Dieses Boot ist das neueste seiner Klasse, aber ohne eine gut ausgebildete Mannschaft nur die Hälfte wert. Es verdient daher eine erstklassige Besatzung, die beste!«

Sulkin runzelte die Stirn. »Vielleicht ist ja allein schon die Tatsache, dass es fertig gebaut wurde, ein gutes Omen?«

»Ja, vielleicht ist es das«, sagte Jasselewitsch und blickte nachdenklich auf die Piers des U-Boot-Stützpunktes. Mehrere große Boote der Oskar-Klasse lagen still vor Anker, ein paar alte Victors, ein einzelnes Alfa als weiteres Relikt und dazu zwei ältere Akulas.

Eine Signallampe blitzte auf, und Kapitän Jasselewitsch nickte zufrieden. »Wenigstens schlafen sie nicht. Klar zum Anlegemanöver, Besatzung an Deck!« Er las die kurze Morsenachricht mit. »Wir sollen außen an der *Pantera* anlegen.« Er deutete auf das zweite der Akulas.

Oberleutnant Sulkin beugte sich über ein Mikrofon und ratterte eine Reihe Befehle heraus. Auf dem Vorschiff öffnete sich eine Luke, und der Bootsmann, gefolgt von mehrere Seeleuten, erschien auf dem Deck.

»Backbord fünf!« Gespannt beobachtete Jasselewitsch, wie der stumpfe Rumpf langsam nach Backbord schwenkte, und zählte die Sekunden mit. »Stützruder!« Für ein paar lange Augenblicke steuerte die *Kugar* auf ihre ältere Schwester zu. »Steuerbord fünf!« Der Rumpf schwenkte gehorsam wieder nach rechts. Auf dem schmalen Deck der *Pantera* erschienen gerade noch rechtzeitig ein paar Seeleute mit Fendern. Knirschend legte sich der Rumpf des U-Bootes gegen die Gummipolster. Es war beinahe keine Fahrt mehr im Schiff.

»Backbord *stoj*, steuerbord kleine Fahrt rückwärts.« Das Knirschen wurde leiser. Leinen flogen an Deck und wurden sofort von den bereitstehenden Seeleuten eingeholt. Dicke Taue folgten und wurden auf die versenkbaren Poller an Deck des Bootes gelegt. Der Kommandant nickte. »Steuerbord *stoj*! Maschinen abschalten, Reaktor in 6-Stunden-Bereitschaft.« Er sah Sulkin kurz an. »Kein Landgang, bis ich weiß, was los ist.«

Auf der Pier standen mehrere Männer, deren Wichtigkeit die großen Limousinen im Hintergrund unterstrichen. Aber den Kommandanten interessierten weniger der Admiral und dessen Offiziere, sondern mehr der Zivilist, der zu dieser Gruppe gehörte, ein großer, hellblonder Skandinavier. Jasselewitsch war ihm früher schon mal bei einem inoffiziellen Treffen begegnet, und er fragte sich, was dieser öffentliche Auftritt nun sollte. Aber dann grinste er. Vielleicht hatte sein unwissender Erster recht, und das alles war ein Omen.

1. Tag 23 : 30 Ortszeit, 05 : 30 Zulu –
Norfolk Naval Base, Virginia

Ob Samstag war oder nicht – darauf nahmen die Dienstpläne der Navy nur beschränkt Rücksicht.

Punkt Mitternacht hatte die Ausgangszeit geendet, und nicht wenige der Seeleute hatten sie im Hafen bis zum letztmöglichen Augenblick ausgekostet. Und so mancher hatte bei der Rückkehr an Bord mächtig geschwankt.

Um fünf Uhr früh hatten die Lautsprecher die Männer aus den Kojen gerissen, nicht nur auf der *Ulysses S. Grant,* sondern auf allen Schiffen des Verbandes. Seeklar war für zehn Uhr anberaumt worden, drei Stunden später sollte in See eine noch an Land befindliche Staffel Jagdbomber eingeflogen werden. *Business as usual.* Für die Männer bedeutete es: drei Monate an Bord, drei Monate in den stählernen Rümpfen ihrer Schiffe zu verbringen, drei Monate die immer gleichen Gesichter zu sehen, die immer gleichen Befehle auszuführen. Von nun an würde ihr Leben vom ständigen Rhythmus der Wachwechsel diktiert werden.

Zwei Kreuzer, ein Lenkwaffenzerstörer, zwei konventionelle Zerstörer und zwei Fregatten würden den Schirm um den Träger *Ulysses S. Grant* bilden. Die Carrier Strike Group »Grant«. Ein schneller Versorger und ein Tanker führten die notwendigen Vorräte mit sich, denn auch wenn der Träger alleine notfalls fünfundzwanzig Jahre ohne zu stoppen fahren konnte, seine Flugzeuge und die Begleitschiffe benötigten nichtsdestotrotz Brennstoffe aller Art. Ferner der Trägerkampfgruppe zugeordnet waren dieses Mal ein Landungsmutterschiff und ein Lazarettschiff, zwei Einheiten, die normalerweise nicht zur Strike Group gehörten, aber auf dieser Fahrt Bestandteil des Manöverplans waren. Damit war, das zusätzlich eingeschiffte Bataillon Marines mitgerechnet, die Besatzungsstärke des Verbandes auf insgesamt über vierzehntausend Mann angewachsen, von denen allein sechstausend sich auf dem

Herzstück des Verbandes, dem Träger, befanden. Seeleute, Piloten, Wartungsmannschaften, Operationsstäbe.

»Nun geht es also wieder los!«

Captain Joshua T. Miller wandte sich langsam um, als er die Stimme seines Admirals hinter sich hörte. Die beiden Männer kannten sich schon lange, nur bedeutete das nicht, dass sie sich mochten. Aber wie es in der Navy eben war, die Wege führten sie immer wieder zusammen, ob sie wollten oder nicht. Nun war Miller also Kommandant der *Grant* unter der Flagge von Rear Admiral Jack Thornby.

Er nickte langsam. »Guten Morgen, Sir!«

Thornby wandte sich zu seinem Flaggleutnant um und nahm diesem eine überzählige Kaffeetasse ab, um sie dem Kommandanten in die Hand zu drücken. »Hier Josh, Sie sehen aus, als könnten Sie einen brauchen.«

»Danke!« Miller nahm den dampfenden Kaffee entgegen. Nicht, dass ihn seine eigene Brückencrew nicht bereits hinreichend versorgt hätte, aber einem Admiral widersprach man nicht. Nicht einmal einem Konteradmiral. Prüfend nahm er einen Schluck. Dann nickte er. »Ja, es geht wieder los!« Er blickte durch die großen Brückenscheiben hinunter auf sein Schiff. Über tausend Fuß lang, über zweihundertfünfzig Fuß breit erstreckte sich das Flugdeck. Von seinem Standort aus konnte er bequem auf die Balkone eines mittleren Hochhauses sehen, das am Rande der Basis errichtet worden war. »Irgendwelche besonderen Befehle, Sir?«

Rear Admiral Thornby schaute sich um. Alte Erinnerungen kamen wieder hoch, schließlich hatte er dieses Schiff selbst einige Jahre befehligt. »Keine. Zu meiner Zeit auf der Brücke ging es auch eher nur langweilig zu.«

»Es ist ja auch noch früh am Morgen, Sir.«

»Nichts gegen Ihr Zeitgefühl«, sagte Thornby und deutete auf eine der weiter an Steuerbord liegenden Piers. »Warum aber macht dann der Bursche jetzt schon los?« Er sah auf die Uhr. »Wir haben noch fast vier Stunden.«

Miller hob sein Glas und schaute sich die flache Silhouette an, die von der Pier wegschor. »Die *Baton Rouge*!«

»Na wie schön. Die will nicht mit uns gesehen werden.« Der Admiral lächelte jovial. »Der Kommandant scheint ein Mitdenker zu sein, den muss ich mir merken, Miller.«

Der Captain war sich genau darüber im Klaren, dass die Bemerkung des Kommandanten kein Witz war. Das Angriffs-U-Boot gehörte zu ihrer Trägergruppe und sollte sie vor Angriffen unter Wasser schützen. Dessen ungeachtet bestand aber wirklich kein Grund, dies irgendwelchen Spionagesatelliten von vornherein auch noch optisch zu signalisieren. »Bis wir draußen sind, ist er schon längst unter Wasser verschwunden. Dann können die Russen und von mir aus auch die Chinesen rätseln, ob er noch in unserer Nähe ist oder nicht.«

»Pah! Natürlich wissen die Brüder haargenau, dass wir grundsätzlich immer ein U-Boot dabeihaben.« Thornbys Miene wurde von einem Augenblick zum anderen noch eisiger. »Manchmal glaube ich, wir sind einfach zu berechenbar.«

»Manche Dinge lassen sich eben nicht anders regeln, Sir.«

»Wir werden sehen, Josh. Wir werden sehen! Ich hoffe wirklich, ich habe Sie jetzt nicht beunruhigt.« Der Admiral lachte leise auf. »Es wird Zeit für meinen

Spaziergang, nicht dass ich noch von einem Flugzeug überrollt werde.« Abrupt wandte er sich um und ging in Richtung Niedergang. Den Ruf der Posten »Aaachtung!« winkte er beiläufig ab. Der Flaggleutnant beeilte sich, seinem Herrn und Meister umgehend zu folgen.

Miller sah seinem Admiral nachdenklich nach, bevor er sich umwandte. »Dann wollen wir mal wieder an die Arbeit gehen.« Er sagte es zu niemand Bestimmtem. Allerdings hatten diverse Offiziere bereits darauf gewartet, ihre Meldungen loszuwerden.

»Reaktor bei zwanzig Prozent, Sir!«

»Seeklarverschlusszustand hergestellt!«

»Navigationssysteme getestet und klar.«

»Opz meldet klar, Sir!«

Und so ging es weiter, wobei das entscheidende Wort jeweils »klar!« war. Der Kommandant gab sich einen Ruck. In zwei Stunden würden die Reaktoren so weit hochgefahren sein, dass sie Energie ohne Ende liefern konnten. Die Tests der sonstigen Systeme, angefangen bei den Radaranlagen bis hin zu den mächtigen Wellen tief unten im Rumpf, würden etwas länger dauern. Trotzdem verfügten sie über ein genügend großes Zeitpolster, und die *Ulysses S. Grant* würde mit der Pünktlichkeit eines Eisenbahnzuges die Norfolk Base verlassen.

2. Kapitel

2. Tag, 10 : 00 Ortszeit, 16 : 00 Zulu – Langley

Wie an allen 365 Tagen im Jahr lief der Betrieb im bekanntesten Geheimdienstzentrum der Welt rund um die Uhr. Von den Geheimdiensten so manch anderer Nationen wusste zumindest die Öffentlichkeit nicht einmal, wo deren Hauptquartiere sich befanden; andere wiederum waren in weiträumig abgeschirmten Hochsicherheitstrakten untergebracht, zu denen kein Außenstehender Zugang erhielt. Bei der CIA hingegen konnte man sogar Führungen für Gruppen vereinbaren, wobei naturgemäß den Besuchern bei diesen »Betriebsbesichtigungen« nicht wirklich was gezeigt wurde, aber immerhin doch manches. Und obwohl man der CIA vor allem in Kreisen linksliberaler Intellektueller ein gehöriges Maß an Misstrauen entgegenbrachte – und wahrlich nicht ohne Grund –, so musste man dennoch zugeben, dass viele zeitgeschichtliche Informationen auf den Webseiten des Geheimdienstes schneller und vollständiger auffindbar waren als in so mancher Universitätsbibliothek.

Jack Small, diensthabender Direktor für Spezialprojekte, blickte interessiert auf die Fotoabzüge, die er auf den Schreibtisch gelegt bekommen hatte. »Was ist das denn Schönes?«

Der Mann, der ihm gegenüberstand, war Teamleiter in der Bildauswertung, aber auf Small wirkte er eher wie das weiße Kaninchen aus *Alice im Wunderland,* hypernervös und immer von der Angst befallen, zu spät dran zu sein. Unsicher sah er Small an. »Das sind die Bilder von Murmansk vom gestrigen Tag.« Er zögerte. »Murmansk hat bei uns immer noch eine gewisse Priorität, wenn auch längst nicht mehr so wie vor ein paar Jahren.«

»Geschenkt«, sagte Small ungnädig. »Aber wenn Sie nicht etwas Besonderes entdeckt hätten, dann wären Sie ja wohl kaum damit in mein Büro gekommen.« Zumindest dessen war sich Jack sicher. Diensthabender Direktor hörte sich zwar bombastisch an, war aber im Prinzip nur die Bezeichnung für einen ranghohen Beamten, der sozusagen die Stallwache übernommen hatte. An Wochenenden passierte meist gar nichts, und besagter Direktor saß gemütlich in seinem Büro und las Zeitung oder arbeitete irgendwelche liegen gebliebenen Vorgänge auf.

»Da ... da ... das neue U-Boot der Russen ...« Der Bildauswerter geriet vor Aufregung etwas ins Stottern.

»Ja, ich weiß, es ist in Murmansk eingelaufen und sieht etwas anders aus als seine Schwesterschiffe. Unsere U-Boot-Analytiker sind, wenn ich richtig informiert bin, bereits damit befasst.«

»Seit wir vor Monaten die ersten Bilder von ihm geschossen haben, als es gerade aus der Werfthalle in Poljarny kam.«

»Ich erinnere mich, Ihre Abteilung hat damals gute Arbeit geleistet.«

»Danke, Sir! Die Aufnahmen hier sind, wie gesagt, ganz frisch, und es gibt ein paar Details, die uns verwundern.«

Small, der noch immer nicht die geringste Ahnung hatte, was der Mann von ihm wollte, griff nach den Bildern. Im direkten Vergleich mit dem daneben liegenden U-Boot, das als ein Akula II identifiziert war, konnte man natürlich deutlich sehen, dass die Russen mächtig weitergebastelt hatten. Jack, der erst im Laufe der Nacht von Norfolk gekommen war, wo er ebenfalls an Williams' und DiAngelos Party teilgenommen hatte, rieb sich über die Stirn. Irgendwo schien sich ein Kopfschmerz zusammenzubrauen. »Der Rumpf und die Flosse sind größer geworden. Was es damit auf sich hat, werden uns die Experten wohl demnächst erzählen können. Aber das ist nicht der akute Anlass, warum Sie hier sind.«

Der Bildauswerter nickte langsam. »So ist es. Die Leute auf der Pier sind das eigentlich Interessante.«

Small beugte sich über die Bilder. »Sieht nach einem Empfangskommando der Marine aus. Einer der Offiziere könnte glatt als Zirkusdirektor durchgehen, bei dem ganzen Gold, das ihn schmückt«, scherzte er.

»Achten Sie auf die Zivilisten, Sir!«

Zivilisten? Murmansk ist doch Sperr ... Er kam nicht dazu, den Gedanken zu Ende zu denken. Das mit den Zivilisten stimmte, zwei drückten sich im Hintergrund herum, ein dritter stand neben dem Admiral. »Also weiter im Text«, forderte Small den Leiter des diensthabenden Analyseteams auf.

»Wir haben unsere neue Gesichtserkennungssoftware bemüht und die Herrschaften durch unsere Datenbanken abchecken lassen.« Der Mann zuckte mit den Schultern. »Die beiden hinteren hatten wir schnell.« Er zögerte. »Es ist der vordere, der uns Kopfzerbrechen bereitet, denn unser System kann nichts mit ihm anfangen.«

»Es ist neu, und vielleicht gibt es noch Fehler?«

»Oh, die gibt es genug. Aber das Problem ist, dass unser Computer uns meistens zu viele Treffer ausspuckt. Kein Treffer bedeutet, dass er nicht einmal jemandem ähnlich sieht, den wir in der Datenbank haben.«

Small sah auf das Foto. »Er sieht eigentlich ganz normal aus, finde ich.«

»Sie sehen die Dinge anders als der Computer. Außerdem ist das Bild perspektivisch verzerrt, Sir.«

»Worauf soll ich also mein Augenmerk richten?«

»Auf den Admiral neben ihm. Es ist Scholokoff, und der ist nach unseren Unterlagen einen Meter siebenundachtzig groß.« Das Kaninchen lächelte flüchtig. »Schuhgröße fünfundvierzig!«

Der diensthabende Direktor brauchte einen Augenblick, um die ungewohnten metrischen Maße umzurechnen. Dann pfiff er leise durch die Zähne. »Das sind sechs Fuß, zwei Zoll. Und der Bursche neben ihm überragt ihn nochmals um ein ganzes Stück.«

»Ich habe versucht, seine Größe auszurechnen, und bin dabei auf etwa sechs Fuß und sechs Zoll gekommen, eher sogar sechs Fuß sieben, oder metrisch ziemlich genau zwei Meter.« der Bildauswerter zuckte mit den Schultern. »Zweimetermänner sind nicht so viele in unserer Datenbank, und diejenigen, die wir haben, sehen ganz anders aus. Deswegen kein Treffer.«

Small runzelte die Stirn und dachte einen Augenblick nach. »Also wissen wir nur, dass pünktlich zum Einlaufen des neuesten Akula-Bootes ein völlig unbekannter Riese innerhalb des militärischen Sperrgebietes aufgetaucht ist.«

Das Kaninchen blinzelte. »Genau das, Sir! Zusammen mit der Tatsache, dass an dem Boot die übliche

Kennzeichnungsnummer fehlt, kann es etwas besagen, aber das muss es nicht unbedingt.«

Ungewöhnliche Details hatten meistens etwas zu bedeuten. Jack Small hatte lange im Außendienst gearbeitet, und oft genug hatte sein Leben von einem einzelnen, an sich unbedeutenden Detail abgehangen. »Es könnte sein, dass Sie da tatsächlich auf etwas Interessantes gestoßen sind«, meinte er deshalb. »Ich gebe es auf alle Fälle weiter, mal sehen, was andere Abteilungen sonst noch dazu herausfinden können.«

Der Bildauswerter blinzelte ihn aufgeregt durch seine Brille an. »Und da wäre noch etwas, das vielleicht helfen könnte. Ich glaube, der Mann ist gar kein Russe, sondern Skandinavier.«

»Es gibt garantiert auch in Sibirien blonde Riesen.«

»Ohne Zweifel, Sir. Aber dieser Mann trägt eindeutig westliche Kleidung, und so, wie die aussieht, stammt sie nicht gerade von der Stange.«

»Sie könnten recht haben. Ich gebe das ebenfalls weiter.« *Small* unterdrückte ein hämisches Grinsen. Nahezu alle Bosse der russischen Mafia gefielen sich in der Zwischenzeit in Maßanfertigungen.

Zehn Jahre früher – Oslo

Der nächste Tag war ein Sonntag, und eigentlich hätte Inspektor Frode Bergstad frei gehabt, aber das hatte für den Samstag auch schon gegolten. Doch was sollte es. Die Überstunden konnte er schließlich wieder abbummeln, wenn er gerade mal keinen frischen Fall auf dem Tisch hatte.

Nachdenklich sah Bergstad aus dem offenen Fenster seines Büros, das zum Fischereihafen hinausging. Wenn der Wind günstig stand, wehte eine frische Seebrise herein, falls nicht, dann bescherte er ihm Fischgestank aus der nicht allzu weit entfernten Konservenfabrik. Dann war es besser, man hielt das Fenster geschlossen.

Trotz der Unzulänglichkeiten der Lage genoss Frode sein kleines Reich. Er war es gewohnt, allein zu sein, sowohl früher als Streifenpolizist wie auch später seit seinen Anfängen bei der Mordkommission. Teil eines größeren Teams zu sein hatte ihn immer etwas irritiert. Zu viele Leute, mit denen man seine Gedanken teilen musste, noch bevor sie zu Ende gedacht waren, das war nicht sein Ding. Umso mehr hatte es ihn überrascht, als er nach seiner letzten Beförderung ein kleines Team zugewiesen bekam und damit auch noch zurechtkam. Aber das Leben war eben voller Wunder.

Pflichtschuldig blätterte er nunmehr die Unterlagen auf seinem Schreibtisch durch. »Da hat sich jemand ganz schön angestrengt«, murmelte er anerkennend vor sich hin. Der Fritze vom Fotolabor hatte wohl – nicht ganz zu Unrecht – befürchtet, dass er ihm ansonsten, Sonntag hin oder her, mit seiner »Wo bleibt denn ...«-Drängelei im Halbstundentakt auf den Wecker gefallen wäre.

Bergstad hatte im Laufe seiner Dienstjahre schon viele Leichen gesehen, denn das gehörte zu seinem Job. Erschossen! Auf den Gesichtern der Toten, die erschossen worden waren, zeichnete sich eher Überraschung denn Schrecken ab. Ertrunkenen sah man die Panik an, die Spuren des letzten bereits verlorenen Kampfes. Friedlich wirkten hingegen Menschen, die erfroren waren, was gelegentlich auch vorkam. Die Opfer schliefen ein und erwachten danach nicht mehr. Die Kältestarre zauberte zwar ein zynisches Grinsen auf ihr Antlitz, aber das war zu ertragen.

Bergstad konzentrierte sich auf das Gesicht auf den Fotos. Sie hatten die Tote identifiziert, aber ein nicht ganz unwesentlicher Punkt war dabei noch offen geblieben. Krista Torrhof war zwar kein ganz unbekannter Name in der Osloer Kunstszene und darüber hinaus, doch handelte es sich dabei um ein Pseudonym. Es würde ein paar Tage dauern, bis sie ihren wahren Namen kannten.

Mit unterdrücktem Mitleid betrachtete er die gestochen scharfen Hochglanzaufnahmen, die jedes Detail, jeden Ausdruck festhielten. Die junge Frau war groß gewesen, etwas über einen Meter achtzig, und blond, sehr hellblond, wie man es unter den Bewohnern Skandinaviens nicht selten findet. Was Bergstad aber verwunderte, war, dass ihr Gesichts zwar Schmerz, aber keine Panik widerspiegelte, eher so etwas wie Resignation.

Ein Klopfen an der Tür ließ ihn aufsehen. »Herein!«

Ivar Olafson ähnelte genauso wenig wie sein Chef dem Bild, das man sich von einem Wikinger macht. Was in gewisser Weise beunruhigend war, denn die Vorfahren beider Männer waren oft genug nach England gesegelt, um ihren schlechten Ruf zu wahren. Olafson war schlank, mittelgroß und braunhaarig. Was morgens im Bad als sauber gescheitelte Frisur begann, hatte sich spätestens gegen zehn in eine zerstrubbelte Mähne verwandelt. Frode Bergstad blickte kurz auf die Uhr, dann auf seinen Assistenten. Zehn Uhr. »Was wollen Sie denn so früh am Vormittag hier? Außerdem ist Sonntag!«

Ivar grinste breit. »Ich kann auch wieder gehen, wenn Sie möchten, Chef.« Mit der linken Hand wedelte er einen dünnen Aktenhefter, in der anderen hielt er die farbenprächtige Tüte einer amerikanischen

Burgerkette. »Futter für die kleinen grauen Zellen, Chef!«

»Dann sind Sie willkommen, Ivar.« Er deutete auf das Durcheinander auf dem Schreibtisch. »Außerdem haben Sie Glück, dass ich Sie nicht schon gestern erreicht habe.«

»Tja, ich hatte eben meinen freien Tag und habe eine ganz liebe Tante besucht«, erklärte Olafson fröhlich. »Ihre Nachricht auf dem Anrufbeantworter konnte ich deshalb erst nach Sonnenaufgang abhören. Da ich angenommen habe, dass Sie hier sein würden, bin ich kurz bei der Pathologie vorbeigefahren, und dann habe ich Frühstück besorgt.«

Bergstads Gedanken folgten denen seines Assistenten automatisch. Natürlich würde er hier sein. Sie waren die beiden einzigen Junggesellen des Teams. Er, weil seine Frau vor Jahren gestorben war, Olafson, weil er keiner Freundin länger als drei Wochen treu sein konnte.

Der jüngere Beamte platzierte die mitgebrachte Mappe auf dem obersten Stapel und begann, die Futtertüte auszupacken. »Ich habe schon mal in den Bericht reingeblättert, Chef.« Olafson zögerte. »Das ist eine verdammt hässliche Sache.«

Frode Bergstad blickte auf. Sein fast kahler Schädel schien in der Morgensonne zu glänzen. »Ja, den Eindruck habe ich auch.« Er betrachtete seinen Assistenten mit einem wohlgefälligen Blick. Olafson war zwar erst seit zwei Jahren bei der Mordkommission, davon die letzten zwölf Monate bei ihm, aber er hatte dennoch auf Anhieb erkannt, was Leifson, dem stellvertretenden Staatsanwalt, verborgen geblieben war. »Und was ist Ihre Meinung?«

Ivar verzog das Gesicht, während er einen der Burger auswickelte. »Der Täter hat sie über Nacht gefangen gehalten. Als Todesursache steht Blutverlust im Vaginalbereich fest. Er muss sie folglich vergewaltigt haben, nicht nur mit seinem ...«

»Außerdem muss er ziemlich selbstsicher sein«, fuhr Frode fort. »Die Häuser rund herum sind alle bewohnt. Vielleicht hat ihn das Risiko einer Entdeckung sogar zusätzlich angetörnt. Trotzdem glaube ich, er hatte einen Plan, nach dem er vorgegangen ist.«

»Was bedeutet, er hat das nicht zum ersten Mal gemacht. Haben wir ähnliche Fälle im Computer?«

Inspektor Bergstad angelte sich einen der Burger. »Die Abfrage hat nichts erbracht. Vergleichbares hat es in Norwegen in den letzten zwanzig Jahren jedenfalls nicht gegeben.«

»Dann besteht wenigstens die Hoffnung, dass wir es mit keinem Serienkiller zu tun haben?« Olafson sah seinen Chef fragend an. Auf seinem jugendlichen Gesicht zeichneten sich Zweifel ab. Serienkiller, das war das Schreckenswort für jeden Polizeibeamten. In der Bevölkerung mochte man vielleicht glauben, es handle sich dabei um ein amerikanisches Phänomen, weil alle Filme über diese Monster in Menschengestalt in den Vereinigten Staaten spielten. Doch in Wirklichkeit existierte auch in Europa eine nicht zu unterschätzende Zahl solcher Fälle. Norwegen war bisher weitgehend davon verschont geblieben, abgesehen von dem Mann, der reihenweise kleine Mädchen von Spielplätzen entführt hatte.

»Vielleicht haben wir Glück«, sagte Bergstad und klappte den Bericht aus der Pathologie zu. »Ach was«, setzte er hinzu, »wir glauben es ja beide nicht.«

2. Tag, 12 : 00 Ortszeit, 17 : 00 Zulu – USS *Baton Rouge*, Carrier Strike Group Grant, 70 Meilen östlich von Norfolk

Die erste Serie der Übungen für die Trägerkampfgruppe war angelaufen, aber für die Besatzung der *Baton Rouge* hatte das wenig Bedeutung. Zwanzig Meilen vor dem Verband und in vierhundert Fuß Tiefe zog das Boot einsam seine Bahn, nur durch die eher theoretischen Bänder der zuvor ausgegebenen Befehlskette an den großen Träger gebunden. Wer wollte sie in vierhundert Fuß Tiefe auch erreichen? Keine Funkwelle schaffte das, kein Unterwassertelefon konnte die zwanzig Meilen überbrücken. Das nächste Geleitfahrzeug stand etwa siebzehn Meilen steuerbord achteraus, aber während die empfindlichen Sonarsysteme des U-Bootes die Fregatte problemlos erfassen konnten, blieb die *Baton Rouge* für das Überwasserschiff, dessen Sonar genug mit den anderen Geräuschen des Verbandes zu tun hatte, unsichtbar.

Natürlich, Aktivsonar hätte die Situation verändert. Mit einem entsprechend hochfrequenten Aktivsonar wäre es möglich gewesen, das U-Boot einzupeilen. Zumal man ja ungefähr wusste, wo es steckte. Aber das wiederum hätte bedeutet, sich selbst noch deutlicher zum Ziel zu machen. Denn auch wenn man über die Entfernung hinweg eine klare Peilung bekäme, die Impulse würden mindestens weitere zwanzig Meilen durch das Wasser laufen. Ein akustisches Leuchtfeuer für jedes neugierige Sonarohr.

Im Inneren der Stahlröhre ging die Besatzung ihren üblichen Tätigkeiten nach. So kurz nach dem Auslaufen bedeutete dies, dass in den meisten Abteilungen immer noch Vorräte, Ersatzteile, Werkzeuge und all die tausend Dinge umgestaut wurden, die das Boot für eine dreimonatige Fahrt zum Überleben brauchte. Die Zeiten, in denen U-Boote nach Dieselöl und Kohl stanken, waren passé, zumindest auf den atomgetriebenen U-Booten war dies der Fall. In der *Baton Rouge* herrschte eher der Geruch des leicht süßlichen Desinfektionsmittels vor, das bei Reinschiff verwendet wurde. Die leistungsfähige Klimaanlage filterte so ziemlich jeden unangenehmen Geruch aus, nur mit dem Teufelszeug hatten auch die besten Aggregate ihre Probleme.

Vorbei waren auch die Zeiten, in denen die Marineversorgungseinheiten einfach ihr ganzes Zeug auf die Pier stellten und die Besatzung es kurz vor dem Auslaufen in den Bootskörper quetschte. Es gab auch keine aufgespannten Hängematten mit Broten mehr, keine Konserven hinter den Tauchventilen und keine Dauerwürste, die an irgendwelchen Rohren baumelten. Als letzte Reverenz gegenüber der rustikalen Vergangenheit der U-Boot-Fahrerei konnte höchstens noch eine Schale mit Äpfeln dienen, die in der Zentrale auf einem der Sicherungskästen thronte, auf dass ein jeder, der Lust hatte, sich bedienen konnte.

»*Grant* dreht in den Wind!« Die Stimme des Sonaroffiziers riss den Kommandanten aus seiner Mittagsstimmung. Wie auf amerikanischen Booten üblich, war für ihn das Mittagessen mit einem Sandwich erledigt, das er der Einfachheit halber mit einem Kaffee in der Zentrale heruntergespült hatte.

»Danke, Sonar! Umdrehungen für zwölf Knoten. Drehen Sie auf eins-neun-null!«, wies er den Navigationsoffizier an. »Nicht, dass wir unser Riesenbaby verlieren.«

Der Lieutenant lächelte pflichtschuldig. »Das wäre in der Tat fatal, Sir!« Er wandte sich an die Rudergänger. »Steuerbord zehn …«

Michael Martinez schüttelte kaum merklich den Kopf. Er war gerade einmal zehn Jahre älter als sein NO. Irgendwo im Vorschiff war sein XO unterwegs, um in ein paar Abteilungen nach dem Rechten zu sehen. Es irritierte ihn immer wieder aufs Neue, dass sein Stellvertreter zwei Jahre älter als er selbst war, aber Martinez war ehrgeizig und clever, auch wenn er selbst das nicht so ausgedrückt hätte.

»Verdammte Gringos!«, gab er als Kommentar zum Besten und löste damit erwartungsgemäß ein verräterisches Glucksen bei seinen Männern aus. Martinez, in der vierten Generation US-Bürger, sah so typisch mexikanisch aus, dass eine Steigerung kaum mehr möglich erschien: nicht besonders groß, drahtig, mit dunklem Haar und dunklen Augen, und selbst ein monatelanger Unterwassereinsatz ohne ein einziges Auftauchmanöver änderte nichts an dem Braunton seiner Haut. Ein Mex von Kopf bis Fuß – nur dass er in Kentucky aufgewachsen war, einen Bachelor of Arts erworben hatte und auf die Musik von Bruce Springsteen stand. Aber Mex-Witze lockerten die Stimmung auf, und er hatte sich daran gewöhnt, dass die Leute solche Scherze von ihm erwarteten.

Mit einer lässigen Bewegung griff er nach dem Mikro und drückte den Knopf. »Sonar? Melden, wenn sich der Abstand zur *Grant* vergrößert.«

»Aye, aye, Sir!«

Der Kommandant hängte das Mikrofon wieder in die dafür vorgesehene Halterung und sah sich unternehmungslustig um. »Also, irgendwelche Wetten, was es zum Dinner gibt?«

2. Tag, 20 : 00 Ortszeit, 17 : 00 Zulu – Russisches Angriffsboot *Kugar*, Murmansk, Basis der russischen Nordmeerflotte

Von seiner Position oben auf der Flosse überwachte Oberleutnant Igor Fedorowitsch Sulkin die Verladung der Torpedos. Gerade schwang wieder einer in den Ketten des Heißgeschirrs. Drei noch, und sie hatten es geschafft. In etwas mehr als einer Stunde würde das erledigt sein.

Fröstelnd rieb er sich die Hände. Es war kalt, obwohl es bereits auf den Sommer zuging, doch lag Murmansk nun mal jenseits des Polarkreises. Es würde noch Stunden dauern, bis die Helligkeit einer kurzen Nacht wich.

»Kommandant hier! Wie geht es voran, Sulkin?« Jasselewitschs Stimme drang aus dem Lautsprecher, der den Turm mit dem Interkom verband. Ob die Anfrage des Kommandanten aus der Zentrale oder aber vielleicht auch aus seiner Kammer kam war unmöglich festzustellen.

Mit einem Seufzer griff Sulkin zum Mikrofon. »Nach dem Torpedo, der jetzt gerade dran ist, bleiben uns noch drei weitere, dann ist alles an Bord.«

»Sehr gut! Melden Sie, wenn Sie fertig sind, Erster!«

»Jawoll, Kommandant!« Er zögerte kurz. »Wenn es mir erlaubt ist, hätte ich da ein paar Fragen, was die Armierung angeht.«

Erst nach einer Schweigepause ließ sich Jasselewitsch wieder vernehmen. »Was haben Sie auf dem Herzen, Oberleutnant?«

»Wir laufen zu Erprobungen und Übungen aus, aber das Arsenal hat uns eine volle Armierung geschickt.« Der Oberleutnant senkte die Stimme. »Da sind sogar zwei RPK7 Veders dabei. 84R, Kapitän!«

Als von Jasselewitsch dazu keine Reaktion erfolgte, fuhr er fort: »Wir haben Granats an Bord, verdammt, wir haben sogar zwei Schkwals geladen.«

»Und was beunruhigt Sie daran, Sulkin?«, fragte Jasselewitsch und klang dabei ganz ruhig, gefährlich ruhig. »Das ist die normale Ausrüstung, nicht wahr?«

»Ja, für eine Patrouillenfahrt vor der amerikanischen Ostküste oder unter dem Eis, aber nicht für eine Übungsfahrt in die Barentssee.«

»Ich nehme an, Sie sind da oben allein auf dem Turm, Sulkin, denn sonst muss ich Ihnen gleich anschließend mächtig den Kopf waschen!«

Der Oberleutnant erholte sich von seiner Überraschung. »Selbstverständlich bin ich allein, denn andernfalls hätte ich nie und nimmer …«

»Vergessen Sie es!«, fauchte Jasselewitsch ihn an. »Sie haben keine Ahnung gehabt, von wo aus ich spreche oder ob eventuell jemand bei mir ist. Nennen Sie es Glück, dass keine falschen Ohren Sie gehört haben, aber beherrschen Sie sich in Zukunft besser, Sulkin.« Er stockte kurz, um seinen Worten noch mehr Gewicht zu verleihen. »In Ihrem ureigensten Interesse!«

Das Gespräch war damit beendet, und Sulkin hängte das Mikrofon ein. Als er wieder auf das Deck blickte, war der Torpedo im Luk verschwunden und der nächste wurde bereits herangerollt. Ein konventioneller Typ-65-Torpedo für die größeren Rohre der *Kugar*. Seine Augen glitten über die aufgemalten Nummern und Markierungen. Das war keine Übungsmunition, das war ein Aal mit vierhundertfünfzig Kilogramm Hochbrisanzsprengstoff, ausreichend, jeden Gegner zur Schnecke zu machen.

Sulkin schluckte hart und fragte sich, was es für eine Bewandtnis mit der ganzen Heimlichtuerei hatte.

3. Kapitel

4. Tag, 08 : 30 Ortszeit, 14 : 30 Zulu, Langley,
Abteilung für strategische Analysen

Für Bob DiAngelo war das Wochenende ruhig verlaufen. Die Nachwehen der Party vom Freitagabend hatten sich in Grenzen gehalten, das gemeinsame Aufräumen am Samstag, an dem sich auch Roger Williams und dessen Frau beteiligten, war höchst vergnüglich gewesen, denn sie hatten schrecklich miteinander rumgealbert. Bob jedenfalls hatte dieses ganz normale Familienleben genossen, vielleicht sogar bewusster, seit er kein eigenes Boot mehr kommandierte und als Analytiker an diesen Schreibtisch gefesselt war. Es gab durchaus so etwas wie ein Leben nach den U-Booten. Sein Freund Roger würde das allerdings erst noch herausfinden müssen. Im Augenblick schwankte er noch zwischen der Freude über die Beförderung und der Tatsache, dass er, bedingt durch seinen Rang, kein Boot mehr selber kommandieren würde. Die alte Litanei: Einmal U-Boot-Fahrer, immer U-Boot-Fahrer.

En Klopfen an der Bürotür unterbrach seine Gedanken, beinahe automatisch rief er: »Herein!«

Lieutenant Commander Thomas Wilks steckte den Kopf durch die Tür und wedelte mit einer Mappe. »Die Berichte vom Wochenende, Sir!«

»Etwas Spannendes dabei?«

»Nicht wirklich. Die *Ronald Reagan* hatte einen Kontakt mit einem Chinesen bei Hainan und hält ihn für ein 9=4-Boot. Eine Luftpatrouille der *John C. Stennis* hat ein aufgetauchtes iranisches Boot fotografiert, ein Mini vom Typ Ghadir.«

»Aber wahrscheinlich nicht beim Abfeuern eines Torpedos, oder täusche ich mich da?«

»So ein Glücksfall war das nicht.« Wilks zuckte mit den Schultern. »HUMINT, die Feldaufklärung, ist sich ziemlich sicher, dass die Iraner über rund fünfzig ältere russische Schkwals verfügen. Marsdens Leute sagen, die Aale liegen in Bendar Abbas in einer Wartungshalle.«

»Und wahrscheinlich haben sie auch schon einen Plan in der Schublade, um die Dinger in die Luft zu jagen, sollte es zum offenen Konflikt kommen.« Der Captain winkte ab. »Vergessen Sie es, selbst wir hier in der Firma würden davon wahrscheinlich erst aus den Nachrichten erfahren, wenn er ausgelaufen ist. Was haben wir sonst?«

Wilks schaute kurz auf eine Haftnotiz an der Mappe. »Das neueste Akula, Sir. Es scheint wieder draußen zu sein, nachdem die Russen es beladen haben, denn auf den Bildern von Murmansk von null-achthundert Zulu ist es nicht mehr drauf.«

»Von wann stammten die letzten Bilder davor?«

»Offenbar gab es in der Nacht ein paar Probleme. Die letzten Satellitenfotos, die was geworden sind, wurden um Mitternacht aufgenommen ... Zulu-Zeit. Die Bildauswertung hat allerdings zuvor bereits am Samstag vermeldet, dass ihr ein paar Besonderheiten aufgefallen waren. Jack Small war diensthabender Direktor.«

»Small versteht zwar nicht viel von U-Booten, aber er hat einen Riecher dafür, wenn etwas nicht stimmt.

Ich rufe ihn nachher mal an, vielleicht hat er was für uns.«

»Ich versuche inzwischen rauszukriegen, was genau den Bildauswertern aufgefallen ist«, sagte Wilks. »Den Aufnahmen nach zu schließen, scheint das neue Akula ja ein ziemlicher Brocken und wesentlich größer als die Vorgänger zu sein.«

»Die Russen betreiben ihre U-Boot-Entwicklung anders als wir. Bei uns werden Neukonzeptionen ausgetüftelt, und danach wird eine bestimmte Anzahl von Booten oder Schiffen nach diesem Plänen gebaut. Bei den Russen hingegen ist alles auf Weiterentwicklung ausgelegt. Jedes Boot unterscheidet sich daher von seinem Vorgänger. Da sind keine zwei Boote gleich.«

»Was bedeutet dieser Größenzuwachs dann?«

»Schwer zu sagen. Aber auf alle Fälle mehr Systeme und deswegen mehr Besatzung. Und die thermische Isolierung dürfte wohl auch noch mal verbessert worden sein. Die Akulas sind einfach tolle Boote, Thomas. Die letzten Modelle lagen bereits nahe bei dreizehntausend Tonnen Verdrängung, und trotzdem, oder vielleicht gerade deswegen, sind selbst unsere besten Sonars nicht wirklich in der Lage, ihnen zu folgen. Und die Russen haben garantiert weiter daran gearbeitet, Wärmespuren und Pumpengeräusche noch stärker zu unterdrücken.«

»Aber ...« Wilks runzelte die Stirn. »Aber das würde bedeuten, die Boote wären so schwer ortbar wie die neuesten konventionell getriebenen Typen, die Kilos oder die deutschen Boote vom Typ 212?«

»Schwerer, denn sie tauchen tiefer und sind schneller. Wenn die Russen mit dem neuen Akula größere Fortschritte erzielt haben, stehen wir vor einem Riesenproblem. Russland greift dem Iran jetzt schon beim

Aufbau einer Atomindustrie unter die Arme, nicht, weil die Iwans die Muftis so sehr lieben, sondern weil dabei harte Öl-Dollars fließen. Nordkorea und China tun ja das Gleiche. Jetzt fragt sich, ab welcher Summe jemand schwach wird und ein paar Atom-U-Boote verscheuert. Die Russen hatten ja beispielsweise auch keine Skrupel, ihre Raketentorpedos an die Perser zu verkaufen.«

»Mit anderen Worten, da bahnt sich eine weitere internationale Krise an«, stellte Wilks fest.

Captain DiAngelo lehnte sich zurück und dachte darüber nach, bevor er antwortete. »Aus diplomatischen Gründen verhindern vor allem die Europäer, dass wir den Iranern ans Leder gehen. Seit sieben, beinahe acht Jahren gibt es ebenso endlose wie unergiebige Verhandlungen, während der Iran gleichzeitig sein Urananreicherungsprogramm unbeeindruckt vorantreibt. Zudem bauen die Muftis seit 2001 ihre zuvor vernachlässigte Kriegsmarine aus und konzentrieren ihre Kräfte entlang der Straße von Hormuz.«

»Aber Russland und China können doch eigentlich kein Interesse daran haben, einen großen internationalen Konflikt zu provozieren. Die hängen doch auch am Öl.«

»Russland hat an eigenen Energievorräten keinen Mangel, und das Ganze ist ein Wirtschaftsspiel. So, wie China Nordkorea instrumentalisieren kann, um für Ärger zu sorgen, vermag Russland dies auch mit dem Irak zu tun. Wenn es den Persern gelingt, ein paar Großtanker zu versenken, bevor wir die Burschen am Allerwertesten kriegen, dann schießen die Ölpreise in astronomische Höhen, und die gesamte Weltwirtschaft gerät ins Trudeln. Für das boomende China und dessen Aufschwung eine Katastrophe.«

»Und wir gehörten mit zu den Verlierern?«

»Wenn China und die USA die Hauptleidtragenden sind, dann heißt der Gewinner naheliegenderweise Russland, zumal viele europäische Staaten das Land eher als einen geografisch natürlicheren Wirtschaftspartner ansehen als Amerika. Der Kalte Krieg ist dort längst in Vergessenheit geraten, und den Krieg gegen den Terror hält man auf dem alten Kontinent eher für einen neuen amerikanischen Imperialismus, und so sind wir es, die isoliert werden, Stück für Stück. Nicht einmal die Bombenanschläge von London und Barcelona haben die Europäer nachhaltig davon überzeugen können, dass es eine globale Terrorismusgefahr gibt. Die glauben, das alles wäre nicht passiert, wenn Spanien und England sich nicht am Irakkrieg beteiligt hätten.«

»So weit, so gut. Aber wo besteht dabei die Verbindung zu den neuen verbesserten Akulas? Im Augenblick schwimmt ja erst eins von den Dingern.«

»Die spannende Frage dabei ist, ob sich die Russen nicht mehr davon versprechen, es jemand anders zu überlassen, statt es selbst zu behalten.«

»Den Iranern?«

DiAngelo angelte nach seinem Stock. »Vielleicht, ich weiß es nicht. Hoffen wir einfach, dass meine Einschätzung zu pessimistisch ist. Denn sollte sie sich bewahrheiten, dann wäre das die schlimmste aller Varianten, Thomas. Vergessen Sie das nicht.«

»Aye, aye, Sir!«

»Ich gehe mal zu Small und spreche direkt mit ihm. Manchmal ist das besser.«

Der Sonntag war gekommen und gegangen, der Montag und ebenso der Dienstag. Auf Bergstads Schreibtisch wuchsen die Stapel mit Berichten und Bildern weiter. Die Mitarbeiter seines Teams fragten nach wie vor bei den Leuten in der Nachbarschaft des Tatortes herum, ob nicht vielleicht doch jemand etwas gesehen oder gehört hatte. Bisher ergebnislos. Niemand hatte ein fremdes Auto bemerkt oder einen Passanten, der nicht in die Gegend gehörte.

Es ergibt keinen Sinn und irgendwie doch!, dachte der Inspektor und entfernte die Zellophanhülle von einem neuen Päckchen Zigaretten. Es war immer das Gleiche, keiner wollte etwas mitbekommen haben. Dahinter steckte nicht einmal die Angst, sich wegen einer Aussage Unannehmlichkeiten mit der Polizei einzuhandeln. Die Leute hatten tatsächlich nichts gesehen oder gehört, ganz einfach deshalb, weil niemand mehr daran Anteil nahm, was sich in seiner Umgebung tat. Nachbarn waren ein anonymes »Etwas« geworden, das vielleicht einmal im Jahr störend in Erscheinung trat, weil eine laute Party bis in die frühen Morgenstunden gefeiert wurde. Insofern musste man sich eher wundern, dass überhaupt jemand die Polizei verständigt hatte, bevor die Leiche angefangen hatte zu stinken.

Die Tür sprang auf und Ivar Olafson stürmte herein. »Ich hab ihn … oder auch nicht!«

Bergstad sah ihn irritiert an. »Den Mörder?«

Ivar schüttelte den Kopf. »Nein, aber vielleicht einen Zeugen, jemand, der einen fremden Mann gesehen hat, der sich auf der Straße herumdrückte.«

»Das ist doch immerhin schon was.«

»Es kommt noch besser, Chef. Wenn die Beschreibung stimmt, dann hat es sich dabei um einen Amerikaner in Marineuniform gehandelt. Die Kollegen legen dem Zeugen gerade Bilder von Uniformen vor, um etwas über den Dienstrang herauszufinden.«

»Na, großartig!«, lautete Bergstads sarkastischer Kommentar. »Der amerikanische Flottenbesuch endete bereits am Sonntag, und der Trägerverband ist längst aus Oslo weg.«

»Ich weiß. Hinzu kommt, dass der Zeuge, ein gewisser Christian Thorwald, auch nicht ganz unproblematisch ist.«

»Wieso das?«

»Ich hab einfach mal im Computer nachgeschaut, ob wir etwas über ihn haben.« Olafson fischte einen Ausdruck aus seiner Jackentasche und reichte ihn seinem Chef.

Bergstad überflog die zwei Seiten. »Fest steht also, der Mann wurde mehrfach bei antiamerikanischen Friedensdemos verhaftet, die zu Gewalttätigkeiten führten.« Er blickte auf. »Ich verstehe, was Sie meinen, Ivar. Christian Thorwald. Antiamerikanismus ist eigentlich bei uns nichts Ungewöhnliches, aber ein aktenkundiger militanter Gegner der USA, der einen amerikanischen Seemann als Verdächtigen in einem Mordfall benennt, ist natürlich nicht unbedingt glaubwürdig.«

»Stimmt leider.« Olafson fuhr sich mit der Hand durch die zerstrubbelten Haare. »Das Dumme dabei ist, ich habe so ein Gefühl, als ob er die Wahrheit sagt.«

»So ein Gefühl hat leider keinerlei Beweiskraft. Also, wo hat dieser Thorwald den angeblichen Amerikaner gesehen und wann?«

»Am Freitag Nachmittag. Der Mann hat an der

Rückseite des Grundstücks gestanden, es beobachtet und dabei wie ein Schlot geraucht. Thorwalds Haus ist das übernächste auf dem Berg. Laut seiner Aussage hat er sich deshalb darüber gewundert, weil es da oben ja nichts gibt, was einen Seemann üblicherweise interessieren könnte. Auf alle Fälle stimmt es, dass man von Thorwalds Küchenfenster aus die schmale Gasse an der Rückseite der Grundstücke bis hinunter zum Grundstück der toten Torrhof überblicken kann. Ich hab's überprüft.«

Der Inspektor spürte eine gewisse Gereiztheit. »Es kann, es kann, aber wieso hat dann niemand sonst den Mann gesehen? Und Kippen von dem angeblichen Kettenraucher hat unsere Spurensicherung auch keine gefunden.«

»Sie glauben also, Chef, dieser Thorwald will einfach nur den Amerikanern ans Bein pinkeln?«

»Das, oder er hat tatsächlich den Mörder gesehen, und der war sehr vorsichtig. Denkbar aber auch, dass Thorwald versucht, den Verdacht auf einen unbekannten Fremden zu lenken, weil er selbst der Misthund gewesen sein könnte, der diese Sauerei veranstaltet hat.«

»Um ehrlich zu sein, Chef, daran habe ich noch gar nicht gedacht.« Olafson schüttelte ungläubig den Kopf. »Aber selbstverständlich muss die Torrhof wenigstens vom Sehen her Thorwald gekannt haben, von daher hätte sie ihm die Tür bedenkenlos geöffnet.«

»Langsam, Ivar, langsam!« Bergstad seufzte. »Der Täter hat DNA-Spuren hinterlassen, sehen Sie zu, dass Sie eine Probe von diesem Thorwald kriegen, dann wissen wir gleich mehr.«

»Verdammt, unser Labor braucht zwei Tage, bis wir das Ergebnis einer DNA-Analyse bekommen. So von gleich auf jetzt geht das nur in den tollen Serien, die man in Fernsehen sieht.«

»Das ist auch wieder wahr«, gestand Bergstad ein. »Wir müssen eben mit dem leben, was wir haben.« Er wurde ernst. »Trotzdem möchte ich, dass Sie sich noch mal auf die Socken machen, um herauszufinden, ob nicht eventuell doch noch jemand diesen mysteriösen Seemann gesehen hat.«

»Wird gemacht, Chef!«

Frode Bergstad sah seinem davoneilenden Assistenten nach, griff dann zum Telefon und wählte eine Nummer. Es dauerte nur ein paar Augenblicke, bis sich eine Männerstimme meldete.

»Staatsanwaltschaft, Arne Leifson.«

»Mordkommission, Frode Bergstad. Wenn nicht alles täuscht, dann haben wir eine Spur im Fall Torrhof. Jemand hat einen Seemann in der Nähe des Tatorts gesehen.«

»Das ist doch großartig, Bergstad!« Leifson war hoch beglückt. Ein schneller Ermittlungserfolg, eine zügige Gerichtsverhandlung, die genug Publicity für ihn zeitigte, kaum etwas konnte ihn mehr begeistern.

Frode wartete einen kurzen Augenblick, bevor er die Bombe zündete. »Es handelt sich dabei allerdings um einen Angehörigen der US Navy, Leifson.«

»Ist das Ihr Ernst?« Der Enthusiasmus am anderen Ende der Leitung war hörbar um etliche Grade abgekühlt. »Sind Sie sicher?«

»Der Zeuge scheint es jedenfalls zu sein.« Bergstad grinste in sich hinein. Es bestand kein Grund, dem stellvertretenden Staatsanwalt jetzt schon zu verklickern, wie es um diesen Zeugen bestellt war. Sollte Leifson ruhig annehmen, er hätte bereits etwas Hieb- und Stichfestes zu bieten. »Die Staatsanwaltschaft dürfte wohl nicht umhinkommen, einen offiziellen Antrag über das Außenministerium zu stellen.«

Leifsons Stimmung erreichte offensichtlich den Nullpunkt. »Nun mal langsam, Inspektor. Wie sicher ist das alles? Was haben Sie in der Hand, um so einen Schritt zu rechtfertigen? Wenn die Presse von einer solchen Anfrage Wind bekommt, dann ...«

»Es geht um Mord, Leifson.« Bergstad ließ den stellvertretenden Staatsanwalt nicht ausreden. »Es gibt Abkommen, nicht zuletzt das Interpol-Abkommen. Politik interessiert mich nicht, ich will diesen Mistkerl schnappen.«

»Und ich bin derjenige, der einen solchen Schritt verantworten muss, und von daher muss ich diese Fragen stellen.«

Bergstad fischte mit der freien Hand nach einer neuen Zigarette. »Ich kann ohne weiteres sofort hier von meinem Schreibtisch aus ein Fahndungsersuchen innerhalb Norwegens starten. Was meinen Sie, wie interessant die Presse das findet?«

»Das wagen Sie nicht!« Leifsons Stimme überschlug sich fast vor Zorn.

Bergstad sagte nichts, hielt den Telefonhörer an die Tastatur seines PC und klapperte darauf ein wenig rum.

»Bergstad, was zum Teufel tun Sie?«

Der Inspektor stellte die Tipperei ein. »Was glauben Sie, was ich tue, Leifson?« Er ließ das Feuerzeug schnappen und inhalierte tief. »Also, stellen Sie eine Anfrage oder nicht?«

»Schicken Sie mir eine E-Mail, dann sehe ich, was ich tun kann.« Leifson holte tief Luft. »Irgendwann gehen Sie zu weit, Bergstad. Und dann ...«

Der Inspektor lachte amüsiert auf. »Irgendwann,

vielleicht, Leifson! Heute verlasse ich mich jedenfalls auf Sie, und es wäre traurig, wenn ich enttäuscht würde. Die E-Mail kommt sofort.«

Leifson legte ohne ein weiteres Wort auf. Bergstad wusste, dass dieser Idiot ihn schon noch irgendwann drankriegen würde. Sollte er es doch versuchen. Es gab Schlimmeres auf der Welt.

4. Tag, 18 : 00 Ortszeit,
17 : 00 Zulu – Russisches Angriffsboot *Kugar*, Barentssee

An Bord der *Kugar* schwirrten Gerüchte. Noch immer wusste niemand, wer der blonde Hüne war, der kurz vor dem Auslaufen an Bord gekommen war. Aber da der Kommandant ihm seine eigene Kammer zur Verfügung gestellt hatte und selbst in eine der Offizierskammern umgezogen war, musste der Mann wichtig sein. Nicht, dass man viel von ihm sah oder hörte, denn die meiste Zeit hatte er seitdem in seiner Kabine zugebracht, wohin er sich auch die Mahlzeiten bringen ließ. Wenn er nicht wenigstens einmal am Tag in der Zentrale des Atom-U-Boots erschienen wäre, um einen Blick auf die Seekarte zu werfen, hätte man seine Anwesenheit an Bord kaum bemerkt. Aber dieses Verhalten machte die Besatzung natürlich nur noch neugieriger und die wenigen Informationsquellen nur noch interessanter.

Nabunikoff, der Navigationsoffizier, war der Meinung, der Mann müsse ein hochrangiges Mitglied des militärischen Geheimdienstes GRU sein, vielleicht sogar ein ehemaliger Marineoffizier, denn immerhin verstünde er einiges von Navigation.

Einer der Smuts, die ihm seine Mahlzeiten brachten,

beharrte hingegen darauf, der Mann sei überhaupt kein Russe. Er spräche zwar fließend Russisch, aber mit einem seltsamen Akzent, der sich eher nach einem Finnen anhöre. Aber seine Kameraden wiesen nicht ganz unbegründet darauf hin, dass auch Karelier so klängen.

Es gab ein Dutzend oder mehr Meinungen, doch der Mann, der für Klärung hätte sorgen können, schwieg sich aus. Kapitän 2. Klasse Jasselewitsch machte keinerlei Anstalten, die Anwesenheit des Zivilisten zu erklären. Und nicht einmal Sulkin, sein Erster Offizier, traute sich, ihm diesbezüglich Fragen zu stellen. So waberten weiterhin alle möglichen Mutmaßungen durch das Boot wie ein unsichtbares Gas.

Immerhin schien klar zu sein, wohin sie fuhren. Die Barentssee war das traditionelle Übungsgebiet der russischen wie auch zuvor schon der Sowjetmarine. Dass dieses Mal keine Hilfsschiffe in dem Übungsgebiet kreuzten, bildete keinen Sicherheitsmangel. Bei den älteren und vor allem schlecht gewarteten Booten mochte der Risikofaktor ein anderer sein, obwohl der Untergang der *Kursk* gezeigt hatte, dass man im Zweifelsfall besser nicht auf rechtzeitige Hilfe hoffen durfte. Aber die *Kugar* war neu und die Besatzung erfahren. Technische Probleme hatte es in den letzten beiden Tagen nicht gegeben, da die Akulas als Bootsklasse insgesamt bereits ziemlich ausgereift waren. Von daher gingen die Männer in dem Dreizehntausendtonnenrumpf mehr oder weniger gelassen ihren Routineaufgaben nach und hofften auf etwas Abwechslung durch den geheimnisvollen Fremden. Ansonsten gab es nicht viel zu sehen, schließlich war die *Kugar* kein Überwasserschiff, wo überkommende Brecher, beeindruckende Wolkengebilde am Himmel oder ein Sturm die Eintönigkeit unterbrechen konnten. Für die Besatzung gab es nur die ständig gleichbleibende stählerne Welt, die sie umhüllte, und die Aussicht, dass sich daran für die nächsten Monate nichts ändern würde, etwas, das am Anfang so einer Fahrt selbst den stärksten Gemütern größtes Unbehagen einflößte. Es würde noch ein oder zwei Wochen dauern, bis der Fatalismus die Oberhand gewann und sich in Ermangelung äußerer Anreize langsam, aber sicher eine allgemeine Lethargie ausbreitete.

»Glauben Sie, jemand ahnt etwas, Jasselewitsch?«

Der Kommandant bedachte den Skandinavier mit einem eisigen Blick. »Verlassen Sie sich darauf, Assmundson, die Männer werden tun, was ich befehle.«

Arne Assmundson lächelte schmal. »Wenn Sie es sagen, Kommandant. Nur macht Ihr Erster nicht gerade einen glücklichen Eindruck.«

Die beiden Männer saßen in der Kommandantenkammer und tranken Tee.

»Er ist jung und desillusioniert wie wir alle. Wenn man so will, dann hat er resigniert und ist froh darüber, dass er in der Marine bleiben konnte und nicht wie so viele unserer Besten hungern muss. Das reicht ihm.«

Assmundson betätigte den Heißwasserhahn des Samowars, um das Teekonzentrat in seinem Becher zu verdünnen. Er hatte seit vielen Jahren mit Russland zu tun, beherrschte die Sprache fließend und war auch bestens mit den Eigenheiten der russischen Mentalität und Lebensart vertraut. Er wusste, dass Jasselewitsch seinen Ersten scharf im Auge behalten würde, und das musste ihm reichen. Den Kommandanten zu bedrängen wäre ein Fehler gewesen. Also sagte er in verbindlichem Ton: »Sie kennen ihn ja schon länger und können ihn deswegen auch viel besser beurteilen, als ich es vermag, Kapitän.«

Boris Jasselewitsch nickte kurz. »Ich kenne jeden meiner Leute genau.« Ein kurzes Lächeln erhellte sein Gesicht. »Sie sind ein bemerkenswerter Mann, Assmundson. Sie sind im Begriff, etwas zu tun, was die Welt in Brand setzen kann, aber trotzdem machen Sie sich Gedanken um einen Einzelnen.«

»Das eine hat mit dem anderen durchaus zu tun.« Assmundson zögerte. »Wir beide wissen, dass alle an Bord auf dieser Mission umkommen können. Das ist unter Umständen der Preis, den wir freiwillig zahlen, aber ich gebe zu, ich habe ein schlechtes Gewissen, was Ihre Besatzung angeht, Jasselewitsch.«

»Wenn alles nach Plan verläuft, dann muss es nicht so weit kommen.« In den Augen des Kommandanten funkelte es. »Außerdem sind die Männer russische Soldaten und Seeleute. Das, was wir tun, tun wir aus verschiedenen Gründen, aber es wird Russland nützen.«

»Vielleicht sogar der ganzen Welt, wenn man an bestimmten Stellen lernt und begreift, dass man sich nicht alles erlauben kann.« Er zuckte mit den Schultern. »Vielleicht ist es so wie im Krieg, manchmal sollte man nicht zu viel nachdenken.«

»Veranstalten wir denn einen Krieg?«

Assmundson schüttelte den Kopf. »Nein, jedenfalls nicht, soweit es mich betrifft, wie Sie wissen, Boris Jasselewitsch. Die Italiener haben einen treffenderen Begriff dafür, Vendetta.«

Der Kommandant dachte kurz über diese Worte nach. »Auf alle Fälle handelt es sich um ein probates Mittel, zu verhindern, dass manche Dinge wieder geschehen. Nur fürchte ich, die Welt wird anders darüber denken.«

»Wollen Sie mich dazu veranlassen, die Sache abzubrechen?«

Jasselewitsch begann zu grinsen. »Mitnichten! Schließlich habe ich ewig auf eine solche Chance gewartet, während der langen Jahre, als alle Welt glaubte, der Westen habe Russland kleingekriegt, während der Zeiten ohne ein Kommando, als vieles im Land vor die Hunde ging.« Er wurde ernst. »Als der russische Präsident damit drohte, Raketen auf Europa zu richten, für den Fall, dass die USA ihren Raketenschutzschild bauen würden, wissen Sie, was der amerikanische Präsident erklärt hat? Er sagte, er sehe keinen Grund für Gegenmaßnahmen, Russland sei kein Feind.« Jasselewitsch atmete tief durch. »Natürlich sind wir kein Feind, aber er sollte uns trotzdem ernst nehmen.«

»Vielleicht hofft Washington ja darauf, dass seine europäischen Verbündeten durch Ihre Drohung aus dem Tiefschlaf geweckt werden.«

Jasselewitsch starrte den Skandinavier verblüfft an. »Glauben Sie?«

»Eine denkbare Variante, Boris, nicht mehr und nicht weniger. Ich nehme an, Sie spielen auch Schach?«

»Meine Güte, Assmundson, zeigen Sie mir den Russen, der das nicht tut. Aber bei einer Partie mit Ihnen heißt es wohl ganz besonders auf der Hut zu sein.«

4. Kapitel

6. Tag, 09 : 00 Ortszeit, 14 : 00 Zulu – USS *Baton Rouge,* Carrier Strike Group »Grant«, 200 Seemeilen Ostsüdost der großen Neufundlandbank

Lieutenant Commander Michael Martinez beugte sich vor und warf einen Blick auf den Plotschirm. »Über zwanzig Meilen! Wir halten Tiefe und Kurs, sollen die ruhig hinter uns rumsuchen.«

»Das wird wieder mal einen Satz heißer Ohren vom Admiral geben, Commander«, meinte John Turk, sein XO, aufgekratzt fröhlich.

Überhaupt schien der ganzen Besatzung die Geschichte Spaß zu machen. Der Verband übte U-Boot-Jagd, nur stellten sich die Überwassereinheiten dabei nicht eben besonders geschickt an. Gründe gab es einige, und Martinez wusste, dass seine Schadenfreude im Grunde unfair war. Doch was sollte es, die Stimmung auf den anderen Schiffen war nicht seine Sache. »Der Seegang wird den Zerstörern auch nicht gerade Freude bereiten«, stellte er fest.

»Sollten wir noch etwas höher gehen, dann kriegen sogar wir selbst noch was von dem Sauwetter mit«, meinte Turk. »Der Wetterbericht sagt was von Seegang sieben. Verdammt schlechtes Bedingungen, um eine U-Jagd-Übung anzusetzen. Ich möchte wissen, was sich der Admiral dabei gedacht hat.«

»Wahrscheinlich hat er sich gesagt, dass sich im

Ernstfall ein angreifendes U-Boot auch nicht um das Wetter schert.« Martinez warf einen weiteren Blick auf die große Glasscheibe, auf der die Positionen aller Kontakte mitgeplottet wurden. »Gar nicht mal so falsch, wenn Sie mich fragen, XO. Derzeit suchen mindestens vier Zerstörer nach uns. Sie haben trotz des herrschenden starken Windes sogar Hubschrauber in der Luft, um ihre Sonarbojen auszubringen. Aber unter diesen Gegebenheiten kriegen sie uns nicht, weil sie uns einfach nicht finden. Wir könnten sie sogar umgehen und jederzeit den Träger unter Wasser treten.«

»Das macht einen ziemlich nachdenklich, Sir«, erklärte der XO. »Fragt sich nur, wie sich das verhindern ließe, wenn es Spitz auf Knopf steht.«

Martinez sah seinen Ersten ruhig an. »Deswegen gehören wir ja auch mit zum Verband, um im Verteidigungsfall diese Gefahr abzuwehren.« Der Kommandant wusste, dass alle Männer mithörten. »Die Schiffe dort oben haben bei gutem Wetter und unter optimalen sonstigen Einsatzbedingungen eine reelle Chance, ein U-Boot aufzuspüren. Wir mit unserem Sonar hingegen sind immer fähig zu jagen. Die *Baton Rouge* ist schließlich nicht umsonst ein Jagd-U-Boot.«

Im Hinblick darauf, dass sie dabei waren, die angesetzte Übung klar zu gewinnen, konnte sich Turk eine kleine zusätzliche Anmerkung nicht verkneifen. »Als gejagtes U-Boot schlagen wir uns aber auch nicht schlecht, Sir.«

Oh, diese Gringos! Turk würde sich wundern, wenn sie die Übung bei besserem Wetter wiederholten. Aber den Gedanken behielt er für sich und sagte stattdessen: »Noch drei Stunden bis zum Lunch und zum Ende der Übung.«

Auf der Meeresoberfläche tobte zwar kein Sturm, aber viel fehlte nicht dazu. Sieben und acht Meter hohe Wellen brachen sich in regelmäßigem Rhythmus am stählernen Bug der *Grant,* jede mit der Energie von etlichen hundert Personenwagen, die mit etwa fünfzig Kilometern pro Stunde gegen eine Bergwand fahren. Die Reaktion des Trägers auf diesen Ansturm war allerdings ähnlich der des Felsgesteins. Was die Bewegungen des Schiffes anging, so konnte man sie mit Hilfe sensibler Krängungslageanzeiger nachweisen, und sehr alte und erfahrene Seeleute vermochten sie sogar zu erfühlen, aber für die normal empfindlichen Sinne der meisten Besatzungsmitglieder hätte der Flugzeugträger genauso gut auch eine Insel sein können.

Weniger komfortabel waren die Verhältnisse auf den Geleitschiffen der Strike Group. Immer wieder konnte man von der hohen Brücke der *Grant* den einen oder anderen Zerstörer oder auch eine der kleineren Fregatten sehen, die mit hoher Fahrt in eine der Wellen krachten. Aus der Entfernung ließ sich die Wirkung des Anpralls auf die beanspruchten Schiffskörper nur erahnen, aber auf der Brücke des Trägers gab es genug Frauen und Männer, die auch schon auf solchen Schiffen gedient hatten. Es war etwas, das man nicht vergaß. Der schlanke Rumpf schien zuerst zu erzittern, dann legte er sich auf die eine oder andere Seite. Der Bug senkte sich, und vorne stieg eine hohe Gischtfahne über dem Deck auf, während das Wasser schnell einmal weiß schäumend bis zum Geschütz brandete, bevor es durch die Speigatten seinen Weg zurück in die See fand. Ein leises Knirschen von sich biegendem Metall war das erste Anzeichen unter Deck, dann hob sich der Bug wieder und das allgegenwärtige Geräusch der Maschinen wurde tiefer, wenn sich die Schrauben wieder ins Wasser gruben. Bis zum nächsten Mal, wenn der Bug wieder in der See verschwand, der Rumpf wieder über eine der Wellen kletterte und plötzlich die Schrauben mit hellem Protest in der Luft schlugen, ganz einfach, weil der ganze Rumpf sich gerade auf der Spitze eines Brechers befand. Und das schneidige Bild von Kraft, das die Schiffe äußerlich abgaben, verriet nichts von den Zuständen in deren Innerem, vom Elend der jüngeren Besatzungsmitglieder, die mit ihrer Seekrankheit kämpften, von Wohndecks mit aufgesprungenen Spinden und herausgeschleuderten Inhalten, von den Seeleuten in den Rümpfen, für die jeder Schritt zu einem Abenteuer wurde. Das war die andere Seite der Medaille, denn die meisten Kampfschiffe erkauften sich ihre hohe Geschwindigkeit um den Preis geringerer Stabilität bei Schlechtwetter.

Admiral Thornby senkte sein Glas. »Das muss besser werden, bis wir auf die NATO-Verbände stoßen. Eine geschlagene Stunde geht das nun schon so, und sie wissen allenfalls ungefähr, wo sie das Boot zu suchen haben. Signal an *John P. Ashton* – Erfolge melden!«

Der gehetzt wirkende Flaggleutnant huschte von dannen, hinaus auf die Scheinwerferplattform. Augenblicke später blitzten Morsezeichen. Die Reaktion des Führungszerstörers kam prompt, ein kleines verlorenes Flackern von der Brücke des Kriegsschiffes antwortete auf die Anfrage des Flaggschiffes.

»Kein Kontakt!« Joshua Miller, der Kommandant des Trägers, hatte die Botschaft mitgelesen. »Kein Wunder bei dem Wetter.«

Der Admiral, der seine eigene Brücke wieder einmal verlassen hatte und seinem Kommandanten auf der Kommandobrücke auf die Nerven ging, wandte sich um und starrte Miller an, als habe dieser etwas Obszönes gesagt. »Was wollen Sie, Josh? Glauben Sie, ein Angreifer schert sich um das Wetter?«

»Wahrscheinlich nicht, aber der Kalte Krieg ist ja vorbei.« Miller seufzte. »Die eigentliche Gefahr geht eher von Terroristen und Kleinkampfmitteln aus. Welche Feinde haben wir schon noch, die über U-Boote verfügen?«

»Wie wär's mit Nordkorea, dem Iran?« Der Admiral winkte ab. »Ja, ich habe die Berichte auch alle gelesen. Kleine konventionelle U-Boote und so weiter. Nur, dass diese kleinen Mistdinger bisweilen leiser sind als die großen Atom-U-Boote. Und wenn die Bedingungen für sie gut sind, dann können die mindestens genauso gefährlich sein.«

»Ich bin mir der Gefahren bewusst, Sir!« Millers Stimme verriet nichts von seinen Gefühlen, aber er war getroffen, und der Admiral wusste das auch. »Allerdings befinden wir uns außerhalb der Reichweite sowohl nordkoreanischer als auch iranischer U-Boote. Das ist eine reiner Atlantik-Operation, Sir.«

»Und was machen wir, wenn nächste Woche andere Befehle kommen?«

Der Kommandant hob das Glas und spähte zu einer Fregatte, die zur Hälfte in einer Gischtwolke verschwand. »Dann werden wir uns um dieses Problem kümmern müssen, Sir.« *Und bei so einem Sauwetter wird es auch dann keine Erfolge zu melden geben.* Aber diesen Gedanken behielt Miller für sich.

Zehn Jahre früher – Oslo

Wieder waren zwei Tage vergangen, und neue Nachrichten verdrängten die tote Krista Torrhof langsam aus den Spalten der Zeitungen. Das übliche Medienschicksal von Mordopfern. Auf Seiten der Polizei war man alles andere als unglücklich darüber, erlaubte dies doch nunmehr eine durch die Presse ungestörte Aufklärungsarbeit.

Inspektor Frode Bergstad hatte rechtzeitig mit dem Ende der öffentlichen Aufmerksamkeitsphase auch endlich ein Ergebnis auf seine Anfragen erhalten. Das Resultat war Grund genug, den stellvertretenden Staatsanwalt Leifson in dessen Büro zu besuchen, denn damit hatte der Fall eine neue Dimension bekommen.

Leifsons Büro hatte etwa die doppelte Größe von dem Bergstads, und natürlich war der Schreibtisch auch nicht aus grauem Kunststoff, sondern aus massiver Eiche. Arne Leifson thronte dahinter in einem schweren Ledersessel wie ein Spitzenmanager. Typisch für jemanden wie ihn, der immer noch überall Eindruck schinden wollte.

Der Inspektor ließ sich vorsichtig in einem der Freischwinger-Besucherstühle nieder, da er befürchtete, das topmodische Möbelstück könne einfach unter ihm zusammenbrechen. Außerdem waren ihm als grundsolidem Menschen derart wackelige Sitzgelegenheiten ohnehin unsympathisch.

Arne Leifson beugte sich vor. »Ich hoffe, Sie haben gute Nachrichten, Bergstad.« Er deutete auf die zusammengefaltete Zeitung älteren Datums, die immer noch auf seinem Schreibtisch lag. »Die Presse hat uns zuletzt ja noch ziemlich unter Beschuss genommen, weil wir bislang in dem Fall keine konkreten Resultate präsentieren konnten. So etwas ist äußerst abträglich für unser gesamtes Ansehen in der Öffentlichkeit. Also, was haben Sie Neues zu bieten?«

Der Inspektor kramte wortlos einen Schnellhefter

aus seinem Aktenkoffer. »Es gibt neue Informationen, Leifson, aber nichts, was man eine heiße Spur nennen könnte.« Er schob die Mappe über die polierte Schreibtischplatte. »Die Tote ist Krista Torrhof, eine bekannte Bildhauerin hier in Oslo.«

»Ich weiß, wer Frau Torrhof ist!«, fauchte ihn der Staatsanwalt an. »Ich war vor ein paar Wochen selber erst auf einer Vernissage mit ihren Werken.«

»Schön!« Bergstad, zu dessen Gewohnheiten der Besuch von Vernissagen und die Kontaktpflege mit der Schickeria von Oslo eher nicht gehörten, nahm den Ausbruch ungerührt hin. »Dann wissen Sie wahrscheinlich auch, dass Krista Torrhof ein angenommener Name ist. Kann es denn sein, dass Sie eventuell sogar den Vater kennen?«

Leifson verlor sichtlich die Fassung. »Nein, ... äh ... so gut waren wir natürlich nicht miteinander bekannt, aber ich sehe nicht ...«

»Nein, natürlich nicht! Die Geschichte mit der Namensänderung ist ja auch geschickt eingefädelt und durchgezogen worden. Eine Krista Torrhof tauchte bis vor fünf Jahren nirgendwo auf. Dann war sie plötzlich da, mit tadellosen neuen Papiere. Ein solches Prozedere ist ja durchaus auch möglich, zum Beispiel bei Zeugenschutzmaßnahmen oder auch wenn die Regierung einen Ausländer aus übergeordneten Gründen sozusagen durch die kalte Küche mit einer neuen Identität bei uns einbürgern will. Nichts davon trifft auf die Torrhof zu, zumal sie eine echte Norwegerin war. Also habe ich mir erlaubt, ein bisschen in der Vergangenheit zu forschen, denn schließlich musste ja irgendwer veranlasst haben, dass die Frau mit neuen Papieren ausgestattet wurde. Den entsprechenden Namen im Innenministerium herauszufinden war nicht mal so schwer.«

»Was wollen Sie mir eigentlich erzählen, Bergstad?« Leifson begann nervös mit seinem edlen Füllfederhalter herumzuspielen. »War sie eine Spionin, eine Terroristin, oder was?«

»Nein, weder noch! Hinter allem steckt nur ein persönlicher Gefallen, nicht mehr. Das klingt vielleicht etwas banal, wenn man es so erzählt, doch so war es nun einmal.« Bergstads Gedanken wanderten zurück zu dem kurzen Besuch im Innenministerium, den er am vergangenen Vormittag hinter sich gebracht hatte. »Eine junge Frau, die sich mit ihrem Vater nicht verstand und sich von ihm komplett lossagte. Das hohe Tier im Innenministerium ist nicht nur ein alter Freund ihres Vaters, sondern zugleich auch ihr Patenonkel. Das ist bereits der ganze Hintergrund seines Handelns. Und Geld, um eine neue Existenz aufzubauen, war genügend vorhanden.«

»Wie meinen Sie das? Sie war Künstlerin und hat sicher ein paar Werke gut verkauft, aber …«

»Vergessen Sie das, Leifson! Krista Torrhof war mehr als hundertfünfzig Millionen Kronen schwer.«

Dem Staatsanwalt stand die Verblüffung deutlich ins Gesicht geschrieben.

»Bevor sie die familiären Brücken ganz abbrach, hat sie den Tag ihrer Volljährigkeit abgewartet. Und soweit ich die Geschichte verstanden habe, handelt es sich bei dem Vermögen um das Erbteil von ihrer Mutter. Wir sind zwar noch mit einer diskreten Überprüfung des Vorfalls befasst, aber ich glaube ehrlich gesagt nicht, dass wir da dunkle Punkte finden. Alles, was man ihr also hätte vorwerfen können, wäre ein Passvergehen. Ein guter Anwalt hätte mit Leichtigkeit dafür gesorgt, dass dies mit einer Geldbuße erledigt gewesen wäre. Interessant vielleicht noch für Sie, dass die junge Frau durch den Schritt, den sie getan hat, sehenden Auges auf ein noch weitaus größeres Vermögen verzichtet hat.«

»Wie meinen Sie das?«

»Krista Torrhof war die Tochter von Arne und Margarethe Assmundson.«

»Arne Assmundson?« Leifson sah den Inspektor an wie ein Schlafwandler. »*Der* Arne Assmundson?«

»So ist es!«

»Oh!« Das war alles, was Leifson herausbrachte. Denn Arne Assmundson war ein lauter Name, jemand, den man kannte, ein Selfmademan, der Umgang mit den Mächtigen pflegte, aber auch nicht gerade eine unumstrittene Persönlichkeit war. Seine Projekte zur Gewinnung unterseeischer Bodenschätze hatten mehr als einmal die Umweltschützer zu heftigen Protesten veranlasst, und in Teilen der Politik begegnete man ihm wegen seiner starken geschäftlichen Verbindungen zu Russland, speziell zu dessen Energiebranche, mit latentem Misstrauen. Assmundson war ein Riese, in mehr als einer Hinsicht. Seine Größe von über zwei Metern brachte ihm bei seinen Auftritten in der Öffentlichkeit natürlich jedes Mal sofort eine gewisse Aufmerksamkeit ein, aber er war auch als Persönlichkeit dominant, gewissermaßen allvereinnahmend. Sein Beziehungsgeflecht reichte von Kontakten zu der Grauzone der russischen Mafia über die skandinavischen Seefahrergewerkschaften bis hinauf in die höchsten Regierungsspitzen von mindestens einem Dutzend Staaten. Sein privates Vermögen, obwohl nach allem, was man wusste, rechtmäßig erworben, gehörte zu der Art, deren Umfang nie genau angegeben wurde. Geschätzt wurde es immer wieder auf mindestens eine Milliarde US-Dollar.

»Oh!«, stöhnte Leifson noch einmal. »Das klingt aber gar nicht gut!«

Vor allem nicht für einen stellvertretenden Staatsanwalt mit politischen Ambitionen. »Nein, das tut es nicht. Im Augenblick haben wir diesen Sachverhalt noch unter der Decke halten können, aber es ist nur eine Frage der Zeit, bis die Presse Wind davon bekommt, und dann geht das große Halali los.«

»Trotzdem, gute Arbeit!« Die Farbe kehrte wieder in Leifsons Gesicht zurück. »Weiß er es schon?«

Bergstad zuckte mit den Schultern. »Er ist außer Landes, auf Geschäftsreise.«

»Trotzdem muss jemand zu ihm hin und ihm die Nachricht offiziell überbringen. Ich verlasse mich da auf Ihr Taktgefühl, Inspektor Bergstad.«

»Wenn Sie meinen.« So etwas gehörte zu den Aufgaben in seinem Beruf, die Bergstad hasste. »Ich werde das prompt erledigen, sobald er zurückgekehrt ist.«

»Nein!« Der stellvertretende Staatsanwalt sprang auf und trat ans Fenster. »Es hat bereits genug missliche Zeitverzögerungen gegeben. Sollte Assmundson nicht bis morgen wieder hier sein, dann müssen Sie eben zu ihm hinfliegen und ihn treffen, wo immer er gerade steckt.«

Bergstad schluckte. »Das kann überall sein!«

»Spüren Sie ihn auf und bringen Sie ihm das schonend bei, höflich, freundlich, mitfühlend. Und ich bitte mir ausdrücklich aus, dass Sie kein verdammtes Wort über einen amerikanischen Seemann oder einen etwaigen Serienkiller fallen lassen, klar?«

Der Inspektor starrte die Gestalt Leifsons an, die sich dunkel gegen das Sonnenlicht abzeichnete. »Wieso … natürlich gedenke ich nicht über die Ermittlungen mit ihm zu sprechen, aber …« Er stockte. »Sie haben also demnach keine Anfrage an die Amerikaner abgeschickt. Ist es das?«

»Es erschien mir nicht opportun, dies zu tun, ohne konkrete Anhaltspunkte in der Hand zu haben.«

»Aber jetzt, nachdem der große Assmundson dahintersteht, sieht es anders aus, nicht wahr, Leifson?«, sagte Bergstad giftig und erhob sich. Ihm war, als müsse er jeden Augenblick in diesem bis ins Detail gestylten Nichtraucherbüro ersticken. Es stank trotzdem. Äußerlich ruhig machte er seinen Koffer zu. »Ich werde Assmundson finden. Lesen Sie in der Zwischenzeit die Akte.« Er wartete nicht ab, ob Leifson noch etwas dazu zu sagen hatte. Deutlich vernehmbar schloss er die Tür hinter sich.

Unten auf der Straße atmete er erst einmal ganz tief durch. Sein Wagen stand auf dem Parkplatz hinter dem Gebäude, aber ein kurzer Spaziergang würde ihm guttun. Gemächlichen Schrittes schlenderte er in Richtung Fjord. Nachdenklich zündete er sich eine Zigarette an, wobei seine Gedanken um den Mann kreisten, den er aufsuchen sollte, um ihm die schreckliche Botschaft vom Tod seiner Tochter persönlich zu überbringen.

6. Tag, 09 : 00 Ortszeit, 14 : 00 Zulu, Langley,
Abteilung für strategische Analysen

Captain Robert DiAngelo blickte über den großen computergesteuerter Plotschirm, der schon lange die alten überdimensionalen Karten, die kleinen, mit Buntstiften in verschiedenen Farben gemalten Kreuze, die Papierfähnchen und Steckpins ersetzt hatte. Aber immer noch bedeutete jede Markierung das Gleiche wie früher: ein U-Boot oder doch zumindest ein Schiff, das in irgendeiner Weise mit einem U-Boot zu tun hatte. Auf dem Weg von irgendwo nach nirgendwo. Je nachdem kennzeichnete eines der farbig leuchtenden Kreuze einen Sichtkontakt, einen Sonarkontakt oder auch eine Satellitenortung im Infrarotspektrum. Manchmal stand es für die aktuell abgegebene Positionsmeldung eines ihrer U-Boote selbst, konnte aber genauso oft auch die Begegnung eines eigenen Schiffes mit einem Hilfsschiff abbilden.

Mit professioneller Routine überflog der Captain den für einen Nichtfachmann völlig unverständlich blinkende Zeichenwirrwarr. »Im Norden ist ja mächtig was los.«

»Die Russen scheinen ein größeres Manöver vorzubereiten, aber die Analytiker der anderen Abteilungen sagen, es sei nichts, was uns betrifft, da sonst die gesamte russische Flotte involviert wäre.« Thomas Wilks, der neben seinem Vorgesetzten stand, zuckte mit den Achseln. »Auf den meisten Flugplätzen herrscht Normalbetrieb, und bei der Armee tut sich auch nur das Übliche.«

DiAngelo entspannte sich etwas, aber sein Blick irrte nach Westen und immer weiter nach Westen.* Aber in Wladiwostok, wo die russische Pazifikflotte ihre Heimatbasis hatte, existierte nur eine Ansammlung dunkelblauer Kreuze. »Wladiwostok ist kalt. Was immer es ist, es betrifft nur die Atlantikflotte.«

»Jein …«

---

* Auf den großen strategischen Plots befinden sich die USA in der Mitte. Wladiwostok liegt also westlich, während Europa östlich, sprich rechts, liegt.

Die Aufmerksamkeit des Captains wandte sich den europäischen Regionen zu. Murmansk, der einzige ganzjährig eisfreie Hafen mit Atlantikzugang, den die Russen besaßen. Falls sich etwas anbahnen sollte, dann würde es dort seinen Ausgang nehmen. »In Murmansk sehe ich im Wesentlichen auch nur dunkelblaue Kreuze«, stellte DiAngelo fest.

»Es sind dort hauptsächlich Zerstörer und U-Boote, die seeklar machen, dazu ein paar Versorger sowie zwei Tanker«, erläuterte Wilks.

»Und was ist mit der *Admiral Kuzhenow,* dem Träger?«

»Den Satellitenbildern nach zu urteilen, sind die Reaktoren auf Subleistung. In den nächsten zwölf Stunden kann der Pott jedenfalls nicht auslaufen.«

»Das ergibt irgendwie keinen rechten Sinn«, erklärte DiAngelo. »Ich möchte deshalb eine detaillierte Aufstellung über sämtliche Schiffe, die dort seeklar machen. Und wenn's geht, innerhalb der nächsten halben Stunde.«

»Sie meinen, dass dies etwas zu bedeuten hat?«

»Mit Sicherheit, es fragt sich nur, was?« Der Captain warf nochmals einen Blick auf den Plotschirm. »So, wie es den Anschein hat, wird in zwei Tagen die Barentssee gerammelt voll sein. Auch wenn die Russen kein Manöver angekündigt haben, dürfte es sich um keine Erstschlagsvorbereitung handeln, darin stimme ich den anderen Analyseabteilungen zu. Es kann also durchaus sein, dass Putin nur mal wieder militärisch auf sich aufmerksam machen möchte. Oder die Russen veranstalten eine Jagd.«

»Ohne Luftschirm? Der Träger ist nach wie vor kalt, nur einige seiner Geleitschiffe haben Dampf aufgemacht.«

»Darauf gibt es im Moment zwei mögliche Antworten. Entweder sie sind hinter etwas her, das sie nicht aus der Luft verfolgen können – oder sie befinden sich auf der Pirsch nach einem Wild, von dem sie annehmen, dass es in der Lage ist, ihrem Träger seinerseits einen Fangschuss zu versetzen.«

»Eines ihrer eigenen U-Boote?«

»Was denn sonst! Nur welches das sein könnte, vermag ich mir momentan noch nicht vorzustellen.«

»Wie auch immer, Sir, man wird von uns spätestens in den nächsten Stunden ein Statement erwarten. Und was sagen wir dann?«

»Das wird sich noch herauskristallisieren. Im Augenblick sind die Absichten der Russen noch unklar, auch wenn feststehen dürfte, dass sie keinen Angriff auf das amerikanische Festland im Sinn haben. Ich werde mal mit unseren Freunden von der Feldaufklärung reden, vielleicht wissen die ja etwas, das Licht in die Sache bringt. Und Sie denken bitte an die Liste der Einheiten.«

»Aye, aye, Sir!«

Der Captain wandte sich um und hinkte in Richtung seines Büros von dannen. Er war sich der Blicke, die ihm folgten, durchaus bewusst, denn schließlich waren er und Wilks ja nicht allein im Lageraum gewesen. Die Mitarbeiter seiner Abteilung, die ständig neue Meldungen in das Plotsystem eingaben, waren natürlich anwesend, und ansonsten herrschte das übliche Kommen und Gehen. Und es war naheliegend, wenn der Chef und seine rechte Hand dort herumstanden und ihren Gedanken freien Lauf ließen, dass es nicht lange dauern würde, bis jedes ihrer Worte die Runde machte und genau auf dessen Gehalt abgeklopft wurde. Denn nirgendwo wurden Worte öfter auf die Goldwaage gelegt als in den Büros der unzähligen CIA-Analytiker. Denn wenn ihre Berichte erst einmal die Korridore der Firma verlassen hatten, wurden sie zu politischen Instrumenten, die in Ausschüssen diskutiert und je nach politischem Lager begrüßt oder zerrissen wurden.

5. Kapitel

7. Tag, 08 : 00 Ortszeit, 13 : 00 Zulu – Das Pentagon

Captain Robert DiAngelo fühlte sich immer unwohl, wenn er zu einer Besprechung ins Pentagon musste. Hinter vorgehaltener Hand witzelten ein paar seiner Mitarbeiter gelegentlich darüber, dass dies möglicherweise einfach an der Übermacht der Army im Verteidigungsministerium lag, aber damit lagen sie falsch. Die Wahrheit war eine andere.

Die USA verfügten über insgesamt 1,5 Millionen Soldaten, über mehr als fünfzehntausend Kampfflugzeuge, unzählige Panzer und beinahe zweihundertachtzig Schiffe, die zivilen Hilfseinheiten gar nicht mitgerechnet. Das Militärbudget war das höchste der Welt, achtmal höher als das Chinas, das auf Platz zwei bei den Militärausgaben rangierte. Der Etat der USA lag inzwischen bei vierhundert Milliarden Dollar jährlich, das war mehr, als die nächsten Staaten mit den neun höchsten Rüstungsetats zusammen aufwendeten. Vom Pentagon aus wurde die größte Kampfmaschinerie gesteuert, die es jemals auf diesem Planeten gegeben hatte, die mächtigste, komplizierteste und technologisch am weitesten entwickelte Streitmacht aller Zeiten – und trotzdem bekam der Riese kein Bein auf den Boden!

Gründe gab es viele. Die USA kämpften im Irak und Afghanistan mit Hilfe einiger weniger Verbündeter, während die meisten europäischen Staaten sich diskret zurückhielten, sich aber gleichzeitig nicht scheuten, zum Teil wirklichkeitsfremde Positionen zu vertreten. Der Iran bastelte munter an seinem Atomprogramm, das ja ganz offiziell auch ein Atomwaffenprogramm war, während er gleichzeitig die Hisbollah finanzierte und ausrüstete. EU-Diplomaten verhandelten bereits im achten Jahr ergebnislos mit Teheran, wobei sie die Tatsache ignorierten, dass sie in Wirklichkeit nur eines taten: dem Regime Zeit zur Entwicklung der Atombombe zu verschaffen. Nordkorea gefiel sich wie immer in der Rolle als Störfaktor in Asien, und da niemand wusste, was als Nächstes kam, nur, dass dort beinahe eine Million Soldaten unter Waffen an der Grenze zu Südkorea stand, waren auch da viele amerikanische Kräfte gebunden. Schließlich waren die USA Schutzmacht Südkoreas. Zu diesen aktuellen großen Bedrohungen kamen Tausende von anderen Aufgaben. Man musste blind sein, um nicht die Wahrheit zu sehen. Manche sagten, die USA würden den Weltpolizisten spielen, was in einigen Punkten gar nicht mal so eine falsche Ansicht war. Nur die UNO, die diese Aufgabe eigentlich hatte, war, wie schon ihr Vorgänger, der Völkerbund, zu einem wirkungslosen Instrument verkommen, einem Debattierclub, dessen Resolutionen weitgehend missachtet wurden.

Und so herrschte im Pentagon, im Nervenzentrum der mächtigsten Streitkräfte der Welt, Ratlosigkeit. Jede neue Krise wurde von den Verantwortlichen in der Zwischenzeit beinahe mit Panikattacken quittiert. Weil es keine Reserven mehr gab, weil sich die Spielregeln des Krieges verändert hatten, weil man politisch gebunden war, aber trotzdem für die Sicherheit Amerikas und der gesamten westlichen Welt sorgen sollte. Denn so hatte der Präsident es bestimmt. Und selbst die größten Hardliner unter seinen politischen Herausforderern, diejenigen, die im anstehenden Wahlkampf Stimmen mit dem Versprechen fingen, sich aus dem Irak zurückzuziehen, wussten ganz genau, dass ein »cut and run« in Wirklichkeit unmöglich war. Es würde eher Wochen als Monate dauern, bis der Nachbar Iran sich Teile des Iraks einverleibt hätte und mit Hilfe der größten Ölreserven der Welt den Westen unter Druck setzen würde. Jeder wusste es, aber keiner wagte es auszusprechen. Der Krieg war nicht populär, und anstatt den Wählern die Wahrheit zu sagen, wurde er als Mittel benutzt, selbst an die Macht zu kommen.

All das hing wie ein Fluidum über den endlosen Korridoren des Pentagon. Zorn, Hilflosigkeit, Verbitterung. Die Politik spielte eine weit größere Rolle als die strategische Notwendigkeit. Analysen waren nur noch Wahlkampfargumente. Und genau das war es, was DiAngelo jedes Mal Magenschmerzen bereitete, wenn er ins Pentagon musste.

Roger Marsden, der Leiter der Feldaufklärung, im Gewirr der Abkürzungen auch als HUMINT tituliert, bedachte den Captain mit einem leichten Lächeln. »Nervös?«

»Nicht direkt!« DiAngelo rang sich ein gequältes Grinsen ab. »Mit wem alles werden wir denn die Ehre haben?«

»Unser Oberchef Braxton wird dabei sein, ein paar NSA-Leute, General Elder für die Army, Admiral Schwartz für die Navy und General Rearse für die Luftwaffe. Dazu unser alter Freund William Boulden.« Marsden passte seinen Schritt automatisch dem Hinken des Captains an.

»Eine hübsche Versammlung. Hoffen wir, dass es

nicht allzu lange dauert. Kennt Braxton meinen Bericht?«

»Er sollte ... aber wir sind da!« Marsden zog die Tür zum Besprechungsraum auf. Sofort drangen aufgebrachte Stimmen aus dem Raum. Beinahe vorsichtig traten sie ein.

William Boulden, persönlicher Berater des Präsidenten und im Laufe mehrerer ziemlich kritischer Affären so etwas wie ein persönlicher Freund von DiAngelo geworden, winkte dem Captain vom anderen Ende des langen Besprechungstisches zu. »Schön, dass Sie schon da sind!«

Automatisch blickte DiAngelo auf die Uhr. »Fünf Minuten zu früh, Sir!«

Die Männer an der Seite des Tisches unterbrachen ihre aufgeregte Diskussion und blickten zu Marsden und DiAngelo. Einer erhob sich und streckte die Hand aus. »David Zablovski, NSA«

Reihum begann das Händeschütteln. »Marsden, CIA«, »DiAngelo, CIA«, »Myers, NSA«, »Smith, Naval Intelligence« ...

William Boulden wartete in Ruhe das Procedere ab. Robert fand, dass der Präsidentenberater am Ende der zweiten Amtszeit müde und erschöpft wirkte. Mit dem anstehenden Regierungswechsel, und der schien so sicher wie das Amen in der Kirche, würde er für eine Weile in der Versenkung verschwinden. Was aber nicht ausschloss, dass er im Bedarfsfall erneut bestallt wurde, wie das in der Vergangenheit schon zweimal der Fall gewesen war.

Erst als die Begrüßungen beendet waren, kam er um den Tisch herum und schüttelte ihnen ebenfalls die Hände. »Nehmen Sie doch Platz, meine Herren. Army, Navy und Air Force müssen auch jeden Augenblick hier sein. Braxton, Ihr Chef, hat übrigens gerade angerufen und ausrichten lassen, dass er einen Unfall hatte. Jemand ist ihm in den Wagen gefahren.«

»Ist ihm was passiert?« fragte Marsden sogleich.

»Die Sache ist einigermaßen glimpflich abgegangen. Er hat allerdings eine Platzwunde am Kopf, die im Krankenhaus genäht werden muss. Können Sie ihn denn vertreten?«

Der ältliche Vice Director nickte knapp. »Kein Problem, Sir.«

Die Tür öffnete sich erneut, und ein Viersternegeneral spazierte mit einem halb aufgegessenen Sandwich in den Konferenzraum, gefolgt von einem gestresst aussehenden Lieutenant mit Aktenordnern unter dem Arm.

Boulden winkte auch ihm zu. »General Elder!« Er grinste, als er das Sandwich erblickte. »Frühstück?«

Der General verzog das Gesicht. »Ich bin seit fünf Uhr zugange, um mich über die neueste Lage zu informieren. Dabei ist das Frühstück auf der Strecke geblieben. Tut mir leid, Sir!« Das gebräunte kantige Gesicht verzog sich zu einem Lächeln. Elder war gerade erst von einer Inspektionsreise im Irak zurückgekehrt, und die Wüstensonne hatte ihre Spuren hinterlassen.

»Tun Sie sich keinen Zwang an. Air Force und Navy ...« Er führte den begonnenen Satz nicht fort, da Admiral Schwartz und General Walter Rearse soeben eintraten, ohne ihre Unterhaltung zu unterbrechen. So, wie der Präsidentenberater die beiden kannte, ging es dabei eher um Golf als um die Weltlage. »Guten Morgen, Gentlemen. Nehmen Sie Platz, dann können wir anfangen, nachdem wir nun vollzählig sind. Zum Thema: Wie Sie alle wissen, ist während des gestrigen Tages und in der vergangenen Nacht ein Großteil der russischen Atlantikflotte in See gegangen. Derzeit, das ist der Stand der neuesten Satellitenaufklärung, scheinen die Schiffe durch die Barentssee in den Atlantik zu laufen. Wie ich bereits vorab von Ihnen telefonisch erfahren habe, rechnen Sie übereinstimmend nicht mit einem wie auch immer gearteten Angriff auf die USA. Trotzdem, und deshalb habe ich Sie hierher gebeten, müssen wir eine Vorstellung von dem bekommen, was die Russen im Schilde führen. General Elder, vielleicht fangen Sie an?«

Der Viersternegeneral der Army schluckte den letzten Happen runter. »Da gibt es nicht viel zu sagen. Es gibt keine Anzeichen, dass die Armee etwas Größeres vorhat. Ansonsten tappen wir völlig im Dunklen. Ich habe zwar auch die Analysen von CIA and NSA gelesen, aber ich kann mir ehrlich gesagt keines der darin als denkbare Möglichkeiten erwogenen Szenarien vorstellen. Von daher muss ich zu diesem Zeitpunkt, was eine Beurteilung anbelangt, erst einmal passen. Auf alle Fälle sehe ich auch keine Notwendigkeit für eine höhere Alarmbereitschaft unserer Landstreitkräfte.«

»Gut, dann General Rearse bitte.«

Der Air Force General legte sofort los. »Also gut, Karten auf den Tisch. Die Russen entfalten eine rege Flugaktivität bis über den Nordpol, decken die ganze Barentssee und die Zugänge zum Nordatlantik ab. Das wird maximal für die nächsten achtundvierzig Stunden so sein können, denn dann zieht eine Sturmfront in das Gebiet, die nach Meinung unserer Experten einen Lufteinsatz, gleich welcher Art, unmöglich macht.« Er zögerte kurz. »Für einzelne Einheiten der Luftwaffe gilt seit Mitternacht Washingtoner Zeit bereits Alarmstufe Rot, speziell für Langstreckenaufklärungseinheiten. Wir haben uns bisher auf Satellitenbeobachtung beschränkt, aber die Ergebnisse sind im Detail noch nicht aussagekräftig genug. Vor allem gibt uns diese Operation der Russen die Möglichkeit, einige ihrer neuesten Systeme aus der Nähe zu beobachten.«

Der Präsidentenberater machte sich eine kurze Notiz und blickte dann auf. »Mit anderen Worten, Sie haben auch keine Idee, was die Russen vorhaben, aber Sie wollen die Situation nutzen?«

»So ungefähr.« Der General zuckte mit den Schultern. »Die NATO-Partner in Nordeuropa sind beunruhigt, und das Gleiche gilt für die Neutralen. Ich habe mit Admiral Oldenstrupp in Norwegen gesprochen, der dort für die Luftaufklärung verantwortlich ist. Man schwankt zwischen Zurückhaltung, um nichts zu provozieren, und Neugier.«

»Das hilft uns auch nicht gerade weiter«, erklärte Boulden. »Was haben die Geheimdienste zu bieten?«

Es erhob sich ein kleines vertrocknetes Männchen, das so aussah, als hätte es die letzten paar Jahrzehnte zwischen den Löschblättern eines Herbariums zugebracht, aber die Augen hinter den dicken Brillengläsern funkelten hellwach. »Myers, NSA, Sir«, stellte es sich vor. »Es gab neben den Funksprüchen, die mit einer solchen Operation untrennbar verbunden sind, in den letzten achtundvierzig Stunden auch mehrere Funksprüche auf politischer Ebene.« Er hob entschuldigend die Hände. »Die Russen haben einen neuen Code verwendet, deswegen dauerte die Entschlüsselung länger. Außerdem haben sie sich auch nicht klar ausgedrückt. Unsere Analytiker sind der Meinung, dass jemand mit Befehlen im Gepäck von Moskau nach Murmansk geflogen ist und jetzt nur noch Stichworte gesendet bekommt. Denen ist relativ wenig zu entnehmen. Wir haben im Grunde nur drei Namen: Jasselewitsch, Scholokoff und Assmundson. Nicht viel, aber Scholokoff ...«

Die Köpfe von Marsden und DiAngelo ruckten fast gleichzeitig hoch.

»Der Name sagt Ihnen was?«, hakte Boulden sofort nach.

»Admiral Scholokoff ist der Befehlshaber der U-Boote im Atlantik«, erklärte Marsden. »Ein Mann mit tausend Kontakten, aber immer auch irgendwie ein Wackelkandidat. Die Regierung Putin hat ihn mehr oder weniger behalten, weil er gut ist in dem, was er tut, aber nicht, weil sie ihn so liebt.« Der Vice Director kratzte sich am Kinn. »Es gab eine Routinemeldung, dass Scholokoff sich in ein Krankenhaus begeben habe, irgendeine Routinesache wegen seines Rückens oder so. Muss in den letzten beiden Tagen gewesen sein.«

»Heißt das, die Russen haben ihn geschasst?«, fragte DiAngelo wie aus der Pistole geschossen.

»Anhaltspunkte dafür liegen uns keine vor«, erklärte Marsden.

»Dann lassen Sie doch mal hören, was Sie über den Mann wissen«, forderte Boulden den Captain auf.

Etwas mühsam stand DiAngelo auf. »Das mit dem Krankenhaus ist für mich auch neu. Scholokoff war in den Siebzigern selber U-Boot-Kommandant und wahrlich kein schlechter. Nach allem, was ich über ihn gehört habe, muss er ein ziemlich strammer Kommunist gewesen sein, der in den Neunzigern die wundersame Wandlung zum Demokraten durchgemacht hat. Aber bedeutsam ist er aus einem anderen Grund. Er ist nämlich einer der geistigen Väter zweier Marineprojekte, die uns oft genug Kopfschmerzen bereitet haben: der

Akula-Jagd-U-Boote und der Kirov-Kreuzer. Außerdem ist er jemand, der glaubt, Russland müsse verstärkt wieder als Supermacht auftreten, und dürfte daher mit der Linie der derzeitigen Regierung nicht ganz einverstanden sein.«

»Hm, hm«, brummte Boulden. »Können Sie mir vielleicht in ganz einfachen Worten erklären, was das genau für Dinger sind, die sie da genannt haben?«

»Ein Akula ist ein Angriffs-U-Boot, in etwa vergleichbar mit unserer Los-Angeles-Klasse, aber erheblich größer, stärker bewaffnet und schwerer zu orten.«

Der Berater des Präsidenten blickte etwas irritiert drein. »Wollen Sie damit sagen, die Russen haben Boote, die unseren überlegen sind?«

»Bereits seit fast zwanzig Jahren. Die Seawolves hätten das Problem lösen können, aber das Programm wurde bekanntlich aus Kostengründen gestrichen.« DiAngelo zuckte mit den Schultern. »Russland ist zwar mehr oder weniger pleite, kann sich aber offenbar trotzdem neue verbesserte Akulas leisten. Mit den Kirovs ist es eine ähnliche Geschichte. Es sind Atomkreuzer, gebaut zur U-Boot-Jagd gegen unsere Ohio-Klasse. Mit ihrer Raketenbewaffnung sind sie in einer direkten Konfrontation so ziemlich allem überlegen, was wir zu bieten haben. Innerhalb der NATO hat man die Biester als Schlachtkreuzer klassifiziert. Zwanzig Granits gegen die vier Werfer der Ticonderoga-Klasse und dazu ein erheblich größerer Rumpf mit einer entsprechend größeren Überlebensreserve in einem Gefecht.«

»Was dieser Scholokoff da an Entwicklungen mit angeschoben hat, gefällt mir gar nicht.«

»Der Mann ist ein heller Kopf, aber sicher auch ein Falke, der dem Glanz und Gloria der untergegangenen

Sowjetunion nachtrauert. Was uns zu Jasselewitsch bringt.«

»Ach, den kennen Sie auch?« Boulden staunte.

»Ich bin ihm mal unter dem Eis begegnet, als ich selbst Kommandant war. Es war in der Zeit am Ende des Kalten Krieges, als wir alle noch viel mehr Haschmich unter der Polkappe gespielt haben. Jasselewitsch war der jüngste Kommandant, dem die Russen jemals ein Atom-U-Boot anvertraut haben. Davor war er Erster auf Scholokoffs Boot. Dann wurde Scholokoff Konteradmiral und Jasselewitsch übernahm das erste Boot der neuen Akula-Klasse. Er galt damals bereits als taktisches Talent und dürfte im Laufe der Jahre seine entsprechenden Fähigkeiten noch verbessert haben.«

»Was ist dann aus ihm geworden?«

»Nach dem Zusammenbruch der Sowjetunion verschwand er von der Bildfläche. Wahrscheinlich saß er irgendwo auf Halbsold, so, wie es vielen ging. Jetzt, da die Russen wieder neue Boote in Dienst stellen, hat man ihn aus der Mottenkiste geholt. Soviel ich weiß, ist er Kommandant der *Kugar*, des neuesten Akula-III-Bootes, das seit Kurzem zu Erprobungen in See ist. Er ist exakt anderthalb Tage vor der russischen Flotte ausgelaufen.«

»Wenn ich Sie richtig verstehe, dann hat er die Jagd eröffnet, das heißt, er bildet die Vorhut bei diesem seltsamen Flottenmanöver?«, vergewisserte Boulden sich bei Di Angelo.

»Das ... oder er selbst ist das Wild, das gejagt wird.«

Von der anderen Seite des Tisches meldete sich Admiral Schwartz zu Wort. »Die Sache ist zu groß, um eine Übung zu sein. Wenn Sie also recht haben, Captain, dann könnte es sein ...« Er beendete den Satz nicht, aber man sah, wie es hinter seiner Stirn arbeitete.

DiAngelo schüttelte den Kopf. »Vergessen Sie den Gedanken wieder, Admiral. Jasselewitsch wird nicht überlaufen.«

»Was aber hat er dann vor?«, fragte Boulden und beugte sich gespannt vor.

Der Captain umklammerte den Griff seines Stocks. »Das würde ich auch gerne wissen. Und ich wette, die Russen tappen in diesem Punkt ebenfalls im Dunkeln.«

Später, als DiAngelo und Marsden wieder im Wagen saßen, gluckste der Vice Director der CIA vergnügt. »Sie haben den Burschen ganz schön Dampf gemacht.«

»Das war eigentlich nicht mein Ziel. Aber wenigstens sind diese Erstschlagsideen vom Tisch.«

»Schwartz hat darüber nachgedacht, ob wir auf diesem Wege vielleicht ein Akula in die Finger kriegen. Man konnte richtig sehen, wie ihm das Wasser im Mund zusammenlief.«

»Ein Akula, das wäre natürlich was«, räumte diAngelo sofort ein. »Aber ich zweifle daran, dass daraus was wird. Jasselewitsch ist ein waschechter Kommunist, nicht jemand von der Sorte, die einfach mitmachte, weil persönliche Vorteile damit verbunden waren. Er war und ist vom Marxismus-Leninismus überzeugt und zudem hart, diszipliniert und wahrscheinlich einer der besten U-Boot-Taktiker der Welt.« Die Augen des Captains glitzerten. »Es wird nicht einfach sein, ihn zu jagen. Er ist gut und hat außerdem ihr bestes Boot unter seinem Kommando.«

»Ich begreife, was Sie sagen wollen«, erklärte der

ehemalige Feldagent. »Nur kann ich mir nicht vorstellen, wie solche Dinge funktionieren. Die Besatzung ...«

»Die können Sie aus Ihren Überlegungen streichen, Marsden. Die Männer sitzen in einer Stahlröhre, die unter Wasser fährt. Da kommen keine Nachrichten rein, es herrscht die totale Isolation. Es ist gar nicht so selten, dass der Kommandant der Einzige ist, der weiß, wohin die Fahrt geht, vielleicht noch der XO oder auf russischen Booten der Erste. Die Besatzung tut, was der Kommandant sagt, und damit basta!«

»Aber sie würde in Friedenszeiten kein fremdes Schiff angreifen oder Atomraketen auf das Festland feuern!«

»Nein? Würde sie nicht?«

Marsden spürte ein mulmiges Gefühl. »Robert, Sie fangen an, mir Sorgen zu machen. Was geht in Ihrem Kopf vor?«

»Ich habe ihn selbst unter Wasser erlebt, auch wenn das Jahre her ist. Aber es gibt Dinge, die verändern sich nicht.« DiAngelo schwieg für ein paar Sekunden. »Sie sollten sich vielleicht auf den dritten Namen konzentrieren, der gefallen ist. Versuchen Sie herauszufinden, wer und was dieser Assmundson ist. Irgendeine Rolle muss er ja spielen. Und sollten Sie genug Agenten in Murmansk haben, Roger, dann wäre es nicht schlecht, in Erfahrung zu bringen, welche Waffen die *Kugar* an Bord genommen hat.«

Roger Marsden sah den Captain an. Sie hatten schon viel miteinander zu tun gehabt und waren im Laufe der Zeit fast so etwas wie Freunde geworden. Aber der DiAngelo, der nun neben ihm im Wagen saß, war ein Fremder, eine ganz andere Person. Marsden kam ein Verdacht. »Sie wollen raus und Jasselewitsch jagen?«

»Sehe ich so aus, als ob es mich jucken würde?«

Marsden musterte ihn kritisch. »Ja, definitiv ja!« Er

zögerte kurz. »Als Sie sich damals begegnet sind, wer hat eigentlich gewonnen?«

»Ich, aber das zählt nicht, weil ich gemogelt habe.«

7. Tag, 14 : 00 Ortszeit, 13 : 00 Zulu –
Russisches Angriffsboot *Kugar*, Atlantik

Boris Jasselewitsch lehnte sich im Kommandantensessel zurück. »Runter auf sechshundert Meter, wir bleiben auf zwanzig Knoten.«

Oberleutnant Sulkin nickte kurz zur Bestätigung, bevor er sich an seine Rudergänger wandte. »Also, langsam runter. Vorne oben zehn, hinten oben fünf!« Langsam begann der gewaltige Rumpf sich nach unten zu neigen. Nicht viel, gerade genug, um langsam in die Tiefe zu sacken. Stahlverbände knackten, als sich das neue Boot an den steigenden Druck anpasste, und ein paar Farbteilchen rieselten von der Decke. Aber niemand schenkte dem Aufmerksamkeit. Es war das Setzen des neuen Bootes, wenn der 13 000-Tonnen-Rumpf um Zehntel eines Millimeters zusammengequetscht wurde. Aber die Besatzung war erfahren genug, um das einschätzen zu können. Sie alle waren bereits auf älteren Booten dieser Klasse gefahren. Die *Kugar* konnte das ab, das und noch viel mehr.

»Sonar: Kontakt in null-acht-sieben! Abstand über zehn Meilen, Fahrt zwölf Knoten. Zerstörer der Udaloy-Klasse, hört sich an wie die *Seweromorsk*.«

Der Kommandant griff zum Mikrofon. »Haben Sie schon einen Kurs?«

»Sie scheint etwa zwo-null-null zu laufen, Kommandant. Geben Sie mir eine Minute, und ich habe es genauer.«

»Sehr gut!« Jasselewitsch hängte das Mikrofon wieder in die Halterung. Beinahe automatisch bildeten Kurse und Geschwindigkeiten in seinem Kopf ein Muster. Der Zerstörer lief beinahe Südkurs, während die *Kugar* nach Westen lief. Gegen deren zwanzig Knoten hatte das veraltete Kriegsschiff keine Chance. Es würde nicht einmal nahe genug herankommen, um sie zu erfassen, geschweige denn, Waffen einzusetzen.

Von seiner Gefechtsstation bei den Kontrollkonsolen aus fragte Sulkin seinen Kommandanten. »Sie haben geahnt, dass er hier lauert?«

»Dieser Teil der Übung lautet: Ausbrechen in den Atlantik. Also kann sich jeder Zerstörerkommandant ausrechnen, dass wir hier irgendwo in der Gegend durchkommen, da es sich um die engste Stelle auf unserem Weg handelt. Faktisch sind wir bereits im Atlantik.«

»Er kann immer noch seine Hubschrauber einsetzen und Sonarbojen ausbringen.«

Jasselewitsch drehte sich zu dem Sprecher um und starrte kurz Assmundson an, der hinter ihm am Schott lehnte. »Ach, ja! Veraltete Kamov-25, deren U-Jagdausrüstung ebenso überholt ist«, erklärte der Kommandant unüberhörbar spöttisch. »Außerdem haben die Besatzungen der Zerstörer seit beinahe zehn Jahren kaum größere Übungen praktiziert, weil dafür das Geld fehlte.«

»Ich verstehe, was sie meinen, Boris Jasselewitsch. Nur weiß ich immer noch nicht, ob es das Boot ist oder Ihre strategischen Fähigkeiten, die uns unsichtbar durch die ganze Barentssee gebracht haben.«

Der Kommandant setzte ein rätselhaftes Lächeln auf. »Mit diesem Boot kann ich noch ganz andere Dinge bewerkstelligen.« Er erhob sich. »Sulkin! Sie übernehmen! Herr Assmundson und ich gönnen uns einen Tee.« Er klopfte dem Skandinavier jovial auf die Schulter. »Kommen Sie, Verehrtester!«

Aber kaum hatten sie die Kammer des Kommandanten erreicht, schlug Jasselewitsch auch schon die Tür hinter ihnen zu. Wütend blaffte er den Norweger an: »Tun Sie das nie wieder, Assmundson! Niemals wieder!«

Der Riese kapierte überhaupt nicht, wovon die Rede war. »Was?«

»Sie haben mich vor meinen Leuten korrigiert!« Er ahmte Assmundsons Tonfall nach. »Er kann immer noch seine Hubschrauber einsetzen ...« Er schüttelte den Kopf, und seine Stimme wurde wieder ruhiger. »Sie Narr verraten den Männern dadurch nur, wie wenig Ahnung Sie tatsächlich haben.«

Assmundson atmete tief durch. Eine solche Behandlung war er nicht gewohnt, war aber auch intelligent genug, zu erkennen, dass er einen Fehler gemacht hatte. Nicht etwa, indem er Jasselewitsch korrigiert hatte, sondern dadurch, dass er seine blanke Unwissenheit offenbart hatte. Etwas, das nicht zu einem hochkarätigen Regierungsmitarbeiter passte, der Rolle, die er an Bord noch für eine Weile spielen musste. Noch einmal atmete er durch. »Verzeihen Sie mir, Boris Jasselewitsch, es war falsch!«

Zu seiner Überraschung begann der Kommandant zu grinsen. »Dann denken Sie besser beim nächsten Mal vorher nach, wenn Sie eine schlaue Bemerkung machen wollen!« Er deutete auf den Samowar. »Werfem Sie das verdammte Ding an, ich muss mal schnell für Kommandanten!«

Verdutzt sah Assmundson dem Russen nach, der eilig in der kleinen Nasszelle verschwand. Er hatte seit

Jahrzehnten mit den Russen zu tun, aber manchmal war es auch für ihn schwer, sie zu verstehen. *Wahrscheinlich begreifen die Russen sich selbst nicht!* Er schaltete die elektrische Samowarheizung an. Das entscheidende Teekonzentrat in der oberen kleinen Kanne würde Jasselewitsch selbst zubereiten, eine Art feierlicher Handlung, in die Assmundson nicht gedachte sich einzumischen.

Ein paar Minuten später saßen die Männer bei einem heißen Tee, als sei nichts gewesen. »Eigentlich ein schönes Gefühl, endlich mal wieder im Atlantik zu sein«, bekannte Boris Jasselewitsch. »Es ist verdammt lange her, dass ich zuletzt hier gewesen bin.«

Assmundson konnte dies, obwohl er kein Seemann war, seltsamerweise irgendwie nachvollziehen. »Dann können wir ja nun zu Phase zwo übergehen!«

Der Kommandant rührte immer noch unverwandt in seiner Teetasse herum. »Etwas ist schiefgegangen. Dieser Udaloy-Zerstörer hätte nicht allein unterwegs sein dürfen. Folglich muss jemand die anderen Schiffe abgezogen haben.« Er blickte nachdenklich auf das Schachbrett mit den aufgebauten Figuren, das auf dem Tisch zwischen ihnen stand. Natürlich hatten sie nach ihrem letzten Gespräch eine Partie begonnen, die aber nur langsam vorankam, denn nur von Zeit zu Zeit tat Jasselewitsch einen Zug, der dann allerdings sehr schnell von Assmundson beantwortet wurde. »Ich nehme an, Scholokoff ist geschnappt worden, bevor er sich absetzen konnte.«

»Das könnte durchaus eingetreten sein, Boris.«

»Es wird auch nicht mehr lange dauern, bis eine dritte Partei in unserem Spiel mitmischt. In Langley ist man garantiert schon aufmerksam geworden; die Amerikaner werden ebenfalls ihre Jäger loshetzen, und sei es nur, um für alle Eventualitäten gerüstet zu sein.«

»Rechnen Sie mit jemand Bestimmtem?«

»Früher hätte ich es getan, aber nach meinen Informationen kommandiert der Mann kein Boot mehr. Schade eigentlich, denn ich hätte mich gern bei ihm revanchiert, nachdem er mich einmal unter dem Eis schön hereingelegt hat.«

6. Kapitel

8. Tag, 09 : 30 Ortszeit, 14 : 30 Zulu – Langley,
Abteilung für strategische Analysen

»Wir haben ihn!« Roger Marsdens Stimme am Telefon klang aufgekratzt, denn seine Leute hatten gerade in relativ kurzer Zeit ermittelt, wer der hellblonde Zweimetermann auf der Serie der Satellitenfotos von Murmansk war. »Arne Assmundson, ein norwegischer Unternehmer aus der Ölbranche und auch mit der Exploration anderer Bodenschätze befasst.«

»Gratuliere«, sagte DiAngelo. »Aber was hat so ein Mann auf einer russischen U-Boot-Basis verloren, und wie ist er überhaupt dorthin gelangt?«

Marsdens gehobene Stimmung verflog etwas. »Das versuchen wir derzeit noch zu eruieren. So, wie es aussieht, hat Admiral Scholokoff ihn mitgebracht. Aber warum und wieso? Da tappen wir noch im Dunklen. Es ist nicht ganz einfach, in Russland festzustellen, wie manche Geschäftsverbindungen geknüpft sind. Da tut jeder jedem irgendwann einen Gefallen, und das Ganze geht munter im Kreis herum, wie ein Karussell. Um Näheres herauszufinden, müssten unsere Leute vor Ort einiges riskieren. Ist es das wert?«

»Ehrlich gesagt, ich weiß es nicht, Roger. Doch was ist mit Scholokoff?«

»Tja ..., der ist in einem Sanatorium in der Nähe von

Moskau untergebracht. In früheren Sowjetzeiten ließ der KGB dort Regimegegner ›behandeln‹. Wozu es heute dient, ist schwer zu sagen.«

»Also hat man ihn kaltgestellt?«

»Auch diese Frage lässt sich nicht so ohne weiteres schlüssig beantworten. Scholokoff hat in letzter Zeit das Thema des einstigen Ruhms der Sowjetunion immer wieder einmal öffentlich aufs Tapet gebracht. Und vielleicht ist er damit irgendwelchen politischen Machthabern ein bisschen zu sehr auf den Geist gegangen. Wer weiß. Auf jeden Fall ist er erst mal weg vom Fenster. In manchen Dingen unterscheidet sich das neue Russland nicht sonderlich vom alten.«

DiAngelos Instinkte begannen Alarm zu schlagen. »Jasselewitsch hat seine Befehle von Scholokoff bekommen. Nun ist er in See, und nach ihm ist die halbe russische Flotte ausgelaufen. Für ein reguläres Manöver ist das Ganze viel zu groß angelegt. So langsam tendiere ich zu der Auffassung, sie jagen Jasselewitsch. Scholokoff wurde anscheinend aus dem Verkehr gezogen. Aber rumschwadroniert hat er eigentlich schon seit Jahren und ist nicht abgesägt worden. Die Maßnahme gegen ihn dürfte daher einen ganz aktuellen Grund haben, der wiederum mit Assmundson zusammenhängt.« Der Captain angelte nach der Mappe mit den neuesten Satellitenbildern. »Laut den Bildauswertern kreuzen die Russen in der Barentssee.« Er blickte auf die Uhr. »Aber ich wette, die ersten Einheiten laufen bereits in den Atlantik. Jasselewitsch allerdings hat ungefähr zwanzig Stunden Vorsprung und kann mittlerweile sonst wo sein.«

Marsden hatte den Erklärungen DiAngelos schweigend zugehört. »Ich begreife, dass Sie nervös sind, aber im Augenblick scheint der gesamte Zinnober doch eher eine interne russische Veranstaltung zu sein.«

»Es sieht so aus, als sei er das, Roger. Trotzdem glaube ich nicht, dass Scholokoff und mit ihm Jasselewitsch sich gegen Russland stellen würden. Dazu sind beide zu sehr bis in die Wolle gefärbte Nationalisten. Und für eingefleischte Kommunisten, die sie sind, ist und bleibt Amerika der Klassenfeind.«

»Sie meinen, Jasselewitsch will einen Zwischenfall provozieren und eventuell ein amerikanisches Schiff angreifen?«

»*Knight Moves,* 1991 mit Christopher Lambert als Schachgroßmeister in einer mörderischen Partie Fernschach. Sie sollten sich den Film mal ansehen. Und Jasselewitsch ist Schachspieler, darauf können Sie wetten.«

»Sie und Ihre Filme.« Marsden schnaubte. »Aber ich habe verstanden, was Sie meinen. Ich werde in Russland alles einsetzen, was ich an Agenten zur Verfügung habe. Und falls Sie irgendeine schlaue Idee haben, was die nächsten Züge dieses Jasselewitsch sein könnten, lassen Sie mich daran teilhaben.«

Zehn Jahre früher – Oslo

Frode Bergstad hatte insofern Glück, als Arne Assmundson während der Nacht nach Oslo zurückkehrte, wodurch dem Inspektor ein Flug nach Russland erspart blieb, wo der Industrielle geschäftlich unterwegs gewesen war. Es gab auch keine Probleme, zu dem Big Boss vorgelassen zu werden, als Olafson und er am nächsten Tag Assmundson in dem großen, etwas außerhalb der Hauptstadt gelegenen Firmenkomplex aufsuchten. Eine Sekretärin führte die beiden Beamten in ein geräumiges Büro, und hinter einem mächtigen Schreibtisch erhob sich ein sehr großer Mann mit hellblondem Haar.

Assmundson wirkte auf den ersten Blick beinahe wie ein Albino, aber die blauen Augen zeigten, dass er einfach nur sehr blond und hellhäutig war, aber Pigmente besaß. Ruhig blickte der Industriemagnat auf Bergstad herab, während er die Hand ausstreckte. »Inspektor Bergstad? Meine Sekretärin sagte mit, Sie seien von der Kriminalpolizei.«

Frode Bergstad nickte. »So ist es. Das hier ist mein Kollege Inspektor Olafson, ebenfalls Kripo Oslo. Herr Assmundson, ich fürchte, wir haben schlechte Nachrichten für Sie.«

»Und das bedeutet?«

»Vielleicht sollten wir uns besser erst einmal setzen, Herr Assmundson.«

»Bitte.« Assmundson deutete auf die schwere, für Besucher vorgesehene Ledersitzgruppe.

»So schlechte Nachrichten?« Assmundson lächelte knapp. »Wie Sie wollen, Inspektor.«

Als alle Platz genommen hatten, räusperte sich Bergstad etwas mühsam. »Ich habe leider die traurige Aufgabe, Ihnen mitteilen zu müssen, dass Ihre Tochter am vergangenen Sonntag Opfer eines bedauerlichen Gewaltverbrechens wurde.«

»Krista ...« Der Industrielle wurde noch eine Nuance blasser, obwohl das eigentlich gar nicht mehr möglich war. »Wie geht es ihr, ist sie ...« Er brach ab, als er in den Augen Bergstads die ganze Wahrheit erkannte. »Mein Gott!« Dann fiel er in Schweigen, in seinem Gesicht zuckte kein Muskel.

Frode registrierte gewohnheitsmäßig jede seiner Reaktionen. Manche Menschen klappten einfach zusammen, wenn man sie mit dergleichen konfrontierte, andere brachen in Tränen aus. Und es gab auch solche, die heftig widersprachen und behaupteten, alles müsse ein grenzenloser Irrtum sein. Assmundson hingegen saß einfach da und starrte ins Leere. Irgendwie erwartete Bergstad, dass der große Mann im nächsten Augenblick anfangen würde zu schreien.

Stattdessen stand er auf, ging zu seinem Schreibtisch und drückte den Knopf der Wechselsprechanlage. »Stella, Kaffee und Getränke für die Herren von der Polizei und mich ... und sagen Sie bitte alle Termine für heute ab.« Dann kehrte er zu der Sitzgruppe zurück. »Ich höre!« Das war keine Bitte, sondern ein Befehl.

»Ihre Tochter wurde am Samstag Abend in ihrem Haus in Oslo von einem Unbekannten überfallen, misshandelt und später getötet.« Bergstad zuckte ratlos mit den Schultern. »Wir verfolgen eine Menge Spuren, aber es ist noch zu früh, um darüber etwas zu sagen.«

»Wurde sie ...« Aber dann winkte Assmundson ab. »Natürlich, ich sehe es Ihrem Gesicht an, Inspektor.« Er schwieg einen Augenblick, und Bergstad fragte sich, ob er für einen Moment nachdachte oder still betete. »Die Aussage, über die vielen Spuren, die Sie verfolgen, bedeutet wahrscheinlich im Klartext, dass Sie konkret noch gar nichts wissen.«

»Herr Assmundson, so leid es mir tut, ich muss Sie um Verständnis bitten, dass ich Ihnen keine Details über die laufenden Ermittlungen mitteilen darf.« *Und kein verdammtes Wort über amerikanische Seeleute oder Serienkiller, klar?* Leifsons Forderung erschien in flammenden roten Lettern vor seinem geistigen Auge.

Vielleicht war das einer der seltenen Fälle, in denen der Staatsanwalt ausnahmsweise richtig lag.

Zu Bergstads Überraschung lächelte Assmundson knapp. »Ich werde nicht weiter in Sie dringen, Inspektor, schließlich befolgen Sie auch nur Ihre Vorschriften. Bis heute Abend werde ich trotzdem alles wissen, was mich in diesem Zusammenhang interessiert.« Das Lächeln erlosch, als Assmundson sich wieder in seinem Sessel zurücklehnte. »Als Sie erklärten, Sie kämen mit schlechten Nachrichten, dachte ich zunächst, jemand hätte mich mal wieder wegen irgendetwas angezeigt.« Sein Plauderton offenbarte sinnfällig die eiserne Selbstkontrolle, über die dieser Mann verfügte. »Mal sind es angebliche Umweltsünden eines meiner Unternehmen, mal wird mir Steuerhinterziehung angedichtet oder was auch immer. Neider, Wichtigtuer oder Leute, die eine andere Auffassung von den Dingen haben als ich, gibt es mehr als genug. Von daher rühren auch die sogenannten schlechten Nachrichten, die mich ansonsten verfolgen. Damit, dass Krista etwas zugestoßen sein könnte, habe ich nie und nimmer gerechnet.«

»Ihre Tochter hatte ihren Namen geändert, deswegen dauerte es etwas länger, bis wir herausfanden, dass Sie ihr Vater sind.« Bergstad war sich nicht sicher, ob es klug war, seiner Neugier nachzugeben, aber das war nun mal eine Art Berufskrankheit.

Arne Assmundson versteckte sich erneut hinter einem kargen Lächeln. »Krista teilte viele meiner Ansichten absolut nicht, oder ich umgekehrt nicht die ihren. Sie ist … nein, war … in mancherlei Hinsicht ihrer Mutter ähnlich.« Sein Gesicht wurde wieder ausdruckslos, als er sich vorbeugte. »Bringen Sie mir den Mistkerl, der ihr das angetan hat, Inspektor! Das ist es, was ich von Ihnen verlange. Wenn es Probleme mit Spesen gibt, mit Kosten, wenn Sie zusätzliche Unterstützung von außen brauchen, ganz egal was, kommen Sie zu mir. Aber finden Sie ihn und vor allem schnell!«

»So, wie Sie sich das vorstellen, Herr Assmundson, geht das in einem Rechtsstaat nicht«, erklärte Bergstad mit großer Bestimmtheit. »Wenn wir den Täter haben, wird er vor Gericht gestellt, wie es sich gehört.«

»Tun Sie das und sorgen Sie dafür, dass der Kerl hinter Gittern verschwindet. Und dann vergessen Sie am Besten, dass es ihn jemals gegeben hat.«

Die Tür öffnete sich, und die Sekretärin wollte einen Teewagen mit Getränken hereinschieben, doch Assmundson winkte ab. »Wenn Sie mich bitte entschuldigen wollen, meine Herren? Ich würde gerne etwas alleine sein. Ihre Karten können Sie im Vorzimmer hinterlassen.«

Bergstad begriff, dass die Unterredung beendet war. Er erhob sich und streckte die Hand aus. »Mein herzliches Beileid. Ich bedaure es aufrichtig, dass ich Sie mit dieser Nachricht konfrontieren musste.«

Der Industrielle ignorierte die Hand. »Bitte gehen Sie jetzt.« Ohne sich noch einmal umzuwenden, kehrte Assmundson zu seinem Schreibtisch zurück.

Unten auf der Straße zündete der Inspektor sich erst einmal eine Zigarette an, bevor er seinen Assistenten fragte: »Und was halten Sie von ihm, Ivar?«

Olafson zögerte nicht einen Augenblick. »Er hat Geld, Macht und Einfluss und ist sich dessen sehr bewusst. Assmundson ist jemand, der es gewohnt ist, dass andere nach seiner Pfeife tanzen, und er wird Ärger machen.«

»Also Druck auf die Ermittlungen ausüben?«

»Wenn es nur das wäre, aber der Mann hat ja unverhüllt damit gedroht, den Mörder seiner Tochter im Gefängnis töten zu lassen.«

»Hoffen wir, dass da nur der hilflose Zorn aus ihm gesprochen hat.« Bergstad warf angewidert die Zigarette aufs Pflaster und trat sie aus. Sie wussten beide, dass Hoffnung oft genug gleichbedeutend mit Selbsttäuschung war.

8. Tag, 13 : 00 Ortszeit, 17 : 00 Zulu – USS *Ulysses S. Grant,*
Carrier Strike Group »Grant«,
550 Meilen östlich der großen Neufundlandbank

Weiter und weiter stieß der Trägerverband in den Nordatlantik hinein. Nach Norden waren es noch Hunderte von Meilen bis zur Eisgrenze, aber wenn die *Grant* die Länge Grönlands erreicht hatte, stand die nächste Kursänderung an. Nach Norden, hoch bis Skandinavien.

In den Korridoren des stählernen Riesen brodelte die Gerüchteküche, obwohl es den meisten Seeleuten eigentlich egal war, wohin ihr Schiff fuhr, vom Landgang einmal abgesehen. Unvorhergesehene Planänderungen warfen immer Fragen auf. Dass Admiral Thornby die auch beim besten Willen momentan nicht zu beantworten vermochte, konnten die Männer nicht wissen.

Jack Thornby legte das Fernschreiben mit den neuen Befehlen zur Seite und sah seinen Kommandanten ruhig an. »Das Ganze wird sich vermutlich als ein Sturm im Wasserglas herausstellen, alles andere sollte mich sehr wundern, Josh. Trotzdem ist es nie verkehrt, auf Eventualitäten vorbereitet zu sein. Neben den üblichen Luftstreifen will ich daher, dass sich auf unbestimmte Zeit permanent zwei Alarmrotten in Bereitschaft halten, und die Aufklärer sollen sich auch schon mal auf eine ganze Serie von Einsätzen einstellen.«

Captain Joshua T. Miller nickte. »Aye, aye, Admiral. Ist eigentlich schon etwas über die Gründe bekannt, warum die Russen plötzlich so aktiv geworden sind?«

»Negativ, Josh.« Thornby schob ihm das Fernschreiben zu. »Lesen Sie selbst.«

Der Captain überflog den Inhalt und machte ein ratloses Gesicht. »Im Grunde werden wir nur angewiesen, ein Auge auf die Situation zu haben und im Falle einer Krise nach eigenem Ermessen zu handeln.«

»Übersetzt heißt das, wenn ich alles richtig mache, wird jemand anders die Lorbeeren einheimsen, wenn nicht, wird es mir an den Kragen gehen.« Nur scheinbar amüsiert zog Thornby eine Schublade seines Schreibtisches auf. »Einen Drink, Josh?«

»Danke, Sir, aber ich bin noch im Dienst.« Im Prinzip trank der Kommandant, wie das Gros seiner Offiziere auch, auf See so gut wie nie einen Schluck Alkohol. Die *Grant* vereinnahmte ihre Besatzung praktisch rund um die Uhr. Der Admiral hingegen war nicht in den Bordbetrieb eingebunden und konnte sich seine Drinks leisten, mal ein Buch lesen oder einen Film auf DVD ansehen.

Admiral Thornby schien etwas von diesen Gedanken zu ahnen. »Na, wie Sie wollen. Ich gönne mir jedenfalls einen.« Bei den Worten füllte er sein Glas, nahm genießerisch einen Zug und lehnte sich dann mit einem Seufzer zurück in seinem Sessel. »Natürlich will niemand einen Zwischenfall mit den Russen provozieren, doch es kann auch nicht schaden, ihnen gegenüber ein gewisses Maß an Stärke zu demonstrieren. Die Iwans haben zwar ihre einstige Weltmachtstellung verloren, aber irgendwie wollen sie das nicht wahrhaben. Und dass die Europäer sie öfter mal hofieren, bestärkt die Brüder eher noch in ihren Illusionen. Wir laufen jedenfalls so nahe an die norwegische Küste heran, dass unsere Aufklärer gute Chancen haben, etwas aufzuschnappen, falls die Russen in den Atlantik laufen. Signal an den Verband, ich will hohe Fahrt laufen lassen.«

»Die *Baton Rouge* können wir erst zu den regulären Funkzeiten erreichen. In dem Fall wäre das in einer Stunde, Sir.«

»Der Verband schafft knapp über fünfundzwanzig Knoten, wenn wir nicht unseren Tanker verlieren wollen. Das U-Boot schafft über dreißig. Und schließlich muss es nicht unterwegs stoppen, um zu bunkern. Ich werde die neuen Befehle entsprechend formulieren und durch meinen Flaggleutnant …«

Das Klingeln des Telefons unterbrach den Admiral. Beinahe automatisch griff Thornby zum Hörer. »Admiral Thornby?«

Captain Miller sah, wie sich die Miene Thornbys verdüsterte, bevor er ihm den Hörer über den Schreibtisch reichte. »Für Sie, Josh.«

»Kommandant«, meldete die vertraute Stimme seines Fliegerleitoffiziers, »es gibt ein Problem. Dragonflight kommt mit einem ausgefallenen Triebwerk herein. Die Elektronik hat auch etwas abbekommen. Erbitte Erlaubnis zur Kursänderung, Sir.«

In Millers Kopf spulten sich lange eintrainierte Programme ab. Fliegerischer Notfall. »Der WO soll in den Wind drehen. Ich komme sofort hoch. Wer ist bei Dragonflight?«

»Wildgoose, Sir!«

Mit den beiden Namen verband Miller sofort auch

zwei Gesichter. Dragonflight – das war Lieutenant Billy Turner, ein noch junger Pilot mit gerade einmal einem paar Dutzend Trägerlandungen. Und Lieutenant-Commander Sue Fletcher war als Wildgoose bestens bekannt. Sie hatte Hunderte von Landungen auf Trägern hinter sich, Kampferfahrung über Bosnien und dem Irak gesammelt, eine Pilotin mit Tausenden von Flugstunden. Wenigstens hatte der junge Turner jemanden in der Nähe, der wusste, wie solche Dinge abliefen. »Ich bin gleich bei Ihnen! Gehen Sie auf AK!«

»Nun machen Sie schon, dass Sie loskommen!« forderte der Admiral seinen Kommandanten auf. »Kümmern Sie sich um Ihr Schiff, Josh, alles andere kann warten.«

Lieutenant Bill Turner schwitzte Blut und Wasser. Sein Beobachter versuchte nach wie vor, der Elektronik ein Lebenszeichen zu entlocken, aber vergeblich. »Nichts, Billy!«

Der Pilot griff den Steuerknüppel fester, ein Ding, das in einem modernen Kampfjet eher dem Joystick eines Computerspiels ähnelte, und glich das Drängen der Maschine nach Steuerbord vorsichtig aus. Der Ausfall eines Triebwerks brachte natürlich einen Drall zu dieser Seite hin mit sich. Vielleicht nur um ein oder zwei Grad, aber bei einer Geschwindigkeit von immer noch rund fünfhundertfünfzig Seemeilen in der Stunde machten ein oder zwei Grad eine Menge aus. Und es bestand ja immer noch die Gefahr, dass die instabile Maschine sich in der Luft drehte. Billy stieß einen Fluch aus. Es grenzte ja fast schon an ein Wunder, dass die Steuerung überhaupt noch reagierte.

»Ruhig, ganz ruhig, Dragonflight!« Die Stimme von Wildgoose drang aus den Kopfhörern. »Der Träger dreht bereits in den Wind. Noch ein paar Minuten, und du hast es geschafft.« Sie zögerte. »Ihr könnt immer noch aussteigen, aber wenn es weiter runter geht ...«

Turner blickte auf seine Instrumente, doch der elektronische Höhenmesser zeigte immer noch stur jene zwanzigtausend Fuß an, die sie hatten, als der ganze Ärger losging. Er blickte zur Seite aus der Kanzel. Zu schätzen, wie hoch sie im Moment waren, war extrem schwierig. Es mussten so um die fünfzehnhundert Fuß sein. Wenn sie unter tausend Fuß kamen, würde ein Raussprengen mit den Schleudersitzen so etwas wie ein Hasardspiel auf Leben und Tod sein. Sie hatten immer noch ein paar hundert Meilen pro Stunde drauf, und der Fallschirm würde weniger dazu dienen, die Fallgeschwindigkeit zu bremsen, als vielmehr genau die Geschwindigkeit, die sie von ihrer abstürzenden Maschine mitnahmen.

»Was ist, Billy, wollen wir raus?«

Turner spähte erneut hinunter auf die graue Wasserfläche. Einzelne Wellen waren bereits zu erkennen, da die Dünung immer noch hoch lief. »Sag du zuerst.«

Der Beobachter warf ebenfalls einen Blick auf die aufgewühlte See und schüttelte sich. »Ich versuche mein Glück mit dir als Pilot ... und wenn du es verbockst, werde ich dir mein ganzes restliches Leben nicht verzeihen!«

Ein fast makabrer Scherz in ihrer Situation. Lieutenant Turner korrigierte erneut den Seitendrall, Hände und Füße bedienten beinahe automatisch Steuerknüppel und Pedale. »Alles klar, Tom!« Der Atlantik würde sie nicht kriegen, nicht heute! »Zum Dinner sind wir wieder in unserer Messe, du zahlst das Bier!« Er sah sich kurz nach der anderen Maschine um. Wildgooses

F-18/D(RC) hing wie ein dunkler Schatten an seiner Backbordseite. Deutlich sichtbar konnte er das Sensorpaket der Aufklärungsmaschine anstelle des Vulcan Gatling sehen. Aber er fühlte sich dadurch nicht bedrängt. Wildgoose würde wegdrehen, sollte er mehr Raum brauchen. Im Augenblick war die Gegenwart der anderen Maschine eher tröstlich, auch wenn der Verstand ihm sagte, dass die andere Crew kaum etwas würde tun können, sollten sie abschmieren. Denn im letzten Augenblick waren Kampfflieger immer allein.

Captain Joshua Miller starrte von der Brücke hinaus nach achtern, aber die angeschlagene Maschine war noch immer zu weit entfernt, um mit bloßem Auge erkannt zu werden. Im Augenblick verfolgten die wachsamen Radaraugen über ihm jede Bewegung des waidwunden Jagdbombers, aber der gesamte Funkverkehr lief über Wildgoose. Offenbar hatte Dragonflight nicht mehr die Sendeleistung, um direkt mit der Operationszentrale des Trägers sprechen zu können.

Die Besatzung wollte nicht aussteigen. Letzten Endes eine Entscheidung, die einzig und allein der Pilot treffen konnte. Aber dem Captain war nicht wohl bei der Sache. In all den Jahren seines Dienstes auf Flugzeugträgern, bis er schließlich die Brücke der *Grant* erklommen hatte, hatte er zu viel mit ansehen müssen. Flugzeuge, die das Halteseil verfehlten, Flugzeuge, die mit hoher Geschwindigkeit unter einem Splitterregen über das Deck rutschten, oder, das schlimmste Bild von allen, wenn eine Maschine in Flammen aufging. Aufschlagbrand, ein Wort, das nur den Schrecken der Realität verbarg, wenn die Männer im Cockpit noch für Minuten hilflos in ihren Gurten hingen, aber niemand ihnen beistehen konnte, weil die enorme Hitze des brennenden Kerosins das unmöglich machte.

»Da ist er!«, schrie sein Beobachter.

Turner blendete alles in seinen Gedanken aus – die graue See, den Seitenwind, sogar Wildgoose, die zur Seite wegzog. Alles, was zählte, waren das Heck des Trägers, die Lichtsignale des Flugdeckoffiziers, die Handzeichen von Bats. Alles, nur nicht falsch reinkommen! Nur nicht abgewinkt werden. Turner wusste, er hatte nicht die Nerven, das Manöver noch ein zweites Mal durchzuziehen, nicht mit dem schrottreifen Vogel.

Alles schien sich mit Schallgeschwindigkeit abzuspielen. Fahrwerk raus, Schub reduzieren, Nase hoch, Fanghaken raus. Irgendwo unter ihm rumpelte etwas. Das vertraute Gefühl, wenn das Fahrwerk ausfuhr und die Aerodynamik für einen winzigen Moment schwammig wurde.

»Dragonflight, Fahrwerk und Fanghaken draußen!« Wildgooses Stimme klang angespannt. »Acht Meilen, runter vom Gas, Mann! Und die Nase nicht so hoch, du überziehst sie!«

Schweiß lief Turner in die Augen, während er versuchte, alles gleichzeitig zu tun. Acht Meilen, das bedeutete, bei einer Landegeschwindigkeit von zweihundert Meilen pro Stunde, er hatte noch sechsunddreißig Sekunden bis zum Aufsetzen, eine halbe Minute bis zum *point of no return* in seinem Manöver.

Windböen griffen nach der Maschine und schüttelten sie. Hier, in Nähe der Meeresoberfläche und so langsam, wie sie nur sein konnte, ohne abzustürzen, war sie wieder der launischen Natur ausgesetzt. Turners Hände korrigierten um Bruchteile von Millimetern die Anflugrichtung. Der Träger verschwand aus seinem Blickfeld, als er die Nase wieder anhob. Es war eine Sache des Gefühls, der Übung. Kein Pilot vermochte in diesem letzten Moment die drei Fangseile zu sehen, die quer über das Deck gespannt waren. Doch eines musste er erwischen, um den tonnenschweren Vogel zum Stillstand zu bringen. Dann kam noch das Fangnetz als letzte Option, aber das klappte meistens ohnehin nicht. Sechs Sekunden noch – die Geschwindigkeit der F-18 erreichte die kritische Grenze, unterhalb derer die dreieckigen Tragflächen nicht mehr den Auftrieb erzeugten, die Masse des Flugzeuges in der Luft zu halten. Schwer sackte Dragonflight durch. Das Heck des Trägers schien sich in der See zu heben, wie um die anfliegende Maschine abzuwehren. Eine viele hundert Tonnen schwere Stahlwand, die sich in den Kurs des Flugzeuges hob, aber es war eine optische Täuschung, in Wirklichkeit war es Dragonflight, der durchsackte.

Turner reagierte bereits, als das »Oh Shit! Du …« von Wildgoose in seinem Kopfhörer erklang. Automatisch griff seine Hand nach dem Schubhebel und drückte ihn nach vorn. Die Turbine heulte gequält auf. Aber der plötzliche Andruck presste Billy und Tom, seinen Beobachter, in ihre Sitze. *Nase runter, Klappen hoch …* Die F-18 war zu nahe und zu langsam, um noch viel Geschwindigkeit aufzunehmen. Der plötzliche Schub, zusammen mit der nach oben gerichteten Nase der Maschine, reichte gerade einmal für einen kleinen Satz nach oben. Der Fanghaken kratzte über das Stahldeck, aber noch bevor er das erste Fangseil erreichte, schlug die linke Tragflächenspitze gegen die Panzerbarriere, hinter der die Decksmannschaft in Deckung gegangen waren. Für Billy Turner verwandelte sich die Welt in ein rasendes Karussell.

7. Kapitel

8. Tag, 12 : 00 Ortszeit, 17 : 00 Zulu – Langley,
Abteilung für strategische Analysen

»Jetzt haben Sie mich gerade noch vor dem Lunch erwischt, Sir!«, sagte Captain DiAngelo in den Telefonhörer.

William Boulden lachte leise. »Sie wissen, wie das ist. Der Präsident ist besorgt, und dann springen wir, alle und sofort!«

»Aye, aye, Sir!« Bob wusste, wie das war: Immer wenn jemand aus den höheren politischen Etagen etwas wollte, wurde dies behauptet. »Was also kann ich für den Präsidenten tun?«

»Laut NSA laufen die Einheiten in den Atlantik. Dort operiert auch eine unserer Strike Groups. Die Navy hat Befehl gegeben, dass der Träger *Grant* und seine Begleitschiffe nach Skandinavien gehen, um ein Auge auf die Situation zu haben. Aber man will natürlich keinen Zwischenfall provozieren.« Der Präsidentenberater seufzte. »Jedenfalls wollte mein Herr und Meister von mir eine Einschätzung haben, und ich habe ihm gesagt, ich frage erst mal Sie. Was ich hiermit tue, Captain.«

»Ich fühle mich geehrt«, erklärte Bob ironisch. »Da wir bisher noch zu wenig wissen, kann aber auch ich nur Vermutungen anstellen. Geheimdienstlich ist immer noch unklar, wer welche Befehle gegeben hat. Bekannt ist lediglich, wo ein Teil der russischen Überwassereinheiten steckt. Sämtliche Akulas sind jedenfalls seit dem Auslaufen der Nordmeerflotte von der Bildfläche verschwunden.«

»Wenn ich Sie beim unserem letzten Treffen richtig verstanden habe, dann ist es doch eigentlich normal, wenn die Dinger im wahrsten Sinne des Wortes mal für längere Zeit abtauchen?«

»Nur können wir sie dann so gut wie nicht orten. Allenfalls auf kurze Entfernung, oder wenn sie einen Fehler begehen. Es kommt immer viel auf die Kommandanten an, aber im Grunde können sich die Boote überall und nirgends rumtreiben.«

»Dann spekulieren Sie einfach ein wenig, das können Sie doch so gut«, sagte Boulden und meinte dies ganz ernst.

»Die Russen jagen ihr eigenes neues Akula drei. Admiral Scholokoff hat Jasselewitsch irgendwelche Befehle erteilt, die dazu geführt haben, dass Scholokoff in einem Sanatorium verschwand. Nun bemüht sich die Marine, die Sache wieder in den Griff zu kriegen. Es gibt zwei Möglichkeiten: Entweder sie versuchen, Jasselewitsch zu erreichen, um die Befehle zu widerrufen, oder sie müssen die *Kugar* versenken. Aber in beiden Fällen müssen sie das Boot erst einmal finden.«

»Gut!« Boulden tippte offenbar auf einer Tastatur Stichworte ein. »So weit habe ich das kapiert. Und welche Rolle spielt dieser Skandinavier?«

»Die russische Marine ist, obwohl sich das in den letzten Jahren gebessert hat, alles andere als finanziell gut ausgestattet. Und an Geld scheint es Assmundson nicht zu mangeln. Denkbar, dass er einen namhaften Betrag – für was auch immer – zur Verfügung gestellt hat.«

»So wie dieser andere Milliardär, der sich quasi einen Weltraumflug gekauft hat?«

»Warum auch nicht. Auch unsere U-Boote haben schließlich schon oft genug zivile Missionen unterstützt, Forschungsvorhaben zum Beispiel. Aber das würde allein nicht erklären, warum die Russen hinter der *Kugar* her sind.«

»Es sei denn, dieser Assmundson hätte insgeheim eine ganz andere Art von Trip gebucht, der in dieser Form unerwünscht ist.«

»Was diesen Assmundson betrifft, so kann ich Ihnen versichern, dass Marsden bereits intensiv an ihm dran ist«, sagte DiAngelo beruhigend.

Der Präsidentenberater schwieg einen Augenblick überrascht. »Das hätte ich mir eigentlich denken können«, bekannte er anschließend.

»Er lässt nichts anbrennen, falls Sie das meinen. Mehr Druck wird auch kein besseres Ergebnis bringen. Kann ich sonst noch etwas für Sie tun, Sir?«

»Ja, denn ich will Sie draußen auf See wissen, Captain. Finden Sie Jasselewitsch, hängen Sie sich an ihn, und wenn er etwas tut, was auch nur im Entferntesten so aussieht wie ein Angriff auf uns, dann schießen Sie ihn ab. Was brauchen Sie dafür?«

DiAngelo holte erst einmal tief Luft. »Um ein Akula zu jagen? Eine verdammte Flotte, Sir!«

Boulden gab etwas nicht Druckreifes von sich. Dann räusperte er sich. »Ich fürchte, wir haben derzeit keine Flotte übrig, Sie werden daher improvisieren müssen.«

»Ich habe geahnt, dass Sie so etwas sagen würden.« Er zögerte. »Hoffen wir, dass Marsdens Leute noch rechtzeitig etwas herausfinden, das uns weiterhilft.« DiAngelo wandte sich in seinem Sessel um und blickte aus dem Fenster auf den Park der Gemeinde McLean. Blumen blühten, Kinder spielten, die Bäume trugen Laub. Aber alles, was er sah, war die endlose Weite des Atlantiks. Und Eis ... »Jasselewitsch muss erst einmal seinen Jägern entkommen, bevor er tun kann, was auch immer er plant.« Die Stimme des Captains wurde leiser. »Er wird sich verstecken, dort, wo keiner ihn finden kann und er sich auskennt.«

»Und wo soll das sein?«

DiAngelo lachte leise. »Unter dem Eis.« Ein Gedanke kam ihm, und er zitierte leise: »Im Dom der Kälte, wo Franklins Schiffe auf ewig segeln, wo Männer auf ewig einsam auf Rettung warten, die auf ewig nicht kommen wird.«* Bob schwieg einen Augenblick, bevor er fortfuhr. »Dort wird er unterkriechen, bis sich der erste Wirbel gelegt hat.«

»Also gut. Ich spreche mit Schwartz und Braxton, damit vonseiten der Navy alles klargeht. Sie bekommen innerhalb der nächsten Stunden Nachricht.«

Nachdem die beiden Männer ihr Gespräch beendet hatten, starrte Bob das Telefon an. Es dauerte eine Weile, bis er sich dazu durchringen konnte, den Hörer aufzunehmen und die vertraute Nummer zu wählen. »Angela, hier ist Bob ... ich fürchte, ich muss für eine Weile verreisen!«

---

* *Dome of Cold*, Charles Francis Hall, 1860, geschrieben vor seiner ersten Suchexpedition nach John Franklins Schiffen in der Arktis.

Nach dem Gespräch mit Assmundson veränderte sich der Fall. Es waren nur Kleinigkeiten, aber Frode Bergstad wusste die Zeichen zu deuten. Leifson richtete drei Tage später eine offizielle Anfrage an die US Navy mit der Bitte um Unterstützung. Von einem Verdächtigen war dabei keine Rede, sondern nur von einem unbekannten Seemann, der möglicherweise Zeuge eines Verbrechens geworden war.

Zu Bergstads Überraschung reagierten die Amerikaner ziemlich schnell. Offensichtlich hatte jemand die Anfrage einfach an das Flaggschiff der Strike Group »Grant« weitergeleitet, und da es in der Navy üblich war, jeden, der von Bord ging, im Landgangsbuch einbeziehungsweise bei der Rückkehr wieder auszutragen, leiteten die Amerikaner einfach Kopien der entsprechenden Seiten an die norwegischen Behörden weiter. Das geschah innerhalb von vierundzwanzig Stunden, nachdem Leifson endlich dem Druck nachgegeben hatte, der nun plötzlich von verschiedenen Seiten auf ihn einzuwirken schien. Doch nach dem Eintreffen der Listen herrschte plötzlich Ratlosigkeit.

Ivar Olafson blätterte resigniert durch die endlosen Faxe. »Ich hatte nicht erwartet, dass es so viele sein würden.«

»Wie viele sind es denn?« Bergstad starrte den Papierstapel angewidert an.

»Allein vom Träger waren in der fraglichen Nacht dreiundfünfzig Mann, die vom Rang her in Frage kämen, an Land. Ob in Zivil oder Uniform, können die Amerikaner leider nicht mehr feststellen.« Er blickte in die Liste. »Vom ganzen Verband waren es insgesamt einhundertundsiebzehn.«

Der Inspektor kratzte sich am Kinn. »Wir müssten den Zeugen und diese Männer einander gegenüberstellen. Nur wie soll das gehen? Die sind ja jetzt schon wieder alle in See.«

»Die Amerikaner bieten in ihrem Begleitschreiben jegliche Unterstützung an. Vielleicht sollte man sie beim Wort nehmen.«

»Wenn wir mit unserem Zeugen, diesem – wie war sein Name noch gleich? – dahin fliegen, falls die Amerikaner uns überhaupt lassen, und ohne Ergebnis zurückkommen, dann macht Leifson die Mordkommission dicht. Der ist sowieso nahe an einer Panik.«

»Und was ist, wenn Thorwald doch gelogen hat? Dann stehen wir sowieso mit leeren Händen da. Dann hat der Staatsanwalt seine Chance, Sie endlich abzusägen, Chef.«

»Da muss er sich noch etwas gedulden. Ich glaube, ich habe eine Idee. Interpol hat sich ja endlich auch geäußert.«

»Davon haben Sie mir noch gar nichts gesagt«, meinte Olafson leicht vorwurfsvoll.

»Kam auch erst vor einer Stunde rein, als Sie noch in der Stadt unterwegs waren. Ich habe allerdings noch nicht …«

Beide Männer sahen sich an. Draußen begann ein langer Sommertag zu Ende zu gehen, die Sonne war schon eine Weile untergegangen, und Dunkelheit hatte sich über die Stadt gelegt. Eigentlich war es schon lange nach Feierabend, und die Beschäftigung mit der Antwort von Interpol, die ja beinahe eine Woche gebraucht hatte, um endlich ihr Büro in Oslo zu erreichen, würde auch noch bis morgen warten können. Aber Olafson wusste, dass es nicht die Abneigung gegen Überstunden war, die Bergstad so zögerlich an die Sache herangehen ließ, es war die Angst vor dem Inhalt, denn das Fax umfasste erheblich zu viele Seiten, um nur ein »Wir wissen von nichts!« zu enthalten.

»Dann wollen wir mal sehen, was Interpol zu bieten hat«, sagte Bergstads Assistent.

Sein Chef begann mit der Lektüre und reichte jedes Blatt, nachdem er es gelesen hatte, stumm und mit immer finsterer werdender Miene an Olafson weiter.

»Genau was wir schon immer befürchtet haben«, lautete der Schlusskommentar des Inspektors. »Italien, Zypern, Philippinen, ... sogar Somalia kommt vor.« Er zündete sich eine Zigarette an. »Und die Fälle ähneln sich alle, junge Frauen, die am Abend überfallen und am frühen Morgen getötet wurden.«

»Neunzehn Morde nach vergleichbarem Schema in etwas mehr als zehn Jahren, die Torrhof mitgezählt.«

Bergstad zog an seiner Zigarette. »Ein verdammter Serienkiller, ein Weltreisender in Sachen Mord.«

8. Tag, 13 : 00 Ortszeit, 17 : 00 Zulu – USS *Ulysses S. Grant,*
Carrier Strike Group »Grant«,
550 Meilen östlich der großen Neufundlandbank

Der plötzliche Schlag gegen die Tragfläche ließ die Maschine schleudern. Billy Turner spürte, wie das Bugrad wegbrach und die F-18 auf die Nase sackte. Funken sprühten, als Metall auf Metall traf. Der tonnenschwere Vogel rutschte wild schleudernd über das Deck des Trägers.

Hinter den massiven Schutzbarrieren duckten sich die Männer tiefer, als das abbrechende Bugrad mit einem Donnerschlag dagegenknallte, bevor es in hohem Bogen über Bord flog.

Es war der Glückstag von Billy Turner und seinem Beobachter, denn nach einer Kreiseleinlage fingen die armdicken Gummiseile des Fangnetzes die schrottreife Maschine, Heck voran, doch noch irgendwie auf. In Billys Kopf liefen irgendwelche Szenen seiner Kindheit in Maine ab, während er starr vor Schrecken auf das Fauchen wartete, mit dem das auslaufende Kerosin Feuer fangen würde. Aber alles, was er vernahm, war eine irgendwie verzerrte Stimme: »Go – go – go!« Verwundert stellte er fest, dass das Kabinendach verschwunden war. Marsmenschen in silbernen Anzügen beugten sich über ihn und Hände zerschnitten die Gurte, die ihn auf seinem Sitz hielten. Nur mit Verzögerung begriff er, dass das Rettungsteam ihn aus dem Cockpit zerrte.

Löschgeräte zischten, als die Feuerwehrleute einen dicken Schaumteppich um die Maschine legten. Alles spielte sich mit der Routine Tausender von Übungen ab. Aber Billy bekam davon nichts mehr mit. Er spürte noch, wie Hände ihn aus der Maschine hoben und auf eine Trage legten, dann wurde es dunkel um ihn.

Aber an Deck ging der bedingungslose Einsatz der Mannschaft weiter. Zehn Minuten, so lange hatte Wildgoose alias Sue Fletcher noch Zeit, bevor ihr der Treibstoff ausging. Zehn Minuten, in denen die Rettungsteams das Deck für eine weitere Landung frei geräumt haben mussten. Eines der Zugfahrzeuge nahm die Maschine an den Haken und zerrte sie auf die Seite. An Land würde, wenn ein Flugzeug einen Crash hinlegte, die Unfallstelle für Wochen gesperrt bleiben, Experten würden jedes einzelne Teil katalogisieren und genau an der Stelle, an der es zu Boden gefallen war, ein paar Dutzend Mal fotografieren. Danach würde man alles einsammeln und in einer großen Halle wieder zusammenfügen. Untersuchungen von Flugzeugabstürzen konnten sich unter Umständen über Jahre hinziehen.

Auf einem Träger war dazu keine Zeit. Schon sprühten C-Schläuche mit Wasser den Löschschaum wieder von Deck, und mit Besen wurden die verstreuten Kleinteile vom Flugdeck beseitigt. Aus der verunglückten F-18 wurde in aller Eile der restliche Treibstoff abgepumpt, um zu verhindern, dass es doch noch zu einem Brand kam. Acht Minuten nachdem Dragonflight unsanft das Deck des Trägers berührt hatte, sprangen die großen Lichter der Anflugbake wieder auf Grün, und der Fliegerleitoffizier konnte die erlösenden Worte in sein Mikrofon sprechen: »Wildgoose, *you are cleared for go*! Unser Kurs ist zwo-drei-eins, Wind zehn Knoten aus null-fünnef-eins. Auf Bats achten!«

Knapp zehn Meilen hinter dem Träger zwang Sue Fletcher ihre F-18 in eine enge Kurve und steuerte das Heck der *Grant* an. Nase hoch, Schub reduzieren, die übliche Prozedur lief beinahe automatisch ab. Aber das Adrenalin kochte immer noch in ihrem Körper, nach wie vor gellte der erschreckte Aufschrei Turners in ihren Ohren. Erst viel später sollte sie begreifen, dass ihr Fanghaken korrekt das zweite Fangseil gegriffen hatte, dass sie auf ein Zehntel eines Zolls genau auf der Linie zum Stehen kam und dass sie die Anfluggeschwindigkeit genau erwischt hatte, jenen schmalen Bereich zwischen zu schnell und Durchsacken. Es war wahrscheinlich von ihren Hunderten von Landungen auf Flugzeugträgern die Beste, die sie jemals hingekriegt hatte. So nahe an einem perfekten Manöver, wie man nur sein konnte.

Stunden später würde Billy Turner im Schiffslazarett aus seiner Bewusstlosigkeit erwachen, mit einem

Brummschädel und schmerzenden Knochen. Aber das Erste, was er hören würde, war die Stimme seines Rottenführers Sue »Wildgoose« Fletcher. Zu dieser Zeit würden die Bild- und Signalexperten in einem anderen Teil des Schiffes bereits über den Daten aus den Sensorcontainern der beiden F-18/D(RC) brüten, über der Signatur elektronischer Lebenszeichen einige hundert Meilen entfernt von der *Ulysses S. Grant*. Und sie würden fündig werden.

8. Tag, 17 : 00 Ortszeit, 18 : 00 Zulu –
Russisches Angriffsboot *Kugar*, östlich von Grönland

Die *Kugar* hatte den Kurs gewechselt und steuerte immer weiter nach Norden, in Richtung auf das Eis der Polkappe, um für ein paar Wochen unter dessen Massen zu verschwinden.

Kapitän Jasselewitsch fand, es sei an der Zeit, wieder einmal eine – intern zuvor im kleinen Kreis vorbereitete – Übung anzuberaumen. »Geben Sie Alarm! Feuer im Bugtorpedoraum!«, wies er seinen Ersten an.

Resigniert drückte Oberleutnant Sulkin den Alarmknopf und griff zum Mikrofon. Die Bordlautsprecher brüllten die Meldung heraus. »Brand im Bugtorpedoraum, Feuerlöschtrupp angreifen! Sanitäter bereithalten!«

Irgendwo im Vorschiff würden sich nun schwitzende Männer, eingehüllt in Brandschutzponchos, mit schwerem Atemschutzgerät ihren Weg in dem Bugtorpedoraum bahnen, die nachfolgenden Sanitäter würden die als verletzt Gekennzeichneten durch Schotts und über Niedergänge in die Mannschaftsmesse schleppen, wo Erste Hilfe geübt und der Bordarzt seine Chance nutzen würde, die Besatzung auch in dieser Hinsicht wieder zu drillen.

Rollenschwoof war auf allen Schiffen grundsätzlich verhasst. Es gab Dutzende von Situationen, die immer wieder durchgespielt wurden. Natürlich, und das lag vielleicht auch in der Natur von Seeleuten, glaubte kaum einer von der Besatzung, dass solche Dinge jemals eintreten würden. Dennoch waren Rollenübungen etwas, das man, und auf einem neuen Boot erst recht, einfach hinzunehmen hatte. Wie seine Männer darüber dachten, war Jasselewitsch zudem egal. Ihn interessierte nur, ob seine Leute in der Lage sein würden, jedes Problem zu meistern, wenn es ernst werden sollte. Und, das wusste er, es würde ihnen nicht erspart bleiben.

»Sonar für Zentrale: Neuer Kontakt in null-drei-eins an der Oberfläche, Fahrt etwa zehn Knoten, Kurs zwovier-fünnef! Abstand neun Meilen.«

Jasselewitsch warf einen kurzen Blick auf die Kompasstochter. Immer noch drei-fünnef-null, bei zwanzig Knoten. Wenn das unbekannte Schiff also weiterhin Westsüdwest steuerte, dann würde sein Kurs knapp vor der *Kugar* vorbeiführen. An Backbord lag Grönland, immer noch hundertachtzig Meilen entfernt. Trotzdem war so gesehen die Annahme, dass es sich dabei um eines der großen Fischereischiffe oder auch einen Bohrinselversorger der Eispatrouille handeln konnte, ziemlich naheliegend. Zehn Knoten waren allemal zu wenig für ein Kriegsschiff, selbst für eines mit Hybridantrieb*. »Steuerbord zehn!«, wies er den Ru-

* Schiffe mit zwei Antriebsanlagen, Dieselmotoren für sparsame Marschfahrt und Turbinenantrieb für hohe Fahrt unter Gefechtsbedingungen.

dergänger an. »Wir gehen hinter ihm durch, weit genug, um nicht in ein eventuell vorhandenes Schleppnetz zu geraten.«

Sulkin lächelte müde. Seit Stunden hielt der Kommandant sie mit seinen Übungen auf Trab. Im Stillen hatte er gehofft, dass der neue Kontakt wenigstens eine kurze Pause bringen würde, in der die erschöpften Männer verschnaufen konnten.

Aber daran dachte Jasselewitsch keineswegs. »Übungen fortsetzen, IO. Nur kein Moos ansetzen.«

In der Kommandantenkammer saß Arne Assmundson am Tisch und schmökerte in einem Buch. Was an Bord vonstatten ging, registrierte er nur am Rande, denn das Boot war Sache des Kommandanten. Genau genommen gab es nicht einmal einen triftigen Grund für ihn, mit im Boot zu sein, doch er wollte miterleben, wie sein Plan funktionierte. *Um zu sehen, wie mein Feind stirbt.* Das klang melodramatisch, wie er sich selbst eingestand, war aber passend, weil es absolut stimmte.

Die betagte *Tamara Jagolovsk* war kein Kriegsschiff, auch wenn sie jahrzehntelang unbeachtet von der Welt ihren Dienst in der Roten Flotte versehen hatte. Mittlerweile über ein halbes Jahrhundert alt, war sie immer noch auf den Meeren unterwegs, nur lief sie nicht mehr unter dem Roten Banner, sondern unter der einfachen gelben Flagge einer staatlichen Reederei. Die *Tamara Jagolovsk* war ein Forschungsschiff mit etwa dreitausend Tonnen Verdrängung, dessen vorderes Ende an ein altmodisches Kreuzfahrtschiff en miniature erinnerte, während das Achterschiff unzweifelhaft das eines Bohrinselversorgers war. Der alte Zossen verdiente aber nach wie vor gutes Geld, indem er an die verschiedensten westlichen Forschungsteams verchartert wurde. Ob es darum ging, als Plattform für die Suche nach einem historischen Wrack zu dienen oder auch Meeresströmungen und -temperaturen zu messen, die *Tamara Jagolovsk* war für alles zu haben. Und da Geschäft nun einmal Geschäft ist, war das Schiff zwar alt, aber, was sein Instrumentarium anging, auf dem aktuellsten Stand der Technik.

Drei Tage nachdem das russische Marineministerium diskret um Mithilfe gebeten hatte, denn es gab etliche Schiffe, die unter der Flagge staatlicher Agenturen liefen und deren Besatzungen aus ehemaligen Marineangehörigen bestand, erfasste das Passivsonar der *Tamara Jagolovsk* die Geräuschkulisse der Übungen an Bord der *Kugar,* während sie eigentlich für ein eingeschifftes französisches Forscherteam auf Magmaströme am Grund des Ozeans lauschte. Wenige Minuten später, und von den Forschern unbemerkt, ging bereits ein Funkspruch nach Murmansk heraus: »Kontakt U-Boot auf 72° 14' Nord, 15° 06' West, Forschungsschiff *Tamara Jagolovsk* 1704.«

Damit war die Angelegenheit erledigt, denn schließlich hatte ja niemand angeordnet, einen unbekannten Kontakt im Falle des Falles zu verfolgen. Eher gelangweilt registrierte der zuständige Mann am Sonar, wie das unbekannte U-Boot nach Steuerbord drehte und ihren Kurs ungefähr vier Meilen hinter dem Schiff kreuzte, bevor es wieder nach Norden drehte.

In Murmansk hingegen löste die Meldung hektische Aktivität aus. Innerhalb von Minuten war klar, dass es sich nicht um eines der U-Boote handelte, die man selbst eingesetzt hatte und deren Positionen ja bekannt waren. Es konnte sich natürlich um ein amerikanisches, ein französisches oder ein englisches Boot handeln, aber nach Abgleich aller geheimdienstlichen Quellen war man sich ziemlich sicher, dass auch diese Boote woanders operierten. Was blieb, war die *Kugar,* die mit unbekannten Befehlen von Admiral Scholokoff in See geschickt worden war. Das Boot, das, so vermutete man beim GRU, einen Zwischenfall mit den USA provozieren sollte.

8. Tag, 16 : 30 Ortszeit, 23 : 30 Zulu –
Langley, Abteilung für strategische Analysen

»Ich habe mit der Air Force gesprochen, Sir!« Lieutenant Commander Wilks blickte in seine Notizen. »Sie können einen der regelmäßigen Versorgungsflüge nach Grönland nehmen. Thule Base. Von dort holt Sie ein Flugzeug des Trägers ab. Admiral Schwartz hat dafür gesorgt, dass die *Baton Rouge* neue Befehle erhält. Ein weiteres Boot wird dem Verband zugeordnet, sodass der Träger geschützt bleibt, während Sie sich auf die Jagd begeben.«

Captain DiAngelo nickte knapp. Sein Nussknackergesicht verriet nichts von seinen Gefühlen. »Gut, Thomas. Sehen Sie zu, dass der Laden hier während meiner Abwesenheit läuft.« Bob setzte sich die Mütze auf, während Wilks seinen Seesack nahm. »Dann also auf ein Neues!«

Fast gleichzeitig verließen auch die Agenten Chen-Liu und Jack Small den riesigen Gebäudekomplex der CIA, nur, wie es ihrer Natur entsprach, erheblich diskreter. Sie würden gegen sieben Uhr in Atlanta einen Flug nach London-Gatwick erwischen müssen und von dort aus einen weiteren Anschlussflug nach Oslo nehmen. Erst gegen Mittag Ortszeit würden sie am Ziel sein.

Eine halbe Stunde später erreichten die ersten Nachrichten vom Trägerverband »*Grant*« auf dem Umweg über die Marinebasis Norfolk in Virginia das CIA-Hauptquartier. Eine Aufklärungsstreife des Trägers hatte Funksignale aufgefangen, die, nach Stärke und Richtung zu urteilen, von U-Booten dicht unter der Wasseroberfläche stammen konnten. Es war ja nicht selten, dass die U-Boote nur einfach ein paar Antennen über Wasser streckten, um Meldungen abzugeben oder zu empfangen. Sollte sich diese Vermutung als richtig erweisen, dann operierten mindestens zwei Akula-Boote nördlich des Trägerverbandes. Aber diese Meldung erreichte weder Captain Robert DiAngelo noch Special Agent Jack Small.

8. Kapitel

10. Tag, 04 : 45 Ortszeit, 07 : 45 Zulu –
USS *Baton Rouge*,
Carrier Strike Group »Grant«

Es war früh am Morgen, wenn man die Ortszeit zugrunde legte, aber die war in der stählernen Röhre ohnehin von untergeordneter Bedeutung. Tageslicht gab es nicht, und so etwas wie Wetter eigentlich auch nicht. Alles blieb immer gleich, die künstliche Beleuchtung, die aufbereitete Atemluft mit ihrem leichten Geruch nach Desinfektionsmittel und die Temperatur, die wie üblich immer eine Winzigkeit zu hoch lag. Das Leben folgte eher dem Wachwechsel als dem Wechsel von Tag und Nacht an der fernen Oberfläche.

Lieutenant Commander Martinez saß in seiner Kammer und studierte die neuen Befehle, nicht zum ersten Mal. »Captain Robert DiAngelo, USN!« Er griff nach seiner Kaffeetasse. »United States Navy, dass ich nicht lache!«

»Sie kennen ihn, Sir?«, fragte Turk, sein XO.

Michael Martinez schüttelte den Kopf. »Nicht persönlich, ich habe nur schon von ihm gehört. DiAngelo war Kommandant, dann ging etwas schief auf seinem Boot, ein Unfall, er wurde dabei verletzt und war nicht mehr U-Boot-tauglich. Er verschwand eine Weile. Aber als die ganze Nordatlantikflotte vor drei Jahren raus musste, um die *Tuscaloosa* zu suchen, tauchte er plötzlich wieder auf und leitete die Operation*. Und als letztes Jahr die *Kentucky* im Südchinesischen Meer vermisst wurde, hatte er auch irgendwie die Hände im Spiel.«**

Es wunderte den XO nicht, dass sein Kommandant solche Dinge wusste. Die Welt der U-Boote war eine eigene, in sich abgeschlossene Gemeinschaft, ein Zirkel, in dem man sich immer wieder begegnete. Das galt besonders für den kleinen, exklusiven Kreis der Kommandanten. Natürlich kannte da jeder jeden. Nachdem DiAngelo noch vor ein paar Jahren selbst Kommandant gewesen war, stand zu erwarten, dass der eine oder andere seiner ehemaligen Offiziere inzwischen ebenfalls zum Kommandanten aufgestiegen war. Was aber Turk mehr interessierte, war, für wen der Captain jetzt arbeitete. Wenn die CIA mitmischte, war das selten gut. Die *Tuscaloosa* war vor drei Jahren schrottreif zurückgekommen, die *San Diego*, das Boot, das die *Tuscaloosa* durch den ganzen Atlantik gejagt hatte, musste später zwei Monate in der Werft zubringen, und von der *Kentucky* war zwar die Besatzung gerettet worden, aber vom Boot war nicht allzu viel übrig geblieben. »Soweit mir bekannt, geht DiAngelo nicht sehr schonend mit den Booten um, und unsere *Baton Rouge* ist ja nicht mehr die Jüngste.«

»Aber bestens erprobt«, sagte Martinez. »Wir haben ein gutes Boot und eine gute Besatzung, John. Das sollte reichen. Um null-neunhundert schließen wir zum Träger auf und nehmen den Captain an Bord.« Bedauernd sah er sich um. »Wahrscheinlich sollte ich ihm meine Kammer überlassen. Verdammte Gringos!«

---

* Siehe Peter Brendt, *Crashdive*.

** Siehe Peter Brendt, *Subdown*.

Nach und nach begann der Fall Krista Torrhof im Sande zu verlaufen. Die einzige Spur, die sie hatten, war die Personenbeschreibung des Zeugen Thorwald, bei dem man aber nicht sicher sein konnte, ob er tatsächlich den Täter gesehen hatte. Sie war an die Amerikaner gesandt worden, Ermittler des JAG und der Militärpolizei hatten die Petty Officers befragt, die in etwa der Beschreibung entsprachen. Aber alle hatten Alibis, die Frode Bergstad und seine Leute in einem nächsten Schritt in Oslo überprüften. Wieder war das Ergebnis negativ. Wer auch immer dieser Petty Officer gewesen sein mochte, den Thorwald gesehen haben wollte, er war wie von Erdboden verschluckt ... falls es ihn überhaupt jemals gegeben hatte und er nicht einfach eine Erfindung des Zeugen war.

»Wir brauchen irgendwie einen neuen Ansatz«, stellte Frode Bergstad fest. »Die Amerikaner haben kooperativ alles getan, worum wir sie gebeten hatten. Das Ergebnis ist null!« Der Inspektor sah seinen Assistenten an. »Leifson beginnt bereits vor Freude auf dem Tisch zu tanzen.«

»Kann er Ihnen einen Strick aus der Sache drehen, Chef?«

»Er wird es versuchen, aber es reicht nicht, um mich zu suspendieren oder gar rauszuwerfen. Wahrscheinlich werde ich bis zum Erreichen der Rente Inspektor bleiben. Aber Polizeichef wollte ich ja sowieso nie werden.«

Ivar Olafson wunderte sich, dass sein Chef die Sache derart auf die leichte Schulter nahm, denn ein ungelöster Fall wie dieser konnte durchaus das Ende seiner Laufbahn bei der Mordkommission bedeuten.

Was Frode Bergstad weit mehr als seine Karriere beschäftigte, war die Sackgasse, in die der Fall geraten war. »Ich frage mich, worin unser bisheriger Denkfehler besteht.«

»Ich glaube, wir haben eigentlich alles getan, was wir tun konnten«, erklärte Olafson. »Die Spurensicherung hat alles auf den Kopf gestellt, wir haben DNA-Material, das wir aber nicht mit der DNA eines Verdächtigen vergleichen können, wir haben eine Personenbeschreibung von jemandem, den wir nicht finden können, ich weiß nicht, was wir noch versuchen sollen.«

»Trotzdem!« Bergstad ließ nicht locker. »Der Mann kam durch die Tür des Wintergartens, die nicht beschädigt war. Also muss sie entweder offen gewesen sein, oder Torrhof hat ihn hereingelassen. Nur, warum hätte sie das spät am Abend bei einem ihr unbekannten amerikanischen Unteroffizier tun sollen? Sie muss also den Täter gekannt haben. Wir haben uns bisher im Zusammenhang mit ihrer Vita primär um die drei Tage vor ihrem Tod gekümmert sowie zum Zweck ihrer Identifikation um die fünf Jahre zurückliegende Geschichte mit ihrer Namensänderung, aber die Zeit dazwischen ist ein weißer Fleck. Ich will, dass Sie sukzessive rückwärts ermitteln. Was hat sie in der Woche vor ihrem Tod gemacht und in der davor, und so weiter und so fort.«

»Ich mache mich an die Arbeit, Chef!« Olafson stand auf und angelte nach der Jacke, die über der Lehne seines Stuhls hing. »Vielleicht werde ich ja fündig.«

10. Tag, 04 : 45 Ortszeit, 07 : 45 Zulu –
USS *Ulysses S. Grant,* Carrier Strike Group »Grant«

Bob konnte die Augen kaum noch offenhalten. Der lange Flug in einer Militärmaschine zur Thule Base, die Kälte von Grönland, obwohl dort derzeit das herrschte, was man dort Sommer nannte, und der Weiterflug zum Träger hatten ihn geschlaucht. Was zum Teil auch daran lag, dass er unfähig war, in der Luft auch nur das kleinste Nickerchen zu halten. »Ihre Auswerter gehen also aufgrund der Daten dieses einen Patrouillenfluges davon aus, dass nördlich ihrer Strike Group zwei Akulas operieren«, fasste er die neu erhaltenen Informationen zusammen.

Rear Admiral Jack Thornby, der hinter seinem Schreibtisch thronte, winkte unwillig ab. »Das hatten wir ja alles schon. Die beiden Russen waren vor beinahe zwei Tagen dort, Captain. Etwa vierzig Stunden, wenn ich richtig rechne. In einer Position etwa dreihundert Meilen vor unserem Verband. Vierzig Stunden bei fünfundzwanzig Knoten macht tausend Meilen. Die Burschen können schon sonst wo sein, und wahrscheinlich sind sie es auch. Außerdem wäre es nicht sonderlich clever, unseren Weg zu kreuzen und sich verdächtig zu benehmen.« Er lächelte selbstgefällig.

Captain DiAngelo beugte sich vor. Die Müdigkeit ließ die Falten in seinem Gesicht schärfer hervortreten. »Warum? Warum hängen zwei russische Jagdboote zwölf Stunden vor Ihrem Verband herum, Admiral? Das ist die Frage.« Sicher, die Aufmerksamkeit der beiden anderen Offiziere errungen zu haben, lehnte er sich wieder zurück. »Erst wenn wir das wissen, können wir Vermutungen anstellen, wo sie vielleicht sind.«

»Noch, Captain, noch kommandiere ich diesen Verband.« Thornby starrte DiAngelo zornig an. »Also überlassen Sie es gefälligst mir, meine Entscheidungen zu treffen. Außerdem ist bereits erneut eine Aufklärungsrotte unterwegs, die dritte, seit dieser Unglücksvogel auf mein Flaggschiff gefallen ist.« Der Admiral zuckte mit den Schultern. »Und hinsichtlich ihrer verdammten U-Boote herrscht Fehlanzeige.«

DiAngelo verspürte keine Lust, dem Mann zu verklickern, dass der tiefere Sinn der Boote eben genau darin lag, nicht entdeckt zu werden, um dadurch umso erfolgreicher operieren zu können. Mit solchen Einwänden würde er bei Thornby auf wenig Gegenliebe stoßen. Stattdessen sah er demonstrativ auf die Uhr. »Laut Admiral Schwartz steht mir die *Baton Rouge* zur Verfügung, Admiral. Wenn ich an Bord des Bootes gehen könnte, wäre ich Ihnen sehr dankbar.«

Die Namensnennung des Admirals, der immerhin den Joint Chiefs of Staff angehörte, tat seine Wirkung. Befriedigt registrierte Bob, wie Thornbys Gesicht zu einer ausdruckslosen Maske erstarrte.

»Die *Baton Rouge* hat Befehl, um null-neunhundert zu uns aufzuschließen. Wir werden Sie dann der Einfachheit halber mit einem Boot übersetzen.«

Der Captain nickte. »Sehr gut, danke!«

»Wenn das alles vorbei ist«, fuhr Thornby fort, »gedenke ich Oslo anzulaufen. Es ist immer gut, unsere Verbündeten zu besuchen, und die Männer können ein paar Tage Hafen vertragen. Ich werde daher ein entsprechendes Ersuchen nach Norfolk senden. Und Sie, Captain, bleiben mit der *Baton Rouge* gefälligst in der Nähe, bis die Ablösung für das Boot hier ist.«

»Meine Befehle lauten anders, aber vielleicht sollte ich wirklich erst nachsehen, ob die Akulas tatsächlich weg sind.«

»Das wäre doch ein guter Kompromiss«, versuchte Captain Joshua Miller zu vermitteln.

»Ein Dreck ist es!« Der Admiral wandte den Blick nicht von DiAngelo. »Bis Ersatz für die *Baton Rouge* eintrifft, wäre dieser Träger ohne Schutz gegen U-Boote. Das sollten Sie einkalkulieren, Captain.«

»Ich werde daran denken, Sir, obwohl die *Baton Rouge* genau genommen nicht mehr zu Ihrem Verband gehört. Ich fürchte also, Sie werden ohne sie auskommen müssen.«

»Sie sind unverschämt, Captain. Ich werde mich bei Admiral Schwartz beschweren!«

»Tun Sie das! Aber ich fürchte, Admiral Schwartz hat ebenfalls seine Befehle.«

Rear Admiral Thornby, der vor Wut rot anlief, wandte sich abrupt an seinen Kommandanten. »Captain Miller, sehen Sie zu, dass dieser Mann auf sein Boot kommt!« Er erhob sich, und DiAngelo blieb nichts anderes übrig, als dem Beispiel zu folgen. Zackig legte er die Hand an die Mütze. »Captain DiAngelo meldet sich von Bord, Sir!«

»Weggetreten!«

10. Tag, 07 : 45 Ortszeit, 08 : 45 Zulu –
Russisches Angriffs-U-Boot *Kugar*, nahe der Eisgrenze

»Kontakt in eins-sieben-zwo, fünfundzwanzig Knoten, Tiefe vierhundert Meter. Kurs ist null-null-null, Abstand neuntausend Meter! Boot der Shuka-Klasse*, Kommandant!«

In Kapitän Jasselewitschs Kopf bildeten die Zahlen

* Älteres russisches Jagd-U-Boot, NATO-Code Victor III.

ein Muster aus Kursen und Entfernungen. Das Shuka war von achtern aufgekommen, obwohl es jetzt nicht schneller lief als die *Kugar*. Beide Boote liefen in vierhundert Metern Tiefe nach Norden. Er wandte sich an seinen Ersten. »Man sollte annehmen, dass so ein altes Boot kaum in der Lage ist, uns aus mehr als neuntausend Metern zu erfassen, nicht wahr, Sulkin?«

»Nicht akustische Ortung durch Kolos, Kommandant?«

»Vermutlich, die Shukas wurden ja alle nachgerüstet. Dann wollen wir mal, schließlich lautet das Übungsziel, uns nicht kriegen zu lassen. IO, bringen Sie uns auf sechshundert Meter, Umdrehungen für fünfunddreißig Knoten!«

»Jawohl, Kommandant. Sechshundert Meter bei fünfunddreißig Knoten!« Der Oberleutnant wandte sich um und sprudelte eine Reihe Befehle heraus. Die vorderen Tiefenruder hoben sich um einige wenige Grad, aber der Druck durch die zunehmende Vorwärtsfahrt reichte, um den stumpfen Bug nach unten zu drücken. Augenblicke später hoben sich auch die achteren Tiefenruder, um zu verhindern, dass das ganze Boot sich auf den Kopf stellte. Mochte das Akula an der Oberfläche auch plump und unbeholfen wirken, unter Wasser war es in seinem Element. Die große siebenflügelige Schraube mit ihren mächtigen Sichelblättern brachte es inzwischen auf beinahe sechshundert Umdrehungen pro Minute und beschleunigten die Masse von gut siebenunddreißigtausend Gewichtstonnen auf die Geschwindigkeit eines etwas zu schnellen Autos im Stadtverkehr. Als die *Kugar* auf die befohlene Tiefe von sechshundert Metern einpendelte, lastete auf jedem Quadratmeter ihrer Hülle das Gewicht von sechzig Tonnen, ohne dass dies dem Boot wirklich etwas ausgemacht hätte, das tiefer tauchen konnte als seine direkten amerikanischen Konkurrenten der Los-Angeles-Klasse. Verglichen damit war das ältliche Jagdboot der Shuka-Klasse erst recht kein Gegner. Chancenlos musste dessen Kommandant hinnehmen, dass die *Kugar* ihm einfach davonlief.

»Zentrale: Abstand jetzt etwa fünfzehntausend, Kontakt wird schwächer. Ich glaube, er schießt eine Boje an die Oberfläche!«

»Danke, Sonar!« Jasselewitsch hängte das Mikro wieder in seine Halterung. »Das hätten wir. Er meldet wacker den Kontakt, damit man in der Heimat weiß, dass es uns nach wie vor gut geht.«

Pflichtschuldig stimmten ein paar Männer in sein Lachen mit ein. Aber als er sich umwandte, sah er, dass Oberleutnant Sulkin ihn nachdenklich anblickte. »Sie sehen aus, als hätten Sie Fragen, Oberleutnant?«

»Na ja, man lernt immer gerne dazu, Kommandant. Ich gebe zu, dass ich das Manöver taktisch nicht ganz verstanden habe, obwohl es ja offensichtlich seinen Zweck erfüllt hat.«

»Sie meinen die Fahrterhöhung?«

Der Erste nickte. »Dadurch wurde unsere Geräuschentwicklung gesteigert, und das andere Boot konnte uns länger im Sonar verfolgen.«

»Richtig! Doch das war unerheblich. Wir sind sowieso schneller, und der Abstand wäre im Ernstfall ohnehin zu groß gewesen, als dass es seine Torpedos auf uns hätte abfeuern können.« Der Kommandant tippte sich an die Nase. »Nur, was wäre, wenn das Shuka einen Partner hätte, ein Akula in größerer Tiefe?« Mit Zufriedenheit stellte er fest, dass der Oberleutnant eine Nuance blasser wurde. »Das Shuka kam mit hoher Geschwindigkeit von Süden, und der Kommandant ist davon ausgegangen, dass wir ihn erfassen würden. Was also ist die logische Konsequenz, oder wäre sie, wenn das hier keine Übung darstellte?«

Sulkin konnte seine Bewunderung nicht verhehlen. »Es würde bedeuten, dass nicht allzu weit entfernt ein größeres Boot operiert, das bessere Chancen hätte. Im Norden.«

»So ist es.« Jasselewitsch blickte auf die Uhr. »Zehn Minuten noch, bis uns das Shuka nicht mehr erfassen kann. Dann ändern wir Kurs auf null-drei-null und gehen zurück auf zwanzig Knoten. NO, ich brauche eine Kaltwasserströmung. Sehen Sie mal zu, was Ihre Unterlagen hergeben.«

10. Tag, 13 : 30 Ortszeit, 12 : 30 Zulu – Oslo

Chen-Liu und Jack Small landeten in Oslo mit etwas Verspätung. Die Passkontrolle auf dem Flughafen war eigentlich keine, da die Maschine aus einem EU-Land gekommen war. Small sah sich suchend um. »Nachdem ich unserem hiesigen Niederlassungsleiter eine E-Mail geschickt habe, hätte ich eigentlich angenommen, dass er uns abholt.«

Um sie herum wimmelte es von Leuten. Ein Mann, der wie ein normaler Flugreisender wirkte, stellte seinen Trolley neben den ihren ab. »Erlauben Sie mir, dass ich mich vorstelle, mein Name ist Gunderström. SAC Hillmann hielt es für angebracht, nicht persönlich in Erscheinung zu treten, und erwartet Sie deshalb in einem kleinen diskreten Restaurant.«

»Ist denn Oslo so ein heißes Pflaster?«, fragte die zierliche Chinesin interessiert.

Der junge Mann zuckte mit den Schultern. »Ob Oslo

oder Stockholm die ehemaligen Hauptstädte der Ostspionage, Wien und Berlin, abgelöst haben, dürfte sich nicht so eindeutig beantworten lassen. Aber Vorsicht ist nun mal die sprichwörtliche Mutter der Porzellankiste.«

»Na, dann bringen Sie uns doch mal unsichtbar in das besagte Restaurant«, flachste Small.

Special Agent in Charge Thomas Hillmann war im Dienst der CIA vorzeitig ergraut. »Jack, es tut gut, dich mal wieder zu sehen. Wie lange ist es her, dass wir uns das letzte Mal getroffen haben? Das muss '98 in Kenia gewesen sein.«

»Könnte hinkommen. Meine Partnerin ist übrigens Chen-Liu, die für uns in China tätig war, bis es Zeit für sie wurde, von dort zu verschwinden. Und dies hier ist ...«, er machte eine Handbewegung in Richtung des SAC, »... unschwer zu erraten, Thomas Hillmann, das verrückteste Huhn, das wir jemals nach Afrika geschickt haben.«

»Und das sich dort gackernd eine Kugel eingefangen hat«, ergänzte Hillmann. »Woraufhin die Oberen beschlossen, ich sei nicht mehr tauglich für den Feldeinsatz. Also kam nur noch ein Schreibtischjob in Frage, und als Oslo frei wurde, habe ich begeistert zugegriffen. Norwegen, das Land der Angler! Womit ich hier also meine Freizeit verbringe, dürfte nunmehr keine so ganz schwierige Quizfrage sein.«

Chen-Liu bedachte ihn mit einem Lächeln, zu dem ihre nachfolgenden Worte jedoch nicht recht passten. »Es tut mir leid, wenn ich die Wiedersehensfreude etwas trüben muss, aber leider sind wir nicht ohne Grund hier.«

Hillmanns Fröhlichkeit tat das keinerlei Abbruch.

»Aber ich bitte Sie! Als die erste Anfrage eintrudelte, habe ich sofort alle Register gezogen, und eine wirklich hübsche Geschichte ist dabei zum Vorschein gekommen. Wir haben die letzten beiden Tage fast nichts anderes getan, als der Sache nachzugehen.«

Small horchte auf. »Das klingt ja nach einem richtigen Fischzug.«

»Nur, was uns dabei ins Netz gegangen ist, wissen wir nicht so genau. Assmundson hat es als technischer Visionär auf seinem Gebiet zu jeder Menge Geld gebracht. Und als er bereits klotzig reich war, heiratete er eine noch reichere Frau, die dann früh verstarb, und die Tochter aus dieser Ehe ging irgendwann ihrer eigenen Wege. Was seine Geschäftspraktiken angeht, so waren sie bis vor etwa zehn Jahren alle sauber, soweit wir dies beurteilen können. Danach änderten sich ein paar Dinge. Assmundson hatte immer schon exquisite Verbindungen nach Russland gehabt, und er stand als Unternehmer auch von Anbeginn an immer unter Beschuss seitens Greenpeace und anderer Umweltschutzorganisationen, nur konnten die ihm nunmehr immer öfter gerichtlich an den Karren fahren. Nichts Großes, eher Bagatellen. Im Nachhinein scheint es, als sei er ab einem bestimmten Zeitpunkt einfach rücksichtsloser geworden, was seine Geschäfte angeht. An illegalen Technologietransfers etwa war er nicht beteiligt.«

Chen-Liu klappte die Speisekarte zu, die sie studiert hatte, und sah Hillmann an. »Reine Geldgier, oder steckt etwas mehr dahinter?«

»Tja, wenn wir das nur wüssten. Doch außer uns scheint sich auch noch ein ehemaliger Inspektor der Osloer Kriminalpolizei für Assmundson zu interessieren. Im Rahmen unserer Recherchen ist sein Name häufiger gefallen: Frode Bergstad.«

9. Kapitel

11. Tag, 10 : 00 Ortszeit, 11 : 00 Zulu –
USS *Baton Rouge*, 68. Breitengrad

In den letzten mehr als vierundzwanzig Stunden war das Atom-U-Boot mit höchster Reaktorleistung nach Norden gelaufen. Gegen zehn Uhr Ortszeit passierte die *Baton Rouge* 68° N, 7° W, vorbei an Jan Mayen würde der Kurs weiter nach Norden bis unter das Eis führen. Um 06 : 00 Zulu hatten die Funker des Bootes mit den allgemeinen Nachrichten bereits Eisbergwarnungen bis hinunter zur grönländischen Küste und Packeiswarnungen für den Bereich jenseits von 77° Nord aufgefangen. Selbst jetzt, in der wärmeren Jahreszeit, hielt sich der normale Schiffsverkehr in diesen Gewässern in Grenzen. Das Einzige, was das Sonar der *Baton Rouge* ausmachen konnte, waren Fischer und dann und wann einen der kleinen Frachter auf dem Wege von oder nach Grönland.

»Es ist schon eine ziemlich verrückte Idee, mit einem Flight-I-Boot hinter einem Akula herzujagen, wenn Sie mir diese Bemerkung gestatten, Sir«, sagte Lieutenant Commander Martinez.

Captain DiAngelo war sich genau wie Martinez der Schwächen der *Baton Rouge* bewusst. Sie gehörte zur ersten Bauserie, zum sogenannten Flight-I. Nahezu alle dieser Boote waren in der Zwischenzeit außer Dienst gestellt und durch neuere Flight-II-Boote ersetzt worden. Danach hatten dann Budgetkürzungen bereits angelaufene U-Boot-Projekte zum Stillstand gebracht. Die Seawolf-Klasse war nach gerade mal drei Einheiten eingestellt worden, und von den neuen Virginias, deren Konzeption eher auf Kostenersparnis denn auf Kampfkraft hin ausgelegt worden war, schwammen erst zwei. Allerdings waren deren Testfahrten bisher alles andere als überzeugend verlaufen. Faktisch würden die Nachfolger der Los-Angeles-Boote fünf Knoten langsamer als diese sein und rund hundert Meter weniger tief tauchen können. Der Captain klopfte kurz auf den Tisch. »Toi, toi, toi! Es sind trotzdem gute Boote. Die Akulas sind zwar neuer, schneller, können tiefer tauchen und sind leiser, aber letzten Endes kommt auch sehr viel auf die jeweiligen Besatzungen an.«

»Ihr Wort in Gottes Ohr, Captain.« Martinez hob die Kaffeekanne. »Möchten Sie noch einen Schluck, Sir?«

DiAngelo schob die Tasse über den Tisch. »Gerne!«

Michael Martinez schenkte nach, und die beiden Männer, die sich in die Kommandantenkammer zurückgezogen hatten, beschäftigten sich weiter mit den Notizen und Seekarten.

Bob ging Punkt für Punkt durch. »Er wird sich ein Gebiet östlich unserer SOSUS-Kette suchen.«

»Moment mal, das Sensornetz soll doch gar nicht mehr in Betrieb sein?« Martinez sah ihn fragend an. »Es gab darüber ja auch etliche Artikel in der Presse.«

»Man sollte wirklich nicht unbedingt alles glauben, was in der Zeitung steht. Tatsache ist, dass mit dem Ende des Kalten Krieges SOSUS als militärisch nicht mehr notwendig angesehen wurde. Die meisten Stationen wurden folglich abgeschaltet, außer im Pazifik, wo man etliche weiterlaufen ließ, um für die Meeresbiologen Daten über Walwanderungen zu sammeln.« Ruhig rührte der Captain seinen Kaffee um. »Doch bereits seit etwa 2000 sind die meisten Stationen wieder in Betrieb und dienen zivilen Zwecken auf dem Gebiet der Meeresforschung. Viele der Unterwasser-Sensorbojen wurden durch neuere Modelle ersetzt, Auswertungsstationen wurden zusammengefasst, und das ganze System dient heute nicht mehr primär dazu, U-Boote zu erfassen, die in seine Reichweite kommen, sondern *alles*, was in seine Nähe kommt. Und natürlich haben wir seit 2001 wieder die Finger drin.«

Wer mit »wir« gemeint war, brauchte Martinez nicht zu fragen. Es war offensichtlich.

»Seit dem großen Tsunami in Asien 2004 herrscht eine Art von Tsunami-Panik«, fuhr DiAngelo fort. »Möglichst lange Vorwarnzeiten sind gefragt. Also wurde SOSUS komplett rund um den Globus reaktiviert.«

»Und die ganze Welt hat davon nichts mitgekriegt?« Martinez machte runde Augen.

»Doch, das hat sie durchaus, nur hat sie nicht mitgekriegt, dass die Tsunami-Warnnetze, die seismischen Sensoren, kurz alles, auf der Basis des alten SOSUS arbeitet. Das Netz war nie so einsatzbereit wie heute.«

Michael konnte nur noch den Kopf schütteln. »Und dieser Jasselewitsch weiß das?«

»Mit Sicherheit! Schließlich erhalten die Russen ja ebenfalls seismische Daten aus diesem Netz.«

Der Kommandant der *Baton Rouge* betrachtete die Seekarte des Polarmeeres mit neu erwachtem Interesse. »Viereinhalb Millionen Quadratseemeilen, aber das würde seine Aktionsfreiheit auf etwa ein Drittel davon begrenzen.«

»Auf weniger, Commander. Die *Kugar* ist neu, und er muss daher seine Besatzung noch drillen. Wir wissen nicht, was er plant, sondern nur, dass seine eigenen Leute hinter ihm her sind. Der Mann, den wir suchen, ist eine Art Perfektionist. Ich bin noch nie jemandem begegnet, der sein Boot so im Griff hat. Er ist ein exzellenter Seemann, eiskalt und so präzise wie ein Roboter.«

»Sie kennen ihn also persönlich?«

»Wir sind uns mal begegnet, schon vor Jahren.« Bobs Zeigefinger glitt über die Karte und verharrte an einer Stelle auf halbem Weg zwischen Nordpol und Ellesmere Island. »Hier etwa, unter dem Eis. Aber vergessen Sie es, das ist längst Vergangenheit. Wenn wir auftauchen, um die Routinemeldung abzugeben, können Sie das hier auch gleich weiterleiten?«

Der Kommandant warf einen Blick auf das Blatt, das ihm gereicht wurde. Aber außer dem Empfänger stand nur ein Wort auf dem Papier: »ASAP*!!!« *Verdammte Gringos!* Er wünschte sich, die CIA würde ihre verdammten Spielchen besser ohne die Navy treiben, doch Martinez wusste, dass dies ein frommer Wunsch bleiben würde.

11. Tag, 10 : 00 Ortszeit, 11 : 00 Zulu – Oslo

Es war gar nicht so einfach gewesen, einen Termin mit Frode Bergstad zu vereinbaren, denn der ehemalige Polizeiinspektor war alles andere als unterbeschäftigt.

---

* NATO-Sprachgebrauch für »As soon as possible« – »So schnell wie möglich!«, was wiederum eigentlich zu übersetzen ist mit »Am besten schon vorgestern!«

Als Chen-Liu und Jack Small das Dossier über Bergstad durchgingen, das in aller Eile zusammengestellt worden war, konnte der Agent sich ein amüsiertes Grinsen nicht verkeifen. »Im Prinzip hat man ihn geschasst, nur hat er gerade noch rechtzeitig von sich aus gekündigt, bevor man ihn rausgeschmissen hat.«

»Dabei war seine Personalakte bis dahin tadellos und seine Aufklärungsrate hoch.«

»Also ist er über jemanden gestolpert«, stellte Small trocken fest. »Überall das gleiche Spiel.«

Chen-Liu blätterte in den Unterlagen. »Danach hat er dann eine Privatdetektei aufgemacht, obwohl Oslo dafür nicht gerade das geeignete Pflaster. Es muss ihm aber wohl gelungen sein, ein paar zahlungskräftige Kunden zu gewinnen, denn aus seiner Steuererklärung geht hervor, dass er über ein ziemlich gutes Einkommen verfügt.«

»Und wie drückt sich das in Zahlen aus?«

»Etwas höher als ein Vice Director bei der CIA.«

»Oh, das ist nicht allzu viel. Wenn man die Steuern abzieht und die Arbeitszeiten rechnet und ...« Jack hielt inne, da sie schließlich genau wusste, dass er neben einem Haus in McLean, nahe der CIA-Zentrale, ein weiteres in einem der teuersten Viertel von Malibu besaß. Auch wenn seine Partnerin seine Kontoauszüge nicht zu Gesicht bekam, so hatte sie doch eine Vorstellung von seinen Bezügen. Geldsorgen gab es keine, nur nie Zeit, das Geld auch auszugeben. Und Frode Bergstad schien es ähnlich zu gehen. »Mal im Ernst, was macht der Mann?«

»So genau kann ich es nicht erkennen. Die meisten Rechnungen, die er ausstellt, gehen an Versicherungen und ein paar auch an Privatleute. Allerdings geht aus ihnen nicht hervor, wofür sie sind.«

»Dann werden wir ihn eben danach fragen müssen. Hast du einen Hinweis auf Assmundson gefunden?«

»Es gab mal eine Geschäftsverbindung, aber die scheint schon vor Jahren versandet zu sein. Allerdings wurde ein Mitarbeiter von Bergstad vor zwei Jahren in Russland festgenommen und kam erst nach etlichen Tagen wieder frei.« Sie reichte Jack eine Kopie des Überstellungsbescheides. »Schau dir das hier mal an.«

»Ivar Olafson, mit dem war Bergstad doch schon bei der Polizei zusammen?«

»Richtig. Er hat ein Jahr nach seinem Chef ebenfalls den Dienst quittiert und ist bei Bergstad eingestiegen. Aber schau mal auf die Unterschrift, die ist viel interessanter.«

»Wenn ich die richtig deute, könnte der Name Scholokoff lauten. Ich denke, der ist Admiral, und da frage ich mich doch, was hat das Militär damit zu tun?«

»Vielleicht ist es ja auch nur eine zufällige Namensgleichheit.«

Small sah auf die Uhr. »Dann lass uns mal der Sache auf den Grund gehen.«

Bergstads Büro lag nicht weit von der Innenstadt entfernt in einer der Seitenstraßen von Akker Brygge, dem ehemaligen Werftviertel. Aber Schiffe wurden hier schon lange keine mehr gebaut. Die Stadt hatte das Wasser bereits vor Jahren erreicht, und aus Akker Brygge war ein pulsierendes Geschäftsviertel geworden, das sich mit denen anderer Metropolen durchaus messen konnte, wenn auch auf typisch Osloer Art und Weise, denn alles war pieksauber und wirkte irgendwie gemütlich.

Die Bergstad Privat Etterforskning AS belegte die gesamte obere Etage eines zweistöckigen Gebäudes, dessen Erdgeschoss sich eine Boutique für Damenbekleidung, ein Herrenausstatter und ein Lebensmittelmarkt teilten. Von daher schien Bergstads Detektei nicht gerade eine Klitsche zu sein.

Kaum hatten die beiden Agenten den Aufzug verlassen und durch eine Glastür den Vorraum erreicht, erhob sich eine Dame mittleren Alters hinter einem Schreibtisch und kam auf sie zu. »Willkommen bei Bergstad Privat Etterforskning. Mein Name ist Annegret, womit kann ich Ihnen behilflich sein?«

Smalls Augen inspizierten blitzschnell die Örtlichkeit. An den Wänden hingen, in spiegelfreier Museumsverglasung gerahmt, Bilder und Grafiken von vermutlich norwegischen Künstlern, die er nicht kannte, und ein Zimmerspringbrunnen plätscherte vor sich hin. »Ich bin Jack Small von der amerikanischen Botschaft, und wir haben einen Termin bei Mister Bergstad.«

»Der Chef erwartet Sie schon, bitte folgen Sie mir.« Annegret führte sie über einen langen Gang, an dessen Ende sie an eine Tür klopfte. »Immer hereinspaziert!«, wurde von innen gerufen. Sie traten ein, und ein bereits älterer Mann kam ihnen entgegen. »Schön, dass Sie da sind, ich habe Sie bereits erwartet.«

Bergstad sah sicher nicht wie ein erfolgreicher Privatdetektiv aus. Sein schlecht sitzender Anzug vermochte ein gewisses Maß an Übergewicht nicht zu kaschieren, und sein Büro selbst war einfach und beinahe spartanisch eingerichtet. Ein repräsentatives Flair fehlte jedenfalls völlig.

»Das finde ich ausgesprochen nett«, sagte Small.

»Keine Ursache. Bei dem Vorgespräch, das zu diesem Termin führte, fiel der Name Arne Assmundson.«

Chen-Liu schaltete sich ein. »Ist er ein Freund von Ihnen?«

»Ein Freund? Nein, das kann man so nicht sagen, ich hatte eher beruflich mit ihm zu tun. Das ist alles.« Er deutete auf die Besucherstühle, die um ein großes rundes Verlängerungsstück seines Schreibtisches angeordnet waren. »Aber setzen wir uns doch erst einmal! Darf ich fragen, welcher Art Ihr Interesse an Herrn Assmundson ist?«

»Fragen dürfen Sie, nur darf ich Ihnen nicht antworten«, erklärte Jack Small.

»Und wenn Sie es täten, müssten Sie mich anschließend töten, ich weiß.« Bergstad grinste. »Ich weiß, dieser Kalauer ist natürlich uralt.«

»Außerdem besteht er aus einem Klischee.«

»Wenn Sie das sagen ... Allerdings gehört Verschwiegenheit auch zu meinem Gewerbe.«

»Vielleicht sollten Sie in diesem Fall eine Ausnahme machen«, regte Chen-Liu an.

»Weil Sie sonst einen Ausweis zücken und mir was von nationaler Sicherheit erzählen? Wir sind hier bekanntlich nicht in Amerika, und die Nummer zöge nicht.«

»Es ginge auch anders«, meinte Small ungerührt. »Dabei würde unser Dienst mit dem Ihren sprechen, und norwegische Kollegen würden bei Ihnen aufkreuzen.« Er wartete einen Augenblick ab, um seine Worte wirken zu lassen, aber Bergstad wirkte nicht sonderlich beeindruckt. Small setzte nach. »Also kommen Sie! Ist Ihnen bekannt, dass Assmundson schon immer irgendwie krumme Geschäfte gemacht hat?«

»Nein! Und ich glaube es auch jetzt nicht. Dafür ist er nicht der Typ. Er legt allenfalls mal die eine oder andere Vorschrift zu seinen Gunsten aus.«

»Sie scheinen ihn offenbar doch besser zu kennen, als sie bisher eingeräumt haben«, sagte die Chinesin.

»Natürlich kennen ich ihn, aber völlig anders, als Sie sich das vorstellen. Machen wir doch einen Deal, und dafür erzähle ich Ihnen dann eine Geschichte.«

»Und die Voraussetzungen wären?«, fragte Small. Sollte Bergstad Geld fordern, so wäre das für die CIA kein Problem, und für die Einbürgerung eines Bekannten in den USA zu sorgen ebenso wenig.

Nur, Bergstad zielte auf etwas völlig anderes ab. »Ich will, dass Sie einen Mörder für mich ausfindig machen, einen Serienkiller.«

»Das ist schon alles?«, fragte der Amerikaner mit unüberhörbarem Sarkasmus. »Und wie genau soll das gehen?«

»Das überlasse ich Ihnen. Ihr Problem ist doch Assmundson, der seit zwei Wochen von der Bildfläche verschwunden ist. Es könnte sein, dass Ihre Zeit knapp wird.«

»Und wenn wir nicht zu einer Einigung kommen?«

Bergstad griff zu seiner Zigarettenschachtel. »Dann wird Assmundson jenen Mann töten lassen, den Sie für mich suchen sollen. Und ich schwöre Ihnen, dabei werden jede Menge Ihrer amerikanischen Landsleute unschuldig mit hopsgehen. Also, was ist denn nun mit unserem Deal?«

»Das geht klar«, sagte Small. »Also weiter im Text.«

»Assmundson ist in Russland unheimlich gut vernetzt und er verfügt zudem über Geld ohne Ende. Wenn es daher seinen russischen Freunden in ihr eigenes Kalkül passt, werden die seinen privat finanzierten Rachefeldzug gegen einen Amerikaner unterstützen.« Nachdenklich zündete er sich eine Zigarette an und inhalierte tief. »Er will den Mann, der seine Tochter bestialisch getötet hat, erledigen. Der Täter hat ähnliche Morde in verschiedenen Teilen der Welt begangen. Aus übereinstimmenden Zeugenaussagen geht hervor, dass der Betreffende jeweils die Uniform eines Chief Engine Room Artificers trug.«

»Ein amerikanischer Schiffsmechaniker also?«

Bergstad sah Small an. »Das muss er nicht unbedingt sein. Er kann sich die Uniform ja auch anderweitig besorgt haben. Fest steht aber, dass zu den Zeitpunkten, in denen die Morde geschahen, Flottenbesuche amerikanischer Verbände in den jeweiligen Städten stattfanden.«

»Das ist eine harte Anschuldigung, zumal Sie nichts vorzuweisen haben, womit man den Mann identifizieren könnte.« Small wich dem Blick des Norwegers nicht aus.

»Es dürfte nicht allzu viele Personen geben, die in den Zeitraster passen und bei all diesen Verbänden in der fraglichen Zeit waren. Damals, nach dem Mord hier in Oslo, haben wir eine Anfrage gestartet, und Ihre Leute sind der Sache nachgegangen, wobei natürlich nur die echten Unteroffiziere befragt wurden. Ich kam erst später darauf, dass es jemand gewesen sein könnte, der sich so eine Uniform als Tarnung beschafft hat, aber da war ich bereits nicht mehr im Polizeidienst. Weil ich der Sache nachgehen wollte, war ich zu einem politischen Störfaktor geworden, aus Angst vor Verwicklungen mit Ihrem Land.« Bergstad zog einen dicken Aktenordner aus einem Schreibtischfach hervor und reichte ihn Small. »Ich habe den Fall nie zu den Akten gelegt.« Er lächelte mit einer Spur Geringschätzung. »Zumindest hat es ein paar Leute mächtig gewurmt, als ich mich mit meinem kleinen Laden hier selbständig machte.«

»Der aber nicht schlecht zu laufen scheint«, meinte die Chinesin.

»Ich hatte Glück! Der Zufall wollte es, dass ich die richtigen Leute kennengelernt habe.«

Small, der kurz in dem Ordner geblättert hatte, blickte auf. »Soweit ich das übersehe, kann der Täter in dieser beinahe die ganze Welt umspannenden Mordserie tatsächlich nur ein Angehöriger der Navy sein, und ich verspreche Ihnen, wir gehen der Sache nach. Am besten erzählen Sie uns die ganze Geschichte erst einmal haarklein von vorn.«

11. Tag, 13 : 00 Ortszeit, 14 : 00 Zulu –
An Bord USS *Ulysses S. Grant,* Carrier Strike Group »Grant«

Der Mann blickte nachdenklich aus dem Bullauge. Graue See und eine schwere Dünung als Folgeerscheinung der vorangegangenen Stürme. Im Atlantik ein gewohnter Anblick, doch es würde noch schlimmer kommen, wenn die Meteorologen recht behielten. Weitere Tiefs waren im Anmarsch, Sturmfronten ballten sich bereits von Saber Island bis hinunter zur Küste von Maine zusammen. Sie waren zwar noch Tausende von Meilen entfernt, aber es bereitete ihm keine Mühe, sich die gigantischen Wirbel, die schwarzen Wolkenbänke vorzustellen. Noch gab es keine Anzeichen für ein weiteres ausgedehntes Tief, aber ansonsten war es die gleiche Situation wie vor den großen Atlantikstürmen von 1991 und 1984. *Killer* nannten die Seeleute die Stürme, die aus dem Zusammenprall solcher Drucksysteme entstanden. Der Ozean würde sich in eine aufgewühlte Wüstenei verwandeln, eine reißende Bestie. Das Brutgebiet der Monster- und Freakwaves, jener Brecher, die sich dreimal, viermal so hoch auftürmten wie die normalen Wellen, tödliche Wasserwände, die hoch wie ein Haus über ein Schiff rollten, Aufbauten zerschlugen oder, allein dadurch, dass Teile des Rumpfes auf einmal frei in der Luft hingen, Schiffe einfach zerbrachen. Seit Jahrhunderten schon hatten Seeleute immer wieder mal von dieser Gefahr berichtet, nur hatten die Experten diese Schilderungen als Seemannsgarn abgestempelt. Erst seit 1995, als ein großes Kreuzfahrtschiff von solch einem Freak getroffen worden war und beinahe gesunken wäre, untersuchten die Wissenschaftler das Phänomen.

Killer! Seine Gedanken umkreisten diesen Begriff. So oft, wie er bereits getötet hatte, war er einer, wie er sich emotionslos eingestand. Und trotz der nachfolgenden Schuld-Alpträume würde er es immer wieder tun, weil er für diese kurzen Momente eines grenzenlosen Hochgefühls lebte. Nichts anderes hatte mehr Bedeutung für ihn.

Natürlich würde er irgendwann auffliegen, da machte er sich nichts vor. Diese Sache mit dem Norweger und dem verschwundenen russischen U-Boot mochte ein Warnsignal sein, aber es gab derzeit nichts, was er dagegen tun konnte. Aber das würde früh genug kommen.

10. Kapitel

13. Tag, 09 : 30 Ortszeit, 11 : 30 Zulu –
Russisches Angriffs-U-Boot *Kugar*, unter dem Eis

Die *Kugar* hatte sich bis jenseits 75° Nord zurückgezogen. Was zuerst mit gelegentlichen Eisbergen von der Größe griechischer Ferieninseln begann, hatte sich in der Zwischenzeit in eine geschlossene Eisdecke verwandelt. An einigen Stellen türmte sich Packeis sieben oder acht Meter hoch auf, aber der größte Teil der Eisfläche bestand aus etwa zwei Meter dicken Schollen. Immer wieder brachen einzelne dieser Schollen am Rand ab, Packeisberge drehten sich plötzlich, oder Schollen prallten auch wieder aufeinander. Der Rand der Eisgrenze war keine ruhige Gegend. Im Westen befand sich Grönland, in Westsüdwest lag die Bäreninsel und in Ostsüdost Island. Dazwischen hielten die Strömungen das Eis in Bewegung, denn anders als an der südlichen Polkappe gab es keine Landmassen unter dem Eis, die in der Lage gewesen wären, die schwimmenden Massen zu stabilisieren.

Kapitän Boris Jasselewitsch atmete tief durch und ließ den Blick über das Naturschauspiel gleiten.

Sein Erster, Oberleutnant Sulkin, wartete einen Augenblick ab. Da sie beide allein auf dem Turm waren, bot sich ihm eine der wenigen Gelegenheiten, offen mit dem Kommandanten zu sprechen. Aber nun, da er die Chance hatte, wusste er nicht so recht, wie er anfangen sollte. Mühsam räusperte er sich. »Kommandant, wir müssen reden!«

Jasselewitsch wandte sich ihm zu. Sein Gesicht drückte so etwas wie leichte Überraschung aus. »Ja, IO?«

»Wir müssen über diese Fahrt reden, Kommandant. Ich spüre, dass etwas nicht stimmt. Niemand außer Ihnen kennt unsere Befehle, und vielleicht sollte ich als Ihr Stellvertreter ...«

Der Kommandant hob die Hand. »Tsts! Sie sollten als mein Stellvertreter was? Alles wissen?« Er grinste plötzlich. »Sollte der eher unwahrscheinliche Fall eintreten, dass ich tot umfalle, können Sie getrost den Safe in meiner Kammer öffnen und alle Befehle lesen. Sogar mein Banksparbuch liegt da drinnen.« Das Grinsen verschwand. »Aber bis dahin sollten Sie in erster Linie meine Befehle ausführen, Igor Fedorowitsch Sulkin!«

»Wir befinden uns hier im Nichts, mitten zwischen Grönland und Island.«

»Ja, was stört Sie daran?«

»Nichts, Kommandant. Ich frage mich nur, was wir hier tun.« Er betonte jedes einzelne Wort. »Mit einem vollständigen nuklearen Waffenarsenal an Bord.«

Jasselewitsch zuckte mit den Schultern. »Wir üben und wir patrouillieren gleichzeitig. Russische U-Boote haben hier seit den Zeiten des Kalten Krieges schon immer operiert. Worin besteht also Ihr Problem?«

Der Oberleutnant brauchte über die Frage nicht nachzudenken. »Was macht dieser Mann bei uns an Bord?«

»Er ist Beobachter, und wenn wir die Fahrt beendet haben, wird er vermutlich einen Bericht schreiben. Ob der für uns gut oder vielleicht weniger gut ausfallen wird, vermag ich logischerweise im Moment noch nicht vorherzusagen.«

»Ein Geheimdienstmann, FSB, GRU?«

»Ich weiß es nicht und habe deswegen auch bei Admiral Scholokoff nicht nachgefragt. Daher sollte dies auch Ihnen egal sein, Oberleutnant. Stellen Sie lieber fest, ob die Funker haben, was sie brauchen, und wir wieder tauchen können.«

Igor Fedorowitsch salutierte und machte sich auf den Weg nach unten. Ihm war bewusst, dass sein Vorstoß ins Leere gelaufen und der Kommandant den Fragen geschickt ausgewichen war. Und wie er sich selbst gegenüber zugeben mußte, hatte Jasselewitsch bisher nichts getan, was sein ungutes Gefühl wirklich rechtfertigen würde. Litt er am Ende bereits unter Paranoia? Erschrocken verhielt Sulkin mitten im Gang. Wie alle Offiziere auf Nuklear-U-Booten war er sich der psychischen Probleme bewusst. Erwischte es nun ihn? Aber das nagende Gefühl, dass etwas nicht stimmte, blieb.

Minuten später hatten die Funker alle Funksprüche auf den Wiederholungswellen aufgefangen, und die *Kugar* verschwand wieder in der Tiefe. Was blieb, war ein dunkles Loch in der glitzernden Eisoberfläche, und auch das würde in kurzer Zeit wieder verschwunden sein.

13. Tag, 14 : 45 Ortszeit, 11 : 45 Zulu – Moskau, Roter Platz

Ursprünglich hatte der Rote Platz vor langer Zeit Schöner Platz geheißen. Nur hatte sich die Bedeutung des Wortes »krasnaja« im Laufe der Zeit aus dem Altrussischen »schön« ins Neurussische »rot« verwandelt. Der Rote Platz hatte also nichts mit den Kommunisten zu tun, über die im Übrigen der Zug der Geschichte in der Zwischenzeit ja auch hinweggerollt war.

Jack Smalls Blick wanderte über die Szenerie, über die Türme des Museums für Geschichte, das immer noch wie eine Kreuzung aus Kathedrale und Palast auf ihn wirkte, über die Mauer des Kreml und das Auferstehungstor auf der anderen Seite. Die alte historische Bausubstanz Moskaus war etwas, das den Amerikaner immer wieder faszinierte. Aber seine gelegentlichen Besuche in der russischen Hauptstadt hatten ihm wenig Raum gelassen, die Stadt in Ruhe zu erkunden, denn das Risiko eines unnötig langen Aufenthalts hatte er sich nie leisten können.

Sein Blick blieb an einem kleinen Eiswagen hängen, und er schaute auf die Uhr. Noch war es zu früh. Trotzdem unterzog er über den Rand seiner Zeitung hinweg die Umgebung einer nochmaligen Inspektion. Aber alles schien in Ordnung, und auch die in der Nähe patrouillierenden Polizisten schenkten dem Wagen keine Beachtung. Kleinunternehmertum aller Art war normal im neuen Russland geworden. Zwanzig Jahre früher hätte es diesen Eisverkäufer nicht gegeben. Doch trotz allen Wandels hatte sich Russland in einigen Punkten nicht verändert. Die Polizei wirkte immer noch omnipräsent, und der FSB, als Föderaler Dienst für Sicherheit der Russischen Föderation Nachfolger des KGB, der immer noch am Lubjanka-Platz, früher Dserschinski-Platz, residierte, war allgegenwärtig. Genau wie sein militärisches Gegenstück, die GRU.

Small, der fließend Russisch sprach, hatte eine wunderliche Veränderung durchgemacht. Seine Papiere wiesen ihn als Iwan Destojowski aus, Antiquitätenhändler in Kiew mit Geschäftskontakten in Moskau. Sein Haar war grau gefärbt, er trug eine kleine runde

Brille und hatte sich in einen altertümlichen braunen Anzug gezwängt. Sollte er, aus welchen Gründen auch immer, in eine Kontrolle geraten, dann würde die Destojowski-Identität einer nicht zu intensiven Überprüfung standhalten. Es gab den Antiquitätenhändler wirklich, einen kleinen, nicht sehr erfolgreichen Geschäftsmann, der sich den größten Teil seiner Rubel damit verdiente, unauffindbar zu sein, wenn die CIA seine Identität »auslieh«.

Punkt drei Uhr begannen die Beamten, deren Arbeitszeit offiziell um vier endete, in Scharen aus den Ausgängen des Kreml und nahe gelegenen Ministerien zu strömen. Small alias Destojowski gab sich einen Ruck, erhob sich und faltete die Zeitung zusammen. Gemütlichen Schrittes schlenderte er zu dem Eiswagen und stellte sich an die schnell länger werdende Schlange an. Den Mann, den er treffen sollte, kannte er nicht, stattdessen würde es das alte Spiel mit Kennworten geben.

Small versteifte sich unwillkürlich, als einer der beiden Polizisten sich hinter ihm einreihte. Er bildete sich ein, die Blicke des Mannes förmlich in seinem Genick zu spüren, und mußte sich zwingen, die Nerven nicht zu verlieren. Vermutlich wollte der Ordnungshüter ja wirklich nicht mehr, als sich ein Eis holen.

Die Schlange rückte langsam vor, und die Kunden, die vor ihm dran waren, wurden weniger und weniger. Doch keiner verwendete das Schlüsselwort und verlangte Bananeneis und Nuss!

Dann war Small an der Reihe. Der Eisverkäufer, ein freundlicher junger Mann mit leicht mongolischem Einschlag und einer grellroten Papiermütze auf dem Kopf, sah ihn freundlich an. »Was darf's denn sein?«

»Banane, Nuss und dazu vielleicht noch …«

Überraschend trat der Polizist neben ihn. »Verzeihung, aber ich habe es eilig, der Kollege wartet schon auf mich.«

»Bitte«, sagte Small und ließ höflich dem Polizisten den Vortritt, der Banane und Nuss bestellte, ein paar Münzen aus der Tasche kramte und sie dem Eisverkäufer reichte. Mit der Eistüte in der Hand wandte er sich zu Small um. »Kokosnuss kann ich ebenfalls empfehlen.«

Small konnte nur hoffen, dass die kleine Szene, die sich soeben abgespielt hatte, nicht nur purer Zufall war. Wenn er sich täuschte, würde er in einer Stunde in einer Verhörzelle am Lubjanka-Platz sitzen.

13. Tag, 11 : 00 Ortszeit, 16 : 00 Zulu – Langley

Zwei Tage lang waren die Computer gelaufen, hatten geprüft und verglichen, sortiert, verworfen und wieder neu verglichen. Manche Daten hatten in die Irre geführt, andere wiederum ergaben ein erstes Bild.

Roger Marsden blätterte durch seine Notizen, während er mit Chen-Liu telefonierte. »Mit seiner Mordserie, die sich rund um die Welt zieht, hat dieser Bergstad recht, und jedes Mal lagen zum Zeitpunkt der Tat unsere Schiffe im Hafen.«

»Was hat die Überprüfung der Personalakten ergeben, Sir?«

»Bisher noch nicht viel, oder zu viel, wenn man so will.« Marsden zog eine Liste hervor. »Wir haben inklusive Marineinfanteristen über zweihundert Namen, vom Captain runter bis zum Able Seaman, die zu den entsprechenden Zeiten auf den fraglichen Schiffen waren.«

Chen-Liu schwieg einen Augenblick, dann fragte sie

nach: »Haben Sie alle Einheiten in diesen Orten oder nur die Bordbesatzungen überprüft?«

»Wie meinen Sie das?«

»Yokohama kommt auf Bergstads Liste vor, wo wir lange eine große Basis unterhielten, genauso wie auf den Philippinen. Was ist mit diesen Landeinheiten?«

»Das läuft noch!«, schwindelte Marsden, denn daran hatte natürlich niemand gedacht. Aber das würden die Computer nachholen. »Das kann aber noch etwas dauern, da viele dieser Einheiten ja nicht mehr existieren.«

»Das verstehe ich, und viele der Morde liegen lange zurück. Nachdem sich Bergstads These hinsichtlich des Serienkillers zu bestätigen scheint, dürfte auch seine Annahme plausibel sein, dass Assmundson einen Rachefeldzug gegen eines unserer Schiffe gestartet hat, auf dem sich der Mann befindet, der seine Tochter getötet hat.«

»Was ich nicht verstehe, ist, wie die Russen ins Spiel kommen. Selbst die verrücktesten Iwans würden doch nicht jedem ein U-Boot ausleihen, vor allem nicht, wenn es dabei um einen Angriff auf ein amerikanisches Schiff geht. Das wäre ja Irrsinn für sie.« Roger Marsden holte tief Luft. »Vielleicht bekommt ja Jack darüber etwas raus.«

»Bisher habe ich keine Nachricht von ihm.« Chen-Liu verfiel in trauriges Schweigen. Es gab auch nichts weiter zu sagen.

Marsden, der wusste, dass die beiden liiert waren, kannte die Symptome. Er selbst hatte in den Jahren des Kalten Krieges viele Läufe in den Block unternommen, wie man es damals nannte, und wusste um die Ängste, die seine Frau während dieser Zeiten ausgestanden hatte. So etwas änderte sich nie, wie sollte es auch?

»Jack ist ein erfahrener Mann und kennt alle Tricks. Wir werden spätestens morgen früh etwas von ihm hören, keine Bange.«

»Ich hoffe es, Sir!«

13. Tag, 19 : 00 Ortszeit, 16 : 00 Zulu –
Moskau, eine Kneipe nahe der Twerskaja

Jack Small kippte den in Russland unvermeidlichen Wodka hinunter und unterdrückte den Impuls, sich zu schütteln. Hatte Gorbatschow noch versucht, den Alkoholismus zu bekämpfen, so war der unter Jelzin wieder zum Problem Nummer eins geworden, und unter Putin hatte sich zumindest in diesem Punkt nichts grundlegend verändert.

»Auf alle Fälle hat dieser Bursche einen dicken Batzen Geld locker gemacht und diskret dafür gesorgt, dass auch ein paar neue technische Spielzeuge geliefert wurden, die immer noch auf den Exportverbotslisten stehen.« Der Polizist, Small nannte ihn Juri, obwohl das natürlich nicht sein richtiger Name war, schenkte sich erneut ein und kam mit der Flasche auch wieder Smalls Glas gefährlich nahe.

Der Agent stöhnte innerlich auf. Noch ein paar von der Sorte, und jemand würde ihn aus Russland heraustragen müssen. Alles dauerte ohnehin schon viel zu lange, aber er hatte abwarten müssen, bis der Polizist Schichtende hatte und sich mit ihm in dieser Kneipe treffen konnte. Und dann hatte er erst sichergehen müssen, dass Juri wirklich der Schwager von Grigori, seinem eigentlichen Kontakt, war, der nicht hatte kommen können, weil er anderweitig unabkömmlich war. Also hatte er es jetzt mit Juri zu tun, und der wiederum soff wie ein Loch. Small riss sich zusammen.

»Lässt sich das beweisen, oder ist das alles reine Vermutung?«

»Die Assmundson Undersea Mining AS unterhält eine Tochter hier in Russland, die Petrovapolask heißt. An die ist in unauffälligen Einzelüberweisungen viel Geld geflossen. Grigori sagt, alles in allem müssen es so um hundertachtzig Millionen Euro gewesen sein. Darüber hinaus wurde auch Hightechausrüstung zur Unterwasserforschung geliefert, aber davon versteht mein Schwager nicht viel.«

Small pfiff durch die Zähne. »Nicht gerade ein Taschengeld. Aber wie kommt nun Scholokoff ins Spiel?«

Juri schenkte nach und sah sich kurz über die Schulter um. »Grigori wusste, dass Sie diese Frage stellen würden, aber da kann er Ihnen im Moment nicht weiterhelfen. Scholokoff hat jedenfalls den Kontakt zum Marineministerium hergestellt, was dafür spricht, dass sie sich schon früher gekannt haben.«

»Das ist trotzdem interessant.« Bist du in Russland, dann mache es wie die Russen, dachte Small und kippte den nächsten Wodka herunter. »Hat Grigori sonst noch etwas gesagt?«

»Er ist nach Murmansk unterwegs, um irgendwelche Bilanzprüfungen vorzunehmen. Und da er dort ein paar Leute kennt, bittet er Sie, wenn das möglich sein sollte, seine Rückkehr abzuwarten, denn vielleicht hat er dann Näheres in Erfahrung gebracht.«

»Es ist ein Risiko, aber ich versuche mein Bestes. Sollte ich schnell abhauen müssen, dann wird jemand anderes Kontakt mit Ihnen aufnehmen.«

»Versuchen Sie, einfach nicht aufzufallen. Grigori ist um Sie besorgt, denn Scholokoff hat man kaltgestellt.«

Small hob überrascht den Kopf. »Woher wissen Sie das, Juri?«

Für einen winzigen Augenblick verriet Juris Gesicht Unsicherheit. »Ich glaube, Grigori hat es erwähnt.«

»Na ja«, sagte Small leichthin, »von irgendwoher wird er es schon haben.« Er streckte sich. »Ich ziehe mich jetzt in mein Hotel zurück und sehe zu, dass ich etwas schlafe. Ihr Wodka hat's nämlich ganz schön in sich.«

Juri strahlte ihn an. »Er ist besser als Ihr Whiskey, oder?« Der Russe erhob sich. »Ich gehe nach Hause, denn meine Frau wartet sicher schon. Doswidanje, Iwan Destojowski!«

Natürlich überließ Juri ihm die Rechnung. Small zahlte an der Theke, sparte nicht an Trinkgeld und verschwand nach draußen. Auf der nahen Twerskaja herrschte immer noch reges Leben und Treiben. Kein Wunder, denn dort reihte sich Hotel an Hotel, Bar an Bar und Geschäft an Geschäft. Aber der Agent lenkte seine Schritte nicht zu der großen Prunkstraße hin, sondern strebte schnell und zielstrebig in die Wohnviertel, die hinter dem Lichterschein der Twerskaja lagen. Er spürte den Wodka, aber seine Sinne waren hellwach. Dem vorbeifahrenden Wagen schenkte er kaum Beachtung; alles, worauf er sich konzentrierte, ohne sich jedoch umzudrehen, waren die Schritte hinter ihm, die nicht minder flott waren als seine eigenen und nicht zu einem gemütlichen Abendspaziergänger passten. Small musste zusehen, dass er so schnell wie möglich aus Moskau verschwand. Aber zuerst musste er den Verfolger loswerden und ein Telegramm abschicken.

Juri stand nicht weit entfernt vom Eingang der Kneipe und sprach in ein Handy, neuestes Modell. »Oberst, er hat angebissen!«

»Dann fein, dann schicken wir ihn jetzt auf Reisen. Sorgen Sie für alles, Hauptmann.«

»Bei allem Respekt, Oberst, aber ich glaube, es wird nicht so einfach. Er ist ein misstrauischer Mann. Er wird Juri nicht vertrauen, wenn er Grigori nicht selbst treffen kann.«

Der Oberst dachte einen Augenblick über diesen Einwand nach. »Können wir einen Grigori bauen?« Und mit dieser Frage begann sich das Räderwerk der GRU ein Stück weiterzudrehen. »Er kennt ihn ja schließlich nicht persönlich, soweit wir wissen.«

»Das wäre eine Möglichkeit, aber warten wir ab, was er tut.«

Jack gelang es relativ mühelos, seinen Verfolger abzuhängen, denn wie überall waren es immer die Anfänger, die die Laufarbeit tun durften. Hinunter zur Metro, hinein in die Zwo, zehn Sekunden zu früh raus und in letzter Sekunde wieder rein. Seinen Schatten war er damit los. An der nächsten Station, Majakowskaja, führte Jack das gleiche Manöver vorsichtshalber noch einmal durch, nur sprang er dieses Mal nicht in den Zug zurück, sondern flitzte die Treppen nach oben und nahm ein Taxi. Etwa dreißig Minuten nachdem er die Kneipe verlassen hatte, ging er in eines der Postämter und sandte ein Telegramm nach London.

In sein Hotel konnte er nicht zurück. Alles war eine Falle gewesen. Grigori und damit auch Juri hatten nicht wissen können, was mit Scholokoff passiert war. Juri hatte sich verquatscht, so einfach war das. Warum die Russen ihn nicht gleich verhaftet hatten, wusste er nicht, aber darauf wollte er es in keinem Fall ankommen lassen. Er musste raus aus Russland.

Keine Viertelstunde später bekam Juri den Inhalt von Smalls Telegramm von einem anderen Agenten durchgesagt. »Habe Kommode aus der Zarenzeit gefunden – stop – nicht sicher ob echt – stop – leicht beschädigt – stop – Gruß Iwan.«

11. Kapitel

13. Tag, 16 : 00 Ortszeit, 17 : 00 Zulu –
Aufklärungspatrouille des Trägers USS *Ulysses S. Grant*,
170 Meilen westlich der grönländischen Küste

Die beiden Jagdbomber vom Typ F-16/D(RC) huschten wie Gespenster über die graue Wasserfläche. Selbst ihre Schatten waren beinahe unsichtbar.

Bill Turner reagierte mit der Präzision einer Maschine. Jeder einzelne Anflugpunkt war vorher gebrieft, jede noch so kleine Kursänderung vorher geplant worden. Aber Aufklärung über der See war eine ganz andere Sache als über dem Festland. Es gab keine unveränderlichen Landmarken, keine Waldgebiete, Türme, Berge oder sonstige Gebäude, an denen man sich orientieren konnte. Turner war voll und ganz auf seine Instrumente angewiesen, auf die Positionen aus dem GPS und auf das Können seiner Rottenführerin Wildgoose.

Der junge Pilot entspannte sich etwas. Erst vor ein paar Tagen war er mit einer defekten Maschine auf das Deck des Trägers geschlagen und hatte eine Bruchlandung hingelegt. Obwohl sein Vogel danach schrottreif gewesen war, so war er doch selbst glimpflich mit ein paar Beulen und blauen Flecken davongekommen. Nach dem medizinischen Check, bei dem auch keine Schockfolgen festgestellt worden waren, hatten die Ärzte grünes Licht gegeben. Wie ein Pferd, das vor einem Hindernis gescheut hat und einen Wiederholungssprung absolvieren muss, hatte man ihn umgehend wieder in eine Ersatzmaschine gesetzt.

Bill Turner schaltete auf BzB. »Wie fühlst du dich?«

Sein Beobachter, der bei dem Crash mit in der Maschine gesessen hatte, behielt den Blick starr auf seine Instrumente gerichtet. »So weit, so gut, Billy!«

Der Pilot grinste in sich hinein. Tom war nicht gerade ein Mann vieler Worte. Aber sie flogen weiter zusammen. Das war es, was zählte.

»Wildgoose für Dragonflight! Ich habe was auf meinem Radar!«, tönte es in ihren Kopfhörern. Wenn ihre Rottenführerin die Funkstille brach, musste sie die Sache für wichtig genug halten.

»Kontakt in Grün null-null-fünf, bestätigt.«

Die Stimme des Beobachters klang völlig unbewegt. »Bestätigt, Wildgoose! Abstand siebenundsechzig Meilen, werden eingepeilt.«

Billy Turner fluchte leise, als Wildgoose den Kurs um eine Winzigkeit auf das unbekannte Ziel zu korrigierte. Noch konnten sie das Schiff nicht sehen, dazu flogen sie zu tief. Eigentlich erfassten sie nur die Radarimpulse, mit denen sie eingepeilt wurden.

»Wir haben ein Luftzielradar und einen Shipwreck-Komplex*«, meldete Sue Fletcher.

»Dreißig Meilen!«, sagte Tom, Turners Beobachter, an. »Russischer Kreuzer der Kirov-Klasse.«

Pro Minute legten die beiden Aufklärer knapp zwanzig Meilen zurück. Die Augen der Kampfbeobachter flogen über die Instrumente. Unsichtbare Impulse trafen die Flugzeuge, tasteten sie ab und verfolgten sie.

---

* Shipwreck: NATO-Bezeichnung für die See-zu-See-Variante des russischen Granit-Systems.

Und dabei hinterließen sie gleichzeitig ihrerseits einen deutlichen elektronischen Fingerabdruck, der den Computern der Jagdflugzeuge verriet, womit sie es zu tun hatten und welche Systeme an Bord des russischen Kreuzers aktiv waren.

»Verdammt, der ist heiß!«

»Dragonflight für Wildgoose, bitte bestätigen, ist er heiß?«

Sue Fletcher klang völlig ruhig. »Das ist er, aber er wird nicht feuern!« Stur hielt die Führungsmaschine auf den Russen zu.

»Zweiter Kontakt, dritter Kontakt!« Dieses Mal überschlug sich Toms Stimme beinahe. »Gleiche Richtung! Die sind alle heiß!«

Der junge Pilot spürte einen Schauer über den Rücken gleiten. Zweimal hatten sie in der Luft aufgetankt und waren rund siebzehnhundert Meilen von ihrem Träger entfernt. Aber sie hatten offensichtlich gefunden, was sie gesucht hatten. »Aufzeichnen!« Turner drückte die Sauerstoffmaske fester auf sein Gesicht. »Wildgoose, erbitte Erlaubnis zum direkten Überflug!«

»Abgelehnt! Auf Flugzeuge achten!«

Die Führungsmaschine legte sich in eine weite Linkskurve. »Die warten nicht auf uns!«

»Auf was dann?« Beinahe automatisch folgte Dragonflight Fletchers Maschine. Unter den Rümpfen zeichneten die digitalen Recorder jedes Signal auf, das die F-18 traf. Sie hatten hier eine ganze verdammte russische Flotte vor und unter sich. Die Schiffe erschienen unter ihnen, und Sekundenbruchteile später lagen sie schon hinter den rasenden Jagdbombern.

»Ich habe sie!« Aus Turners Kopfhörern drang der triumphierende Ruf des Beobachters. »Zwei Zhul-K-

Radars, entweder Fulcrums oder aufgerüstete Flankers!«*

Auch Wildgooses Beobachter musste die russischen Jagdbomber entdeckt haben, denn Sue Fletcher ließ ihre Maschine bereits steigen und brach nach rechts weg. Turner folgte und biss die Zähne zusammen. Vier G, fünf G, je enger die Kurve wurde, desto stärker wurden die Kräfte, die auf die Besatzungen wirkten. Sechs G, dann ließ Wildgoose ihre Maschine wieder aus der Kurve gleiten. Vor ihnen wurden zwei schwarze Punkte sichtbar, vor der grauen Wolkenfront kaum zu erkennen. Die beiden F-18, im Überschallbereich fliegend, holten auf, was aber zugleich ein Indiz war, dass es die russischen Piloten keineswegs eilig hatten wegzukommen. Turner prüfte den Treibstoffvorrat. »Wir haben noch dreizehn Minuten, Wildgoose.«

»Das reicht!« Die Pilotin klang angespannt. Also hatte auch sie bereits erkannt, womit sie es zu tun hatten. MiG-29, Fulcrum-R, die Aufklärungsversion. Aber genau wie die F-18 trugen auch die beiden russischen Jäger zusätzlich zu Aufklärungscontainern deutlich sichtbar Luft-Luft-Raketen unter den Delta-Tragflächen.

Die Formation der beiden russischen Maschinen stob auseinander, und die Flammenzungen der Nachbrenner wurden sichtbar. Das alte Pilotenspiel, wie es überall auf der Welt von den Luftwaffen gespielt wurde, begann. Keiner würde den anderen abschießen, denn man war ja schließlich nicht im Krieg. Aber es ging darum, zu zeigen, dass man könnte, wenn man wollte.

---

* Fulcrum: NATO-Bezeichnung für MiG-29; Flanker: NATO-Bezeichnung für Suchoi Su-30, beides russische Jagdbomber und Aufklärer.

»Ich klemme mich hinter den Rechten, das muss der Rottenführer sein!« Wildgoose begann bereits nach Steuerbord wegzuziehen. »Kümmere dich um den anderen.« Sie kicherte leise. »Vielleicht hast du Glück und es ist auch ein Noobie*!«

Bill unterdrückte einen Fluch und konzentrierte sich auf die ihm zugeteilte Maschine. Der Russe brach nach unten weg und ging in einen halben Sturzflug. *Das reicht nicht!* Der junge Pilot grinste. Die MiG-29 war in großer Höhe um einen Tick schneller als seine Superhornet, aber um ihn auf diesem Wege abzuhängen, musste der Russe zu lange geradeaus fliegen, und eine hinterhergeschickte Rakete wäre noch schneller.

»Er probiert die Klassiker!« Tom kontrollierte seine Instrumente. »Er hat uns im Heckradar.«

Gedanken rasten durch Bills Kopf. Tausend Kleinigkeiten, die man ihnen während der Ausbildung eingetrichtert hatte. Der Russe konnte einen Turn nach unten machen, um im Looping hinter ihm wieder aufzutauchen. Er konnte zu einer Seite wegbrechen und in die Pedale treten. Die aufgerichteten Klappen würden ihn abbremsen und die F-18 einfach vorbeirauschen lassen. Er konnte …

»Oh Sch …« Der Moment des Nachdenkens war vorbei. Die Nase der russischen Maschine ruckte nach oben, und die Maschine ging wieder in einen Steigflug. Oder wenigstens sah es im ersten Augenblick so aus. Aber der Anstellwinkel wurde steiler und steiler. Bill konnte nur mit offenem Mund zusehen. Der russische Jet sackte für Bruchteile einer Sekunde mit dem Heck vertikal durch, bevor er beinahe zögerlich wieder nach vorne kippte. *Und seine verdammten Triebwerke lau-*

---

* Noobie: Neuling (mit einem leicht beleidigenden Unterton).

fen noch! Aber noch während Bill diese Erkenntnis durchzuckte, trug ihn seine eigene Geschwindigkeit bereits vorbei.

Schon begann der Radarwarner seinen schrillen Alarm zu pfeifen, als das Zielerfassungsradar der MiG sich auf die F-18 aufschaltete. Frustriert ließ Bill seine Maschine wieder in den Steigflug gehen. Der Russe würde nicht schießen, aber im Ernstfall wären sein Beobachter und er jetzt tot, und die Reste ihrer Superhornet hätten sich über etliche Quadratmeilen des Eismeers verteilt.

»Er hat uns! Verdammter Mist!« Tom fluchte vor sich hin. »Hast du das gesehen? Der hat für Augenblicke senkrecht auf seinem Triebwerksstrahl gestanden!«

»Toll«, fauchte Bill. »Alle russischen Jäger können das, der neue Eurofighter kann es, und die neuen FC-1 der Chinesen schaffen das auch. Nur wir können es nicht, weil der Senat Geld sparen wollte. Es war eine Kobra, eine reinrassige waschechte Kobra*!« Er hämmerte wütend gegen die Cockpitseite, da es ansons-

---

* Kobra oder auch Kobramanöver: Flugmanöver, bei dem die Maschine senkrecht zur Flugrichtung gestellt wird, um sie plötzlich abzubremsen. Dadurch wird ein Verfolger gezwungen, die Maschine zu passieren und sich in den Wirkungsbereich der eigenen Waffensysteme zu begeben. Erfordert allerdings Flugzeuge mit extrem ausgefeilter Aerodynamik und starken Triebwerken, die in der Lage sind, das Flugzeug auf dem eigenen Triebstrahl vertikal in der Luft zu halten. Derzeit ist aus diesen Gründen keiner der westlichen Jagdbomber in der Lage, dieses Manöver zu fliegen (ältere Modelle waren dazu fähig.) Die russischen Maschinen hingegen sind seit den 70er Jahren darauf ausgelegt.

ten nichts gab, worauf er einschlagen konnte. »Vergiss es! Hat die Datenspeicherung geklappt?«

»Ich glaub schon.«

»Na, dann war die Nummer hier wenigstens nicht völlig witzlos. Lass uns mal nach Wildgoose sehen.« Vorsichtig zwang Turner den Jäger in eine weite Kurve. Seine Rottenführerin war immer noch in einen Dogfight mit ihrem russischen Gegenpart verwickelt. Aber Stück für Stück verlor sie an Raum. Mochte die F-18 auch beweglicher sein, wenn es um Steigleistung oder Geschwindigkeit ging, dann war ihr die MiG einfach überlegen, vor allem, wenn sie von einem guten Piloten geflogen wurde. Der Russe konnte es sich leisten herumzuspielen. Blieb nur ein Trost. Sowohl in seinem als auch in Wildgooses Sensorcontainer würde alles gespeichert sein, jeder noch so kleine elektronische Impuls. In einigen wenigen Stunden würden die Experten an Bord der *Grant* jede Kleinigkeit über die elektronische Ausstattung der neuesten russischen Aufklärervariante wissen. Hinzu kamen die Schiffe, die sie überflogen hatten. Eine gewaltige Menge Material. Aus der Sicht der Aufklärer war der Flug ein voller Erfolg. Nur in Bills Kopf hämmerte immer noch die gleiche Erkenntnis. *Der Russe hätte mich fertiggemacht!*

13. Tag, 17 : 00 Ortszeit, 18 : 00 Zulu –
russisches Angriffs-U-Boot *Kugar,* unter dem Eis

Die Besatzung der *Kugar* musste weiter unablässig üben. »Feuer im Schiff«, Ausfallrollen, alles, was auf einem U-Boot im Falle eines Falles perfekt sitzen musste. Jasselewitsch nahm seine Besatzung hart ran und schonte sich selbst am wenigsten. Der Ruf, ein Schleifer zu sein, hing ihm nicht umsonst noch von früher her an.

Oberleutnant Sulkin fühlte sich wie erschlagen, denn natürlich waren die Offiziere ebenso permanent gefordert und bekamen auch nicht mehr Ruhe als die Matrosen zugestanden. Es war, als würde Jasselewitsch die Zeit weglaufen. Sulkin, der sich immer noch nicht ganz darüber klar war, ob er nicht eine U-Boot-Paranoia entwickelte oder ob sein Kommandant etwas zu verbergen hatte, beobachtete weiterhin jede Einzelheit. Mochten die Männer auch fluchen wie die Rohrspatzen, so leistete Jasselewitsch mit seinem Ausbildungsprogramm dennoch Hervorragendes.

»Bringen Sie uns nach oben!«

Sulkin fuhr herum, als die Stimme seines Kommandanten hinter ihm ertönte. »Jawohl, Kommandant! Sonar, wie sieht es mit der Eisdecke aus?«

Über Lautsprecher meldete sich der Sonaroffizier. »Dünnes Eis über uns!«

»Sehr schön!« Jasselewitsch rieb sich zufrieden die Hände. »Dann rauf und die Funksprüche aufnehmen.«

»Wir sollten bei der Gelegenheit vielleicht auch gleich routinemäßig unsere Position an das Hauptquartier durchgeben.«

»Wieso das denn?«, fragte der Kapitän verwundert, da sich im Gegensatz zu amerikanischen Booten die russischen U-Boote nicht alle paar Stunden über Satellit zu melden pflegten. Alles, was sie taten, war, Funksprüche aufzufangen. Sollte eine Positionsmeldung erwünscht sein, dann wurde einem das schon mitgeteilt. Das war mit einer der vielen Gründe, warum die Positionen russischer U-Boote oftmals wirklich ein Geheimnis waren. »Das Boot ist in Ordnung, es gab keinen Befehl, unsere Position zu melden, wieso sollten wir uns also durch einen Funkspruch verraten?«

»Ich habe ja auch nur gedacht, Kommandant …«

»Sieh mal einer an, der Herr Oberleutnant hat gedacht«, sagte Jasselewitsch sarkastisch. »Wir sind auf Erprobungsfahrt, nicht auf einer Kreuzfahrt. Grüße nach Hause werden später verschickt! Wenn Sie uns nun nach oben bringen würden, IO?«

Errötend ob dieses Anschisses vor versammelter Mannschaft in der Zentrale legte Sulkin die Hand an die Mütze. »Zu Befehl, Kommandant!« Innerlich vor Wut kochend, wandte er sich an seinen Rudergänger. »Zehn Grad achterlastig, vorne unten zehn, hinten null! Umdrehungen für vier Knoten!«

Wasser strömte achtern in die Trimmzellen. Das Summen des Antriebes schien zu verstummen, aber in Wirklichkeit war es nur die geringere Drehzahl, die es unmöglich machte, es noch vorne in der Zentrale zu hören. Aber es war Fahrt im Boot. Der Bug richtete sich unter der gemeinsamen Wirkung von Tiefenruder und Trimm auf, und die Kraft der großen Schraube begann aufwärts zu wirken.

»Dünnes Eis!« Die Stimme des Sonaroffiziers gab Sulkin die letzte Bestätigung, die er brauchte. »Tauchzellen ausblasen!« Mit lautem Zischen strömte Pressluft in die Zellen und drückte das Seewasser hinaus. Das Boot schien einen Satz nach oben zu machen.

Die Augen des Ersten hingen an der digitalen Tiefenanzeige. »Sechzig Meter … fünfzig Meter … Maschine stopp … vierzig Meter …«

Die Restfahrt und der Auftrieb der ausgeblasenen Zellen trieben den schweren Rumpf weiter nach oben. Mit beinahe spielerischer Leichtigkeit durchbrach der Stahlrumpf das Eis. Im Inneren der Röhre klang es eher wie ein Auffahrunfall, als die unter Spannung stehenden Eisschollen brachen. Ein leichter Ruck ging durch den Bootskörper. Laut kratzend scheuerte Eis am Rumpf entlang, als das Boot sich durch die Schollen schob. Sulkin verzichtete darauf, die achteren Trimmzellen wieder ausblasen zu lassen. Besser, die Schraube kam dem Eis nicht zu nahe.

Die *Kugar* kam zum Stillstand. »Radarmast ausfahren!«, ordnete Sulkin an. »Funker, die Meldungen reinholen!«

Schon einen Augenblick später kam die Durchsage: »Seeraum ist frei! Luftraum ist frei!«

Kapitän Jasselewitsch nickte seinem Ersten zu. »Hübsches Manöver, Oberleutnant! Dann gehe ich mal einen Moment nach oben!« Er wartete, bis die Wache aufgezogen war, dann angelte er sich seinen warmen Mantel vom Haken und folgte den Seeleuten auf den Turm. Frische kalte Luft strömte in das Boot, die nach der langen Tauchfahrt beinahe prickelnd wie Champagner war.

Der Oberleutnant sah seinem Kommandanten ruhig nach. Bei Jasselewitsch wusste man nie, woran man war. Aber das war nichts unbedingt Neues für ihn, schließlich waren sie ja schon früher zusammen gefahren ... Die Stimme des Funkoffiziers holte ihn in die Gegenwart zurück. »Rafferspruch, Kommandant*!« Sulkin riss die Augen auf. Die meisten Sprüche waren

* Rafferspruch: Ein verschlüsselter Funkspruch, der auf einen Bruchteil seiner Originallänge gerafft (komprimiert) und dann als Kurzsignal versendet wird. Der Zusatz Kommandant bezieht sich darauf, dass der Spruch in einem nur dem Kommandanten bekannten Code verschlüsselt ist.

Raffersprüche, aber ein Kommandantenspruch war etwas Besonderes. In der Regel beinhaltete er neue Befehle. Der IO sah den Leutnant an, der im Schott stand. »Der Kommandant ist oben auf dem Turm, Alexandrej! Ich sage ihm Bescheid!«

13. Tag, 17 : 00 Ortszeit, 18 : 00 Zulu –
USS *Baton Rouge*, 72. Breitengrad

»Kontakt in Rot null-eins-null, Abstand zwölf Meilen, Kurs drei-null-null, Fahrt zwanzig Knoten, Tiefe sechshundert Fuß!«

Captain DiAngelo fuhr herum, als die Meldung des Sonaroffiziers aus dem Lautsprecher drang. Seine Stimme klang plötzlich scharf. »Können Sie den Typ ausmachen?«

Der Sonaroffizier zögerte. »Ich bin nicht ganz sicher. Der Computer hält es für ein Victor, aber es hört sich etwas seltsam an.«

»Die Russen bauen ständig etwas an ihren Booten um. Sie meinen also, es könnte ein Victor sein?«

»Scheint so, Sir!«

Der Captain sah über die Schulter, als Commander Martinez durch das Schott kam. »Ein Victor, etwas backbords unseres Kurses. Es läuft zwanzig Knoten.«

»Er kann natürlich schneller, aber nicht mit uns mithalten. Rechnen Sie mit Ärger, Sir?«

»Das halte ich für unwahrscheinlich. Nur läuft es uns genau dann über den Weg, wenn wir die Routinemeldung abgeben wollen.«

»Wir können den Russen ignorieren, Sir«, sagte Martinez. »Aber ich gebe zu, ich würde mich auch unbehaglich fühlen, wenn dieser Bursche unter uns herumhängen würde, während wir wie eine Ente an der Oberfläche sitzen.«

»Nein!« Bob kam zu einer Entscheidung. »Wir werden später Kontakt mit Thule und der *Grant* aufnehmen. Laufen Sie ab, Commander! Wir haben im Norden Wichtigeres zu tun, als hier mit einem Russen Fangen zu spielen.«

»Aye, aye, Captain!« Martinez wandte sich um. »Sie haben den Captain gehört. Umdrehungen für fünfunddreißig Knoten. Wir gehen runter auf achthundert Fuß!«

Die Fahrterhöhung war kaum zu spüren. Schließlich war die *Baton Rouge* bereits zweiunddreißig Knoten gelaufen. Nur der Bug senkte sich sanft nach unten, als die Fahrtströmung auf die leicht aufgerichteten Tiefenruder wirkte.

Ein paar Minuten verstrichen, bevor eine weitere Meldung aus dem Sonarraum kam. »Er reagiert nicht auf uns und läuft stur weiter drei-null-null mit zwanzig Knoten.«

»Wir sind nicht weit genug in seinem Hecksektor, als dass er uns nicht mitgekriegt hätte«, stellte Martinez fest.

»Er muss uns erfasst haben. Denkbar, dass er sich schon was ausgeknobelt hat. Lassen Sie uns daher einen weiten Bogen um ihn schlagen, nicht dass der Bursche ein Towed-Array-Sonar ausgebracht hat.«

Die Vorstellung, mit fünfunddreißig Meilen Fahrt in ein Kabel voller Sonarsensoren zu rauschen, behagte Martinez nicht sonderlich. »Glauben Sie wirklich?«

»Könnte ja sein, Commander. Ich frage mich sowieso, was er hier macht. Sein normales Operationsgebiet ist das sicher nicht. Im Westen liegt Grönland, im Südosten Jan Mayen. Wenn er von hier aus irgendwohin will, dann braucht er eine Ewigkeit.«

»Sir! Neuer Kontakt, sehr schwach. Grün null-sechs-vier, Fahrt etwa fünfundzwanzig Knoten, steigend. Tiefe tausend Fuß. Abstand vielleicht sechstausend Yard.«

»Haben Sie schon einen Kurs? Sieht so aus, als sei unser Freund nicht allein.«

»Stiller Alarm, auf Gefechtsstation!«, befahl Martinez und sah DiAngelo um Entschuldigung bittend an. »Ich hätte es wissen sollen, das Victor ist ein Köder!«

»Immer mit der Ruhe, Commander!« Bob griff erneut zum Mikro. »Sonar, wie sieht es aus mit einem Kurs?«

»Ich verliere ihn immer wieder, Sir. Er ist einfach zu leise.«

Der Captain überlegte. »Kann der Computer ihn identifizieren?«

»Dem Geräuschprofil nach ein Akula I.«

»Das könnte hinhauen, denn ein leiseres Akula II oder III hätten wir gar nicht mitbekommen. Es muss folglich ein Akula I sein, das sich in etwa auf unserem Geräuschniveau befindet. Wer sich das ausgedacht hat, versteht sein Handwerk.«

Commander Martinez sah ihn erstaunt an. »Wie meinen Sie das?«

»Es ist eine Falle, aber nicht für uns bestimmt. Das Victor-Boot macht so viel Lärm, dass jedes Sonar es sofort erfasst, und die Männer an den Geräten konzentrieren sich auf diesen Kontakt, während die wahre Gefahr von unten und hinten kommt.« DiAngelo spielte an seinem linken Ohrläppchen herum. »Mit uns haben die Russen nichts im Sinn, die wollen allenfalls sichergehen, dass wir auch wirklich ein Boot der

Los-Angeles-Klasse sind. Von daher können Sie hochgehen und unsere Positionsmeldung absetzen.« Er wandte sich um und ging zum Kartentisch, wo er eine Entfernung aus dem Übersegler nahm. »Dreihundert Meilen zwischen der Küste und Jan Mayen, noch einmal über sechshundert von dort bis zum Nordkap.«

Commander Martinez trat neben ihn und blickte ebenfalls auf die Karte. »Das ist so ziemlich die schmalste Stelle. Vielleicht befürchten die Russen, dass Jasselewitsch irgendwo hier nach Süden durchbrechen will.«

»Wenn er es tatsächlich tut, dann haben sie schlechte Karten. Entweder sie wissen etwas, was wir nicht wissen, oder sie sind so verzweifelt, dass sie es trotzdem versuchen.«

Martinez schüttelte den Kopf. »Verdammte Gringos!« Aber er lächelte nicht.

13. Tag, 21 : 45 Ortszeit, 18 : 45 Zulu – Moskau,
Moskau Belorusskaja, der »Weißrussische Bahnhof«

Der Zugfernverkehr von Moskau aus hat seine Besonderheiten, weil es keinen Hauptbahnhof gibt. Vom Leningrader Bahnhof aus rollen die Züge in Richtung Sankt Petersburg, am Jaroslawer Bahnhof fährt der Transsibirien-Express ab, vom Kasaner Bahnhof starten die Züge in Richtung der Wolgarepubliken Tatarstan und Baschkortostan. Und alle sind durch eine ringförmige U-Bahn-Linie miteinander verbunden.

Der Bahnhof, der Jack Small interessierte, war Belorusskaja, der Weißrussische Bahnhof, denn von dort gingen die Züge Richtung Westen ab. Ein Flugzeug konnte er nicht benutzen, denn beim Einchecken wurden die Papiere kontrolliert. Prinzipiell galt das Gleiche für Züge, wo dies an der Grenze geschah. Darüber hinaus würde man bei FSB oder GRU, je nachdem, wer hinter ihm her war, sicher auch die Verkehrsknotenpunkte ins Visier nehmen. Nicht ausschließen konnten die Russen, dass er als Profi einen Güterzug benutzte oder einfach per Anhalter fuhr. Die flächenmäßige Ausweitung der Überwachung würde bedeuten, dass an den jeweiligen Stellen weniger Personal zur Verfügung stand und wohl nur noch stichprobenartig kontrolliert werden konnte. Um zehn Uhr abends wurde sein Zug aufgerufen. Ruhig wartete Jack ab, bis das Gros der Mitreisenden eingestiegen war.

Jack schulterte seine Reisetasche und kletterte in einen der Waggons. Seine Klamotten bestanden aus einem west-östlichen Mix an Kleidungsstücken. Alles, was er am Leibe trug, hatte er erst vor zwei Stunden in einem Second-Hand-Kaufhaus erstanden. Das Hemd war etwas zu eng, und die Jeans schon mächtig ausgebleicht. Aber er sah aus wie einer der vielen, die im Westen arbeiteten und nur ab und zu nach Hause kamen. *Nächster Halt Brest-Litovsk, morgen früh um elf!*

12. Kapitel

14. Tag, 06 : 00 Ortszeit, 03 : 00 Zulu – Minsk

Der Zug verlangsamte seine Fahrt bereits deutlich, und Jack begann, seine wenigen Reiseutensilien, bestehend aus Schokoriegeln, einer russischen Zeitung und einem Taschenbuch, zu verstauen. Die abgewetzte Lederjacke aus dem Moskauer Secondhandshop legte er lose über seine Tasche. Die morgendliche Kühle von Minsk würde schon dafür sorgen, dass er einigermaßen munter wurde. Die Nacht über hatte er sich nicht getraut zu schlafen, und so hatte er die meiste Zeit in einem Abteil gesessen und in dem Thriller gelesen, den er am Bahnhof in Moskau gekauft hatte. Jack Small mochte Spionageromane, vor allem wenn der Plot auf wahren Begebenheiten beruhte. Dieser erzählte eine typische Geschichte des Kalten Krieges, in deren Mittelpunkt der im Westen wenig bekannte Doppelagent Boris Torchov stand. Jack, der das Ende dieser Zeit als aktiver Feldagent miterlebt hatte, musste ab und zu grinsen ob mancher Detailschilderungen. Er selbst war in seinem Leben so oft verfolgt und gejagt worden, dass er so langsam eine gewisse Abgebrühtheit entwickelt hatte.

Bremsen quietschten, als der D-Zug in den Bahnhof einfuhr. Faktisch befand er sich jetzt außerhalb Russlands in der Republik Weißrussland, doch wenn bei der Grenzkontrolle etwas schiefgelaufen wäre, dann hätten ihn die weißrussischen Beamten genauso schnell festgenommen und nach Moskau verfrachtet wie der KGB in der guten alten Zeit. Erst in Polen würde er sich sicher fühlen können. Es war also noch viel zu früh, um sich zu entspannen. *Zwölf Stunden!*

Jack trat aus dem Abteil hinaus auf den Gang und stellte sich in die Schlange derer, die darauf warteten, dass der Zug endlich hielt. Es war früh am Morgen, und so wurde wenig gesprochen. Die meisten der Reisenden machten einen eher verknautschten und müden Eindruck, und das, obwohl sie die Stunden der Fahrt in Schlafwagen zugebracht hatten. Die Personenkontrolle an der Grenze im Zug war sehr oberflächlich gewesen. Seine Papiere, die ihn als Antiquitätenhändler auswiesen, hatten die Zollbeamten nur eines flüchtigen Blicks gewürdigt. Nicht einmal die obligatorische Frage, ob er etwas zu verzollen habe, hatten sie gestellt. Wahrscheinlich waren die Uniformierten ebenfalls noch nicht richtig wach gewesen.

»Verzeihung, wissen Sie, wann der Zug nach Brest weiterfährt?«

Small drehte sich um und antwortete mehr automatisch: »In zwanzig Minuten.«

Der Mann nickte höflich. »Danke!«

Der Amerikaner musterte ihn kurz: jung, sportlich, kurze Haare, offensichtlich allein reisend. Normalerweise ein Alarmsignal, aber dieser Zug war voll von solchen jungen Leuten. Viele von ihnen hatten Jobs im Westen, andere suchten welche, und einige wenige würden sich kriminellen russischen Banden anschließen. Alles ganz normal in Zeiten wie diesen. Small wandte den Blick ab und angelte nach Halt, als der Zug mit einem Ruck zum Stehen kam. Von draußen hörte er bereits Lautsprecherdurchsagen. »Minsk Hauptbahnhof, Minsk Hauptbahnhof. Reisende nach Brest-Central, Polen und Deutschland Gleis elf!« Er stieg aus dem Zug, machte ein paar Schritte zur Seite und ließ den Blick schweifen. Polizei und Militär waren allgegenwärtig, aber das hatte nichts zu bedeuten. Der junge Mann, der ihn gefragt hatte, suchte sich seinen Weg zwischen den Sicherheitskräften hindurch Richtung Gleis elf. Small schlenderte hinter ihm her. Was ansonsten den Roman betraf, der in seiner Tasche steckte, so wusste er, wie die Geschichte ausgehen würde, denn er kannte die Originalakten, zumindest die der CIA. Man hatte Torchov damals nicht geglaubt, weil seine Informationen mehr oder weniger offiziell vom russischen KGB gekommen waren, aber sie hatten gestimmt. Torchov war danach vom militärischen Geheimdienst GRU erledigt worden, und Präsident Kennedy hatte ein Jahr später die Raketenkrise an der Backe. Genau das, wovor Torchov die Firma im Auftrag des zivilen Geheimdienstes gewarnt hatte, denn der KGB wollte keine Raketenkrise mit den USA, ganz im Gegensatz zum Militär und dem GRU. Small hoffte, dass Marsden den Hinweis auf das Buch, sobald er ihn übermittelt hatte, verstehen und ihm glauben würde. Er grinste. ISBN 5-744-39788-7.

14. Tag, 07: 00 Ortszeit,
08 : 00 Zulu – Russisches Angriffsboot *Kugar*, an der Eisgrenze

»Die Besatzung ist unruhig, sogar mehr als das, besorgt«, erklärte Assmundson.

»Ja, ich weiß!« Boris Jasselewitsch brachte den Springer auf dem Schachbrett in eine andere Position und lehnte sich zurück. »Was für eine bescheuerte Idee, mir einen Kommandantenspruch zu senden mit dem Befehl, mich zu ergeben.« Er lächelte geringschätzig. »Russland wird heutzutage nur noch von Bürokraten regiert.«

»Trotzdem, war es ein guter Zug, das Boot unter Funkstille zu stellen?«

»Ich hatte keine andere Wahl. Und mit diesem einen Funkspruch an mich hat uns das Oberkommando einen Trumpf in die Hand gespielt. Soweit es meine Besatzung betrifft, erscheint nun alles völlig logisch. Wir haben einen neuen Befehl erhalten, aus einer Erprobungsfahrt wurde ein Einsatz. Dafür ist sie ausgebildet, das versteht sie. Dass sie etwas besorgt ist, versteht sich von selber.«

»Da wäre noch etwas anderes«, fuhr der Norweger fort.

»Ich weiß.« Der Kapitän nickte langsam. »Ich habe den Wetterbericht gelesen. Es kann nicht allzu lange dauern, bis der Sturm losbricht.«

»Bringt uns das Vorteile?«

Jasselewitsch wiegte den Kopf hin und her. »Teils, teils. Ein Sturm kann an sich einem Atom-U-Boot nichts anhaben, aber er macht es schwerer, Ziele an der Oberfläche zu finden. Für einen Torpedo dicht unter der Oberfläche ist es beinahe unmöglich, die Tiefe zu steuern.« Er zuckte mit den Schultern. »Andererseits hat die Außensicherung dann andere Probleme, als nach U-Booten zu suchen. Der Sturm macht es einfacher, nahe genug an das Ziel zu kommen, aber er kann auch dessen Zerstörung unausführbar machen.«

»Und was schlagen Sie vor?« Arne Assmundson sah den Russen erwartungsvoll an. »Wir können nicht bis in alle Ewigkeit warten.«

»Nein, das geht nicht.« Er dachte nach. »Wir werden die Amerikaner kaum noch vor dem hereinbrechenden Wetter finden, sondern erst während des Sturms. Vielleicht werden wir mitten im Verband warten müssen, bis das Wetter besser wird und wir unsere Aale abfeuern können.« Sein Gesicht wurde hart. »Dann weiß die Welt, wir sind nicht geschlagen.«

Assmundson schwieg dazu. Krista war tot, und nichts konnte ihr das Leben zurückgeben, das ihr genommen worden war. Auch nicht Rache, aber vielleicht half sie, die Leere zu betäuben, die er in sich fühlte.

Es klopfte an der Tür und beinahe automatisch rief Jasselewitsch. »Herein!«

Oberleutnant Sulkin steckte den Kopf durch die Tür. »Sie wollten, dass ich die Wetterberichte zusammenfasse, Herr Kapitän!«

»Ja, Sulkin. Schon erledigt?«

»Der NO und ich haben die Lage ohnehin die ganze Zeit unter Beobachtung gehalten. Natürlich haben wir viele Wettermeldungen verpasst, und jetzt …«

»Gerade deshalb! Wir haben, wie Sie sicher schon vermutet haben, unsere Einsatzbefehle erhalten, IO.«

»Darf ich fragen …«

»Sie dürfen. Wir sollen zurück in den Atlantik und einer amerikanischen Trägergruppe folgen.«

»Beschattung, ist es das?«

»Vorerst, aber ich habe so ein gemischtes Gefühl. Im letzten Funkspruch war die Rede davon, dass die Amerikaner ihr Engagement im Nahen Osten ausweiten und dass damit unsere Interessen bedroht sein würden.«

Sulkin sah von einem zum anderen. »Sie wollen sagen, dass wir eventuell …«

»Sollten wir angegriffen werden, hat man uns die Wahl der Mittel freigestellt. Sollten die Amerikaner ihre militärische Präsenz im Nahen Osten tatsächlich ausdehnen, dann kann es sein, dass wir uns demnächst in einer bewaffneten Auseinandersetzung befinden.«

»Das kann eigentlich nicht sein, Kommandant. Ich verstehe nicht ...«

»Es ist letztlich eine politische Entscheidung.« Jaselewitsch zögerte sichtbar. »Bis dahin warten wir ab. Sollten Sie an Gott glauben, dann beten Sie von mir aus. Aber wenn ich den Befehl gebe, unsere Waffen abzufeuern, dann erwarte ich, dass Sie zu Ihrem Fahneneid stehen, genau wie jeder andere an Bord.« Er atmete tief durch. »So, und nun zeigen Sie mir, was das Wetter macht.«

Der Oberleutnant starrte ihn verwirrt an, seine Bewegungen waren fahrig. »Das Wetter, oh ja, das Wetter. Ich ...«

»Beruhigen Sie sich, Sulkin, noch ist nicht aller Tage Abend. Alles was ich Ihnen soeben mitgeteilt habe, ist natürlich vertraulich. Zum gegebenen Zeitpunkt werde ich zur Besatzung sprechen, aber im Augenblick bleibt die drohende Gefahr eines Konflikts noch unerwähnt. Und nun zum Wetter. Ich muss wissen, was uns erwartet.«

Sulkin räusperte sich. In seinem Kopf rasten Gedanken. Sollte es zu einer Konfrontation mit den Amerikanern kommen, konnte daraus leicht ein atomarer Schlagabtausch werden. Er dachte an seine Frau und die zwei Kinder, an seine Familie. Sollte es zum Schlimmsten kommen, würde nichts wieder so sein, wie es war. Er hatte immer nur im Frieden gedient und nie wirklich über Krieg nachgedacht. Aber nun war es zu spät. *Der Kommandant muss es bereits geahnt haben, als wir ausliefen!* Er sah Jasselewitsch verdutzt an. »Sie wussten es bereits, als wir ausliefen?«

Das Gesicht des Kapitäns zeigte keine Regung. »Admiral Scholokoff hat mir ein paar Dinge mitgeteilt, bevor wir ausliefen. Aber immer gemach, eins nach dem anderen. Vielleicht kommen die Politiker noch zur Besinnung. Und wenn nicht, können wir nur unsere Pflicht tun.« Er trommelte mit den Fingern einen ungeduldigen Wirbel auf der Tischplatte. »Wenn ich nun endlich um das Wetter bitten darf, IO?«

Doch Jasselewitsch sollte nicht zu seinem Wetterbericht kommen. Unvermittelt erwachte der kleine Lautsprecher über seiner Koje zum Leben. »Kommandant bitte in die Zentrale. Sonar meldet Kontakt in null-zwo-zwo, zweihundert Meter Tiefe, Fahrt fünfunddreißig, Kurs null-null-null! Amerikanisches Jagdboot der Los-Angeles-Klasse!«

14. Tag, 07:00 Ortszeit, 08:00 Zulu – Westlicher Nordatlantik

Es war einer von vielen Hurrikans, die sich während der Saison zusammenbrauten. Noch nicht einmal einer in der höchsten Gefahrenklasse, der Kategorie 5, mit Windgeschwindigkeiten ab 250 Stundenkilometern. Wie seine Brüder und Schwestern war er im mittleren Atlantik, außerhalb der Karibischen See, entstanden. Einige Hurrikans zogen in die Karibik, wo sie normalerweise eine Spur der Verwüstung hinterließen, Städte und Dörfer auf den Inseln dem Erdboden gleichmachten und in Einzelfällen auch die eine oder andere Großstadt am Golf von Mexiko trafen. Andere zogen die Küste der USA entlang nach Norden, wobei sie selten das Festland selbst erreichten. Sie verursachten meist heftige Regenfälle in Maine und New Hampshire und verschwanden irgendwann wieder nach Westen, wo sich die Kraft der Stürme in den Weiten der See verbrauchte.

Der Hurrikan mit dem wenig bedrohlichen Namen »Gustav« wanderte mit einer für einen Wirbelsturm durchaus beachtlichen Geschwindigkeit nach Norden und drehte nördlich von Maine sogar nach Nordwesten ein. Die Windgeschwindigkeit rund um das Auge herum schwankte immer um die zweihundert Kilometer in der Stunde, je nachdem, ob das Sturmsystem wärmeres oder kälteres Wasser überquerte. Der auf der Saffir-Simpson-Skala in der Kategorie 3 eingestufte »Gustav« hatte am Morgen dieses Tages einen Durchmesser von rund einhundertzwanzig Seemeilen erreicht. Alle Prognosen der Meteorologen gingen mehr oder weniger davon aus, dass sich seine Kraft in den nächsten zwei Tagen erschöpfen und das Sturmsystem dann kollabieren würde.

Das Polartief hatte wie üblich keinen Namen, da Polartiefs niemanden sonderlich interessieren, weil sie so gut wie nie Orkanstärke und bewohnte Gebiete erreichen. Wissenschaftlich erforscht war daher auch nicht wirklich, wie solche Tiefs eigentlich entstehen und warum sie sich so verhalten, wie sie es tun. Nur aus Erfahrung wusste man, dass die meisten dieser Tiefs über das Eismeer ziehen und ostwärts in Richtung Europa driften.

»Gustav« wie auch jenes namenlose Tief wanderten einträchtig nach Osten. Auf einem Gebiet von Hunderten von Seemeilen verwandelte sich die See in eine kochende Wüstenei aus Brechern, und in dem immer schmaler werdenden Bereich zwischen den Rändern der beiden Stürme nahm die Anzahl sogenannter Freakwaves immer weiter zu. Um sieben Uhr morgens war der Luftdruck im Auge von »Gustav« unter neunhundert Millibar gefallen, und die Barometer zeigten keine Neigung, wieder zu steigen oder wenigstens zu verharren. Zwei Stunden später trafen die beiden Sturmtiefs über der Westküste Grönlands aufeinander. Kalte polare Luft krachte mit dem Donnern Tausender von Gewittern und einer Windgeschwindigkeit von beinahe einhundertfünfundsechzig Knoten aus dem vorderen rechten Quadranten des Polarsturms in die wärmere Luft des hinteren linken Quadranten des Hurrikans »Gustav«, einer Luftmasse mit einer Geschwindigkeit von »nur« einhundertzwanzig Knoten. Es war der Moment, in dem ein Ungeheuer entstand, ein Supersturm, wie es ihn nur alle zehn oder zwanzig Jahre gab. Erfahrene Seeleute bezeichneten ihn mit dem aus ihrer Sicht treffenden Begriff »Killer«.

14. Tag, 07: 30 Ortszeit,
08 : 30 Zulu – USS *Baton Rouge,* an der Eisgrenze

Commander Michael Martinez nahm mehr oder weniger gelangweilt Anteil an dem, was sich um ihn herum tat. Die Zentralecrew ging ihren gewohnten Beschäftigungen nach, Geräte piepten und summten, der Geruch von Kaffee mischte sich in die süßliche antiseptische Luft aus der Klimaanlage. Bordroutine. Seit Tagen hatte keiner mehr Tageslicht gesehen. Selbst der Funkverkehr war abgewickelt worden, indem man kurz die Antennen über Wasser streckte, nicht mehr. Mittlerweile hatten sie es geschafft, die Eisgrenze zu erreichen, und Martinez fragte sich, was sie hier erwarten würde.

Er wandte sich um, als er ein Geräusch hinter sich im Schott hörte. DiAngelo stieg vorsichtig durch das stählerne Oval, seinen Stock als Stütze benutzend. Der Captain konnte auf seinem kaputten Bein zwar stehen, aber wenn er in Bewegung war, schien er dessen Knie nie zu trauen. Was immer es sein mochte, das den Captain untauglich für den elitären Zirkel der U-Boot-Führer gemacht hatte, es würde nie wieder in Ordnung kommen. Martinez verdrängte den Gedanken und begrüßte DiAngelo mit einem: »Guten Morgen, Sir! Wir sind an der Eisgrenze, und ich wollte Sie schon rufen lassen.«

»Das hat sich ja nun erledigt«, meinte Bob gutmütig und richtete als Nächstes die Frage an den XO: »Towed Array ist immer noch draußen?«

»Wie befohlen, Sir«, erwiderte John Turk. »Das Victor hat nicht folgen können, aber das Akula ist eine Meile hinter uns, mit der Nase beinahe in unserem TA, nur zweihundert Meter tiefer.«

»Sieh an, sieh an, dann ist es also tatsächlich den ganzen Weg hinter uns hergedackelt.«

»Haben Sie daran gezweifelt, Sir?«

Der Captain sah die neugierigen Blicke der Offiziere auf sich ruhen und zuckte vage mit den Schultern. »Das ist mehr Psychologie als Taktik. Aber wahrscheinlich ist das immer so. Als wir gestern in die russische Erfassung gerieten, was haben die Russen da gesehen?«

»Ein älteres Los Angeles auf dem Weg nach Norden. Zudem eines, das ahnungslos in ihre Falle getappt wäre, wenn sie die hätten zuschnappen lassen wollen«, erklärte Martinez.

DiAngelo schüttelte den Kopf und verzog das Gesicht zu einer Grimasse. »Falsch, das ist das, was wir vermeinen. Für die Russen waren wir ein amerikanisches Jagdboot, das mit voller Kraft nach Norden lief und es so eilig hatte, dass es sie einfach ignorierte. Obwohl den Russen bekannt ist, dass ihr Boot dem unseren technologisch überlegen ist, so besagt dies, für sich genommen, nicht sonderlich viel. Gefühle, Mutmaßungen sind manchmal weitaus stärker. Ergebnis: Sie glauben, wir wissen etwas, das sie nicht wissen. Folge: Sie schleichen hinter uns her, um herauszukriegen, was das sein kann.«

»Verblüffend, wie einfach und doch plausibel Erklärungen manchmal sein können«, bekannte Martinez. »Und da wir gerade bei Glaubensfragen sind: Glauben wir denn zu wissen, wo dieser Jasselewitsch steckt? Wenigstens so ungefähr?«

»Sicher, das ist genau der Punkt.« DiAngelo starrte auf den Plotschirm. »Wie sehen die neuesten Wetterberichte aus?«

»Der letzte stammt von sechs Uhr, Sir. Die Vorhersage lautet, der Hurrikan zwischen Kanada und Grönland wird kollabieren. Und im Eismeer steppt der Bär. Polartief reinsten Wassers, im vorderen rechten Quadranten knappe hundertfünfundsechzig Knoten.«

»Wie viel?«

»Hundertfünfundsechzig, Sir.« Der XO nahm die Meldung vom Message Board und reichte sie DiAngelo. »Es kann natürlich ein Tippfehler sein. Fünfundsechzig wäre schon viel für einen arktischen Sturm.«

Der Captain studierte sorgfältig die Wetterberichte. Dann hob er den Kopf, und in seinem Gesicht zuckte kein Muskel. »Es ist kein Irrtum. Beachten Sie die Positionen der beiden Tiefs. Sie werden sich vereinen. Ich habe so was schon einmal ’91 erlebt, als die *Grace* in ein Polartief lief.«

»Wir können immer darunter wegtauchen, aber Gott gnade den Sailors auf den normalen Schiffen«, sagte Martinez voller Mitgefühl.

»Was meinen Sie«, fragte ihn DiAngelo, »wird Jasselewitsch einen vergleichbaren Wetterbericht auch empfangen haben?«

»Ich nehme es an.« Es dauerte etwas, bis er begriff. »Verdammt, natürlich!«

14. Tag, 12 : 00 Ortszeit,
13 : 00 Zulu – Oslo, amerikanische Botschaft

Jacks Telegramm hatte am frühen Morgen London erreicht und war dann innerhalb von zwei Stunden nach Oslo weitergeleitet worden, von wo aus die Operation ja zumindest offiziell geleitet wurde. Chen-Liu wiederum hatte die Meldung mehrfach gelesen, bevor sie Langley kontaktierte, denn dort war es immerhin erst acht Uhr morgens. Aber sie hatte Glück, Roger Marsden hatte sein Büro gerade betreten. Seine Sekretärin stellte den Anruf sofort durch, und beinahe automatisch schielte er auf die Anzeigen seines Telefons. Zerhacker, digitale Verschlüsselung, alles war eingeschaltet. Keine hundertprozentige Sicherheit, aber die gab es nie. Er lehnte sich in seinem Sessel zurück. »Chen-Liu, was kann ich für Sie tun?«

Die Stimme der Chinesin war fast tonlos. »Nachricht von Jack: ›Habe Kommode aus der Zarenzeit gefunden – stop – nicht sicher, ob echt – stop – *leicht beschädigt* – stop Gruß Iwan.‹« Sie betonte »leicht beschädigt«, und Marsden runzelte am anderen Ende der Leitung die Stirn.

»Was mich nur wundert, ist, wie schnell die Russen

ihn entdeckt haben. Das kann eigentlich nur bedeuten, dass sein Kontaktmann bereits vorher kompromittiert war. Nur, woher hat Jack dann die Informationen, von denen er nicht weiß, ob sie echt sind?«

Chen-Liu dachte nach, ohne zu einem logisch überzeugenden Schluss zu kommen. »Entweder er konnte den Kontakt noch sprechen, wusste aber, dass er aufgedeckt war, oder er hat mit einem russischen Türken* gesprochen, der ihm etwas mitgeteilt hat. Aber wenn ein russischer Geheimdienst den Türken gebaut hat, warum sollte der ihm nun wieder was erzählen? Und falls Jack wusste, dass er es mit einem vom russischen Geheimdienst zu tun hatte, warum sollte er dann seine Echtheitszweifel eigens erwähnen? Ihm wäre doch klar gewesen, dass er mit falschen Informationen gefüttert wurde.« Sie schüttelte den Kopf. »Das ergibt so oder so keinen Sinn.«

Marsden hatte Jacks Meldung, als er sie vorgelesen bekam, auf einem Blatt Papier mitgeschrieben und studierte sie nun Buchstabe für Buchstabe. Der Text war offen, denn sonst hätten sich die russischen Postbeamten schlicht geweigert, das Telegramm anzunehmen. Und doch, da war sich der alte Fuchs sicher, enthielt es zugleich eine verschlüsselte Nachricht. Fragte sich nur, welche. »Also gut, Miss Chen, ich werde sofort ein paar unserer schlauen Köpfe auf das Telegramm ansetzen. Ich melde mich, sobald wir etwas haben.«

»Danke, Roger«, sagte sie und legte auf.

Nachdenklich begann Marsden die Worte von Smalls Botschaft untereinander aufzumalen und deren Buchstaben quer zu zählen.

---

* Einen Türken bauen: Geheimdienstlich für »eine falsche Person aufbauen, eine Täuschung aufbauen«.

Found	5
stop	
commode	7
from	4
Zsar	4
stop	
era	3
uncertain	9
whether	7
original	8
slightly	8
stop	
damaged	7
stop	
greetings	9
Iwan	4

5-7443–978–87–94. Misstrauisch beäugte Roger die zwölfstellige Zahlenkette, aus der er einfach nicht schlau wurde, obwohl er sich sicher war, ähnliche Abfolgen schon öfter mal gesehen zu haben. Nur kam er nicht dahinter, in welchem Zusammenhang. Wütend auf sich selbst griff er zum Telefon und wählte eine interne Nummer. »Dechiffrierabteilung? Ich habe einen Job für euch!«

13. Kapitel

14. Tag, 12 : 15 Ortszeit, 13 : 15 Zulu –
USS *Baton Rouge*, nahe der Eisgrenze

»Er muss auf dem Rückweg sein! Es geht einfach gar nicht anders!« Captain DiAngelo schlug mit der flachen Hand demonstrativ auf den Tisch. »Wenn wir nur wüssten, ob er hier schon durch ist oder erst noch kommt.«

Commander Martinez dachte nach. »Er kann die Meldung auch nicht früher erhalten haben als wir, und allzu weit nach Westen konnte er wegen SOSUS auch nicht. Also kann er höchstens bis vielleicht 74° Nord gefahren sein.«

»Das lässt immer noch verdammt viel Raum übrig.« Bob nahm ein paar Entfernungen aus der Seekarte. »Wenn ich eine Vorstellung hätte, was sein Ziel ist, könnte ich mir überlegen, wie ich es machen würde.« Seine Stimme wurde ruhiger. »Er kann versuchen, unter der Polkappe durchzubrechen und das amerikanische Festland zu erreichen. Allerdings kommandiert er kein ballistisches Boot, und alles, was er hat, sind Marschflugkörper und seine Torpedos. Wir haben derzeit vier Verbände in See, die als Ziele in Frage kämen. Da wäre die Trägergruppe »Grant«, dann SNMG1*, ein aus dem Mittelmeer zurückkehrender Verband

---

* SNMG1: Standing NATO Maritime Group 1.

von Active Endeavour*, und ein Übungsverband im Manöver ›Bright Horizon‹, der aus dem Kattegat in den Atlantik läuft.«

»Eine Menge Schiffe und alles potenzielle Ziele, Sir!«

Bob nickte abwesend. »Das sind nur die Verbände mit amerikanischer Beteiligung. Die Russen sind auch in See, aber die können wir vergessen. Jasselewitsch und Scholokoff sehen sich als Patrioten und würden nie und nimmer ein russisches Schiff angreifen.«

»Also wieder zurück zu unseren Verbänden, denn der böse Feind sind wohl wir.« Martinez beugte sich über die Liste mit den Aufstellungen der einzelnen Verbände. »SNMG1 ist multinational. Ein Zwischenfall dort könnte die Europäer auf die Idee bringen, der wäre nicht passiert, wenn sie nicht mit uns zusammenarbeiten würden. ›Bright Horizon‹ ist ebenfalls multinational, Engländer, Dänen, Norweger, Franzosen, Deutsche und unsere eigenen Leute.«

»Unser Trägerverband wäre allerdings das Prestigeziel schlechthin«, erklärte Bob. »Vielleicht gibt es ja eine Möglichkeit, mehr darüber herauszufinden. Lassen Sie auftauchen, ich muss einen Funkspruch absetzen.«

14. Tag, 12 : 30 Ortszeit,
13 : 30 Zulu – Russisches Jagdboot *Kugar,* nahe der Eisgrenze

»Was zum Teufel hat der Kerl jetzt wieder vor?«

Kapitän Jasselewitsch lächelte über diesen Ausbruch

---

* Active Endeavour: Die Marineverbände zur Bekämpfung des Terrorismus inklusive der Blockadeverbände vor der libanesischen Küste sowie der Schnellbootverbände in der Straße von Gibraltar.

seines Ersten. »Er geht hoch, sagt jedenfalls unser Sonar! Seien wir froh darüber, denn es bedeutet, er hat keine Ahnung, dass wir hier sind, sonst würde er sich niemals diese Blöße geben.« Ruhig wandte er sich um. »NO, wie lange bis zur Kursänderung?«

»Noch sechs Minuten, Kommandant, auf eins-sieben-fünnef!«

»Sehr gut!«, sagte Jasselewitsch. Seit über fünf Stunden waren seine Männer auf Gefechtsstation, und das Boot lief in großer Tiefe mit der taktisch günstigsten Geschwindigkeit von knapp dreiundzwanzig Knoten. Hätte er einfach geradeaus weiterfahren können, die *Kugar* wäre bereits hundertzwanzig Meilen entfernt, aber ein Bogen mit einem Radius von mehr als fünfundzwanzig Seemeilen hatte nun mal allein schon knappe achtzig Meilen. Dazu kamen die Umwege, die nötig waren, um dem Amerikaner nur ja nicht ihr Heck zuzukehren und ihn aus dem Sonar zu verlieren. Jasselewitsch spielte mit dem Gedanken, sein eigenes Towed Array ausbringen zu lassen. Aber die damit verbundene Geräuschentwicklung würde eventuell den Amerikaner auf sie aufmerksam machen, denn der suchte ohnehin schon nach ihnen, das konnte Boris Jasselewitsch fühlen. Das amerikanische Boot kreuzte hin und her mit ausgebrachtem TA und versuchte, verdächtige Geräusche in der schwarzen Tiefe aufzufangen, die ihm verraten würden, wo der unsichtbare Gegner steckte. Aber sein Akula war dafür einfach zu leise.

Zufrieden lehnte sich Jasselewitsch in seinem Kommandantensessel zurück. »Das ist genau, worauf es bei diesem Spiel ankommt. Zu ahnen, was der andere vorhat, und die Geduld nicht zu verlieren.«

»Sollten wir nicht tiefer gehen, Kommandant?«

»Warum denn? Er weiß, dass wir tiefer tauchen können als er. Sein erster Gedanke wird sein, dass wir in großer Tiefe unter ihm durchschleichen, also sucht er da zuerst.«

Sulkin blickte auf die digitale Tiefenanzeige. Lediglich sechzig Meter zeigten die großen roten Ziffern an. Aber wie so oft hatte Jasselewitsch recht. Es war unlogisch, dass sie es in geringer Tiefe versuchten – und damit war es die logische Wahl.

Der Kommandant sah die Nachdenklichkeit auf dem Gesicht seines Ersten. Sulkin war ein guter Mann. Sollte er das hier überleben, würde er eines Tages auch einen guten Kommandanten abgeben. Jasselewitsch schob das schlechte Gewissen zur Seite und angelte nach dem Mikrofon. »Sonar? Was macht der Amerikaner?«

»Er taucht auf, hat die Oberfläche fast erreicht. Fahrt nur noch vier Knoten.«

Entweder, er hat uns erfasst und will den Kontakt melden, oder er hat etwas ganz anderes vor. Aber was? In Windeseile ging Jasselewitsch verschiedene Möglichkeiten durch und verwarf sie gleich wieder. Blieb als unergründliches Rätsel offen, warum der Amerikaner außerhalb aller Programmzeiten funken wollte, wenn er keinen Kontakt hatte. Der Kommandant musste wenig Ahnung haben oder kannte seine Vorschriften nicht. »Klar zur Kursänderung auf eins-sieben-fünnef, Umdrehungen für fünfundzwanzig Knoten, Steuerbord zehn!«, ordnete Jasselewitsch an. »Sulkin, Tiefe halten!« Gemächlich drehte das große Boot nach Steuerbord, nach Süden, der fernen norwegischen Küste entgegen und damit auch weg von dem neugierigen Amerikaner.

»Sonar an Zentrale: Neuer Kontakt, null-sechs-drei,

Abstand etwa zwanzig Meilen, Fahrt zwanzig Knoten. Hört sich an wie ein Akula I!«

»Wiederholen Sie!«, forderte Jasselewitsch ungläubig.

»Akula-I-Boot in null-sechs-drei, Fahrt zwanzig, Abstand zwanzig Meilen, Kommandant!«

Der Kapitän schluckte hart. »Können Sie seinen Kurs feststellen?«

»Negativ!« Die Stimme des Sonaroffiziers schwankte eine Winzigkeit, als fürchtete er, sich den Ärger des Kommandanten zuzuziehen. »Ich habe ihn nur gekriegt, weil er gerade Trimmzellen angeblasen hat. Er wird schwächer, ich glaube, er geht auf Schleichfahrt.«

Das, oder er dreht auf uns zu, weil wir dann seine Schraube nicht mehr hören, weil er uns dann besser erfassen kann, weil ... es gibt tausend »Weils«, aber nur ein »Warum«.

14. Tag, 12 : 30 Ortszeit,
13 : 30 Zulu – USS *Baton Rouge,* nahe der Eisgrenze

»Sir, das Akula ändert den Kurs und schwenkt nach Steuerbord aus! Abstand sechzehn Meilen, Tiefe eintausend Fuß, Fahrt ungefähr zwanzig Knoten.«

DiAngelo fuhr herum und verlor auf seinem lädierten Bein fast den Halt. »Was macht das Victor?«

»Ist immer noch außer Reichweite, falls es uns überhaupt gefolgt ist.«

Der Captain blickte kurz auf sein Notebook, auf dem die eingegebene Nachricht in einem der CIA-Codes erschien, die von den normalen militärischen Codes abwichen und angeblich noch schwerer als diese zu knacken waren, aber trotzdem keine hundertprozentige Sicherheit boten. Er drückte den Knopf, und der kleine tragbare Drucker spuckte einen Streifen Papier voller Buchstabensalat aus. Hastig drückte er den Ausdruck dem wartenden Funker in die Hand. »Sehen Sie zu, dass das so schnell wie möglich nach Langley gelangt!«

»Aye, aye, Sir!«

»Commander, wenn der Spruch raus ist, gehen wir wieder auf Tiefe. Versuchen Sie, an der *Ak Bars* dranzubleiben! Die Iwans haben etwas.«

»Glauben Sie, die Russen vermögen ein Akula zu orten, auch wenn wir es nicht können?«

»Warum nicht? Vielleicht haben sie Glück, oder sie kennen einfach nur ihre Kameraden genauer.« Bobs Stimme wurde härter. »Ich will das Boot gefechtsbereit. Nur für den Fall …«

»Lassen Sie die Männer auf Gefechtsstation gehen, XO«, ordnete Martinez an. »Stiller Alarm. Meldung, wenn Gefechtsverschlusszustand erreicht ist.« Die Blicke der beiden Offiziere begegneten sich, und fast unmerklich nickten sie einander zu. Sie hatten keinen Grund, Jasselewitschs Boot anzugreifen, keine wie auch immer geartete Berechtigung. Aber sollten die beiden Russen sich einen Schlagabtausch liefern, wussten Torpedos nichts von Nationalitäten, von Political Correctness oder Fairness. Sie reagierten lediglich auf Ziele, die ihnen einprogrammiert wurden, und machten keine Unterschiede.

»Spruch ist raus, Sir!« John Turk, der XO, hastete an seine Konsole.

»Umdrehungen für fünfundzwanzig Knoten, vorne oben zehn, hinten unten fünf! John, Trimzellen eins bis vier fluten!«

In das Boot kam Bewegung. Der Tausende von Tonnen schwere Bootskörper zermalmte ein paar treibende Eisschollen, bevor der stumpfe Bug unter Wasser verschwand. Schneller, immer schneller rauschte das Boot in die Tiefe; einhundertzehn Meter Bootsrumpf schoben sich innerhalb von fünfzehn Sekunden in die eisige Tiefe.

»Steuerbord zehn! Sonar, Towed Array einholen!« Martinez wandte sich DiAngelo zu. »Mit Ihrer Erlaubnis, Sir, würde ich gerne Aktivsonar einsetzen.«

»Erlaubnis erteilt!«, erwiderte der Captain. »Er weiß ohnehin, dass wir hier sind! Sonar soll nahe der Oberfläche suchen!«

Commander Martinez angelte nach dem Mikrofon. »Sonar, hier ist der Kommandant. Frei für Aktivsonar, suchen Sie zuerst in geringer Tiefe! Und wenn Sie dabei das Akula eins pingen, holt Sie der Teufel!«

»Verstanden, Sir!«

DiAngelo zwinkerte Martinez zu, weil der Commander sofort verstanden hatte, worum es ging. Wenn das Aktivsonar anfing zu senden, gab es kein Verstecken mehr. Nicht für die *Baton Rouge*, nicht für die *Kugar*. Das musste Jasselewitsch in Zugzwang bringen. Mit etwas Glück brachte es der *Ak Bars*, dem älteren Akula, die Sekunden, die es als Vorsprung brauchte, und danach konnten die Russen ihre dreckige Wäsche selber waschen. Lief es weniger günstig, würde die *Kugar* auf sie feuern und damit innerhalb der nächsten paar Minuten eine internationale Krise auslösen. Aber es war zu spät, noch etwas aufzuhalten. Laut hallte das erste Ping durch die Dunkelheit.

14. Tag, 16 : 45 Ortszeit,
13 : 45 Zulu – Brest-Litovsk, Grenzkontrollsektor

Small hatte mit allem gerechnet, nur nicht mit einer dermaßen laxen Kontrolle. Die Russen schienen wirklich andere Sorgen zu haben. In früheren Jahren hätten sie jedenfalls niemanden unkontrolliert gelassen, nur weil er auf der Toilette saß. Vielleicht war das alles auch nur ein Zeichen des neuen russischen Pragmatismus. Ein des Terrorismus Verdächtiger, der ausreiste, war besser als ein potenzieller Störenfried, der einreisen wollte. Möglich aber auch, dass die erbarmungslos schlecht bezahlten Beamten keine Lust verspürt hatten, ihren Dienst zu versehen, und lieber zu Wodka und Tee zurückgekehrt waren. Small wusste es nicht, und es war ihm auch egal. Er hatte auf der Toilette abgewartet, bis der Zug in der polnischen Station Terespol abbremste. Minuten später stand er draußen auf dem Bahnsteig und war damit in Sicherheit. Denn allein aus historischen Gründen mochten die Polen die Russen nicht und würden denen keinen Gefallen tun. Selbst wenn die Russen noch an ihm dranhingen, zumindest festnehmen konnten sie ihn nicht mehr.

Als Erstes stellte Jack seine Uhr zwei Stunden zurück, auf Mitteleuropäische Zeit, bevor er den Bahnhof verließ, um sich ein Hotel zu suchen. Von dort aus würde er Kontakt mit der Botschaft in Warschau aufnehmen, und die konnten dann seine Meldung weitergeben und dafür sorgen, dass er hier wegkam. Nicht zum ersten Mal schwor er sich, künftig brav an seinem Schreibtisch hocken zu bleiben und Jüngere solche Jobs erledigen zu lassen. Aber er wusste auch, dass er sich selbst belog.

Der Mann, den Small nur als Juri kennen gelernt hatte, blickte ihm nachdenklich aus einem der Waggonfenster hinterher. Der angebliche Antiquitätenhändler war zwar ein Profi, aber aktuell im Feldeinsatz nicht mehr auf Zack. Andernfalls hätte er bei seiner Absetzaktion gewusst, dass die Bahnhöfe von Moskau, Minsk und Brest-Litovsk nicht nur videoüberwacht waren, sondern dass dort auch Systeme zur Personenerkennung installiert waren.

»Zufrieden, Hauptmann?«

Juri drehte sich um und nickte dem Zöllner, der ihn angesprochen hatte, bestätigend zu.

»Wenn Sie mir nicht rechtzeitig anders lautende Anweisungen gegeben hätten, Hauptmann, dann wäre der Mann kaum so einfach durchgekommen. Mein Gott, sich auf der Toilette zu verstecken! Die älteste und abgedroschenste Masche überhaupt.«

14. Tag, 16 : 45 Ortszeit, 13 : 45 Zulu – Oslo

»Sie wollen also den alten Bericht, den ich damals nicht mitnehmen konnte«, sagte Frode Bergstad und ließ den Rauch seiner Zigarette in perfekten Kringeln aus seinem Mund aufsteigen. »Ivar, was meinst du?«

»Schwierig! Die Sache hat damals hinter den Kulissen Wellen geschlagen. Ein stellvertretender Staatsanwalt war auf eine politische Karriere aus und gehörte der damaligen Regierungspartei an. Und wie es eben so ist, eine Hand wäscht die andere.«

»Nichts Ungewöhnliches«, pflichtete Chen-Liu ihm bei.

»Es war damals eine etwas turbulente Zeit, politisch gesehen. Viele Norweger fragten sich, warum das Land eigentlich überhaupt in der NATO sei. Die Aktivisten der Friedens- und Umweltbewegung der Achtziger erreichten Ende der Neunziger politische Ämter und erhöhten den Druck auf die Regierung zusätzlich, aber die stand zur NATO. Vermutlich hielten auch etliche der Kabinettsmitglieder zu ihren Freunden in der Industrie, die ihrerseits mehr und mehr unter Beschuss der Umweltbewegung geriet.« Olafson brach ab. »Es ist schwer zu erklären.«

»Verstehe. Also hat man beschlossen, die Sache nicht an die große Glocke zu hängen. Ein Mord, der möglicherweise von einem Amerikaner an einer Norwegerin begangen worden war, mutierte vom Kriminalfall zum Politikum.«

»So in etwa ist es gelaufen«, sagte Frode Bergstad emotionslos-sachlich. »Leifson, der Staatsanwalt, von dem Herr Olafson sprach, stoppte die Ermittlungen, seine Freunde verhinderten weitere Anfragen über das Innenministerium, und ich wurde unter einem Vorwand mehr oder weniger rausgeschmissen.« Er lächelte, durchaus nicht traurig. »Na ja, nicht wirklich unter einem Vorwand, denn ich habe dem Mistkerl tatsächlich eine aufs Maul verpasst, als ich rauskriegte, was gespielt wurde. Man ließ mir dann nur noch die Wahl, freiwillig zu gehen oder gegangen zu werden. Auf jeden Fall ist Leifson derjenige, den Sie brauchen, um an die Unterlagen zu kommen, denn mir wird er sie mit Sicherheit nicht geben.«

»Und was macht dieser Leifson heute?«

»Er hat sich zum Staatsanwalt hochgearbeitet. Für eine Weile saß er auch im Stadtrat, aber für das Storting, unser nationales Parlament, hat es nie gereicht. Aber ich glaube, er hofft immer noch darauf.«

»Das klingt alles nicht sehr gut«, meinte Chen-Liu. »Er wird vermutlich nichts rausrücken, was beweisen könnte, dass er früher irgendwo Mist gebaut hat.«

Bergstad grinste zu Olafson hinüber, der es sich in einem Sessel der Sitzgruppe bequem gemacht hatte. »Siehst du, Ivar, die Frau versteht das Problem.« Er wandte sich wieder der Agentin zu. »Sie haben meines Erachtens zwei Möglichkeiten, entweder Sie lassen ganz offiziell eine Anfrage über Interpol laufen, oder Sie setzen den Mann etwas unter Druck. Ich plädiere für Letzteres, denn der Kerl ist ein Schwächling und knickt schnell ein. Und wie ich die Sache sehe, ist die Zeit knapp, zumal Assmundson noch immer nicht wieder aufgetaucht ist.«

»Das macht uns allen etwas Sorgen, Herr Bergstad.«

»Ich vermag nicht zu sagen, was er tun wird, aber er ist ein von brennendem Hass erfüllter Mann mit einem ungeheuren Durchsetzungsvermögen und zudem mächtig reich. Sie sollten ihn nicht unterschätzen.«

»Sie kennen ihn gut?«

Der Privatdetektiv stand auf und schlenderte zu einem Barschrank. »Ich habe ihn zumindest immer im Auge behalten, weil ich immer angenommen habe, dass er irgendwann eine Spur finden würde.« Er schenkte die Schnapskelche voll. »Linie Aquavit, das wahre Gold Norwegens, Mrs. Liu.«

14. Tag, 12 : 45 Ortszeit,
13 : 45 Zulu – USS *Ulysses S. Grant,* Carrier Strike Group »Grant«

Er konnte es spüren, in seinem Kopf hören, das Heulen des Monsters. Er hatte immer gewusst, es würde kommen, eines Tages. Es war noch nicht an der Zeit, aber er würde wieder töten, so lange, bis er selber getötet wurde oder sie ihn fassten. Irgendwann würde es geschehen. Eine seltsame Leichtigkeit hatte von ihm Besitz ergriffen.

Vor seinem geistigen Auge stiegen Bilder auf. Blut strömte und Schreie gellten, dann Resignation und Stille. So war es mit ihnen allen. Wenn sie begriffen, es gab kein Entrinnen mehr, dann brachen sie zusammen. Wenn ihr Bitten, ihr Flehen versagte, wenn Tränen ihn nicht mehr rührten, dann hatten sie nichts mehr gegen ihn einzusetzen. Die Bilder mischten sich mit anderen aus seinem Leben. Aber die waren nicht real, sie beinhalteten, was gewesen wäre, wenn sie ihn nur gelassen hätten.

Das Heulen des Monsters in seinem Kopf wurde stärker. Erlösung, das war es, wonach ihn verlangte.

Der Blick des Mannes ging hinaus auf die See. Die kleineren Geleiter stampften durch die bleigraue Dünung, und der Wind hatte bereits gedreht. Der Feind, der älteste Feind aller kam näher, launisch wie eine Frau und ebenso wenig vorhersehbar. Er lächelte bei dem Gedanken. Und ebenso zerstörerisch. Aber er hatte sie besiegt. Sie alle.

14. Tag, 13 : 00 Ortszeit,
14 : 00 Zulu – USS *Baton Rouge,* nahe der Eisgrenze

»Kontakt in Grün null-zwo-null! Abstand siebzehn Meilen, Tiefe zweihundert Fuß!«

DiAngelo angelte nach dem Mikrofon. »Welcher Kurs?«

»Kommt sofort, Sir! Ich glaube, er geht tiefer!«

Der Captain schluckte. »Behalten Sie ihn im Aktivsonar!« Er nickte dem Kommandanten zu. »Hinterher!«

»Backbord fünf, Umdrehungen für fünfunddreißig Knoten«, befahl Martinez. »Rohre bewässern! Feuerleit, ich brauche eine Feuerlösung!«

Das Boot legte sich leicht nach Backbord über, als die *Baton Rouge* mehr Fahrt aufnahm.

»Sonar, was macht der andere Russe?« Bob schloss halb die Augen und umkrallte das Mikrofon.

Die Stimme des Sonaroffiziers schien sich überschlagen zu wollen. »Er bewässert seine Rohre, klar zum Feuern, Sir. Dreht nach Backbord zurück, steuert jetzt null-sechs-null, Tiefe tausend.«

Das ältere Akula konnte in seinem Sonar nicht nur das Aktivsonar der *Baton Rouge* wahrnehmen, sondern auch die reflektierten Impulse vom Rumpf der *Kugar*. Es war, als würde man ein Ziel bei Nacht beleuchten. Das Opfer sah den grellen Lichtschein, aber den Jäger im Dunkel sah es nicht, bis es zu spät war.

»Kontakt eins dreht erneut, Lage null, kommt genau auf uns zu. Tiefe jetzt vierhundert Fuß. Läuft über fünfunddreißig Knoten.«

Martinez sah den Captain fragend an. »Tiefer, Sir?«

Bob strich sich über seine Bartsprossen. »Noch nicht!« Er sah auf die Uhr. Selbst bei der Höchstgeschwindigkeit von etwa siebenunddreißig Knoten und den fünfunddreißig, die sie selbst liefen, würde es beinahe eine Viertelstunde dauern, bis sie die beiden russischen U-Boote trafen. Allerdings vermochte es die *Kugar* nicht, in fünfzehn Minuten den Abstand so weit zu verringern, dass sie in Schussposition kam. »Er will uns als Schutzschild benutzen.«

»Woher will er denn wissen, nach welcher Seite wir drehen?«, wollte Martinez wissen.

»Wenn wir beide nach unten gehen, kollidieren wir. Er kann sich an den fünf Fingern abzählen, dass wir uns das auch schon ausgerechnet haben. Steuerbord wäre für ihn günstig, folglich wird er davon ausgehen, dass auch wir das wissen. Demnach wäre es unsere logischste Reaktion, nach Backbord zu drehen.«

»Wir könnten auch nach oben. Wir sind etwa dreihundertsiebzig Fuß lang und vierhundert Fuß tief. Viel Raum bliebe uns nicht gerade.«

»Ich möchte wetten, dass er diese Alternative auch schon durchgespielt hat« Bob ließ sich in den Sessel des Kommandanten sinken. Martinez schien es ohnehin vorzuziehen, in der Zentrale herumzutigern. »Als ich Jasselewitsch das letzte Mal begegnet bin, hat er so ziemlich jedes Manöver richtig vorhergesehen. Er ist ein Meister der U-Boot-Taktik. Was könnte er tun, wenn wir nach der für ihn theoretisch ungünstigen Seite drehen und dabei vielleicht noch auf Tiefe gehen?«

»Zumindest dem Kommandanten des anderen Akula wäre es verwehrt zu feuern, weil er sich nicht sicher sein kann, auf welches Ziel sein Torpedo reagiert.«

»Eben, aber wenn Jasselewitsch dann hart nach Backbord dreht, hat er die *Ak Bars* genau vor den Rohren.« Er sah das Erstaunen in Martinez' Gesicht. »Dass sein Kamerad auch hier ist, ist ihm unter Garantie bewusst. Entweder hat er ihn selbst erfasst, oder es muss ihm klar geworden sein, als wir unser Aktivsonar benutzt haben, um den als Ziel zu markieren.«

»Alles schön und gut, Sir, aber was tun wir denn nun wirklich?«

»Tun? Ich glaube, wir unternehmen erst einmal gar nichts.« Zufrieden lehnte er sich zurück. »Er will mit uns Schach spielen, das russischste aller Spiele. Also spielen wir mit ihm das amerikanischste aller Spiele!«

Commander Michael Martinez schien die Zentrale mit einem Mal geschrumpft zu sein, die ganze *Baton Rouge* älter und verbrauchter. Aber verdammt, sie war nach wie vor sein Boot. »Poker?«

Der Captain sah ihn mit mildem Erstaunen an. »Ich dachte eher an Football!«

Oh Shit!

14. Kapitel

14. Tag, 13 : 00 Ortszeit, 14 : 00 Zulu – *Kugar, Baton Rouge* und *Ak Bars*, nahe der Eisgrenze

Herzschläge, Atemzüge, Sekunden dehnten sich zu Ewigkeiten und verstrichen dennoch gleichzeitig unvorstellbar schnell. Das ständige Ping des Sonars, das Summen der sonstigen Geräte, sogar das Vibrieren des mit Höchstfahrt durch die Tiefe gleitenden Rumpfes, getrieben von großen rasenden Sichelpropellern, alles mischte sich unter das plötzliche Schweigen in der Zentrale.

»Abstand zehntausend Yard!« Die Stimme des Sonaroffiziers brach die lastende Stille.

Captain DiAngelo lächelte nachdenklich. »Beim Football kommt es auf eine Sache an: Bring den Mann mit dem Ball zu Fall!« Er sah Martinez an. »Wir streifen ihn, ramponieren seine Schraube und drehen gleichzeitig unser eigenes Heck von ihm weg. Ein bedauerlicher Unfall, wie er bei dieser Art von Spiel vorkommen kann, kein feindlicher Akt, sondern lediglich Unachtsamkeit. Danach können die Russen mit der *Kugar* anstellen, was sie wollen.«

»Wir kriegen erst im letzten Moment mit, wenn er andreht – falls er das tut! Und sein Boot ist erheblich größer und schwerer als unsere *Baton Rouge*.«

»Aber er ist derjenige, der sich einen Schaden weitaus weniger leisten kann als wir .«

»Abstand neuntausend Yard!«

Der XO wandte sich um. »Wir könnten einen Torpedo feuern, er ist in Reichweite.«

»Negativ! Solange er keine Waffen gegen uns einsetzt, haben wir dazu kein Recht. Mir ist nicht gerade daran gelegen, einen international ernsten Konflikt auszulösen, solange ich es vermeiden kann.«

Kapitän Jasselewitsch hörte ungläubig die Meldung seines Sonaroffiziers. »Abstand achttausendzwohundert ... achttausendeinhundert ... achttausend, immer noch Lage null!«

»Er hat immer noch Zeit, wegzudrehen, Kommandant!«

»Er spielt mit uns. Ich gebe zu, das habe ich in der Form nicht erwartet.« Er drückte den Knopf am Mikrofon. »Sonar, Abstand zur *Ak Bars*?«

»*Ak Bars* ist immer noch auf dreihundertfünfzig Metern, Abstand sieben Meilen. Sie läuft jetzt volle Fahrt.« Der Sonaroffizier zögerte einen Augenblick. »Und eben bekommen wir noch einen weiteren Kontakt. Eines unserer Victor-Boote. Abstand sechzehn Meilen in zwoacht-null. So um die zweihundert Meter Tiefe.«

»Nicht schlecht«, meinte Oberleutnant Sulkin. »Drei von unseren Booten gegen eines von ihren. Was auch immer passieren mag, der Ami kommt hier kaum weg.«

Verdammt, Sulkin glaubt immer noch, wir legen uns mit den Amerikanern an, schoss es Jasselewitsch durch den Kopf, *und die anderen Boote kommen uns zu Hilfe.*

»Noch sind wir nicht im Krieg, Oberleutnant«, erklärte Assmundson von seinem Platz am Schott aus. »Wir kämpfen, wenn wir angegriffen werden, aber wir führen nicht den ersten Schlag.«

Der Kommandant sah den Norweger ruhig an. »Unsere Befehle in dieser Hinsicht sind eindeutig. Aber spielen können wir mit dem Ami.«

»Wo ist die *Ak Bars*?«

»Abstand sieben Meilen in null-neun-null. Außerdem kommt das Victor aus der gleichen Richtung auf. Es muss mindestens fünfundzwanzig Knoten laufen, Sir!«

»Zu weit, das wird nicht reichen, wie ich ja bereits prophezeit habe. Es wird nicht feuern. Sobald wir die *Kugar* passieren, drehen wir hart nach Backbord, Commander. Vielleicht haben wir Glück und erwischen seine Schraube.«

Der Kommandant der *Baton Rouge* wurde trotz seiner bronzenen Hautfarbe blass. »Sie wollen ihn allen Ernstes rammen, obwohl wir dabei ebenfalls schwere Schäden davontragen können?«

»Wir bringen unsere Schraube und die achteren Tiefenruder weg von ihm, das ist die Hauptsache.« Bob wirkte, als würde die ganze Angelegenheit ihm riesig Spaß machen. »Wir sitzen in einem alten Flight-I-Boot, einem der ältesten Los-Angeles-Boote, das noch in Dienst steht. Unsere vorderen Tiefenruder sind am Turm montiert, nicht am Bug. Das macht zwar das Auftauchen bei Eisgang etwas schwierig, aber …«, er deutete nach vorn, »dazwischen befinden sich mehr als achtzig Fuß Stahlröhren, und ansonsten hängt nichts außen dran, was so einfach zu demolieren wäre.«

»Abstand zur *Kugar* viertausend Yard!«

»Geben Sie Kollisionsalarm!«, wies DiAngelo den Kommandanten an.

Als Martinez den Knopf drückte, schrillten die Alarmklingeln durch das ganze Boot. Sie fuhren bereits unter Gefechtsverschlusszustand, also waren alle Schotten geschlossen. Die Männer räumten das Vorschiff, so weit dies ging, alle anderen suchten nach Halt, vereinzelte Stoßgebete wurden gesprochen, doch von Panik keine Spur. Disziplin und Ausbildung behielten die Oberhand.

Zwei U-Boote stürmten aufeinander los, das kleinere amerikanische mit einer Masse von beinahe zwanzigtausend Gewichtstonnen und das größere russische sogar mit beinahe achtunddreißigtausend Tonnen. Eine Kollision der Stahlungeheuer erschien unvermeidlich, allein schon deshalb, weil nach menschlichem Ermessen jeder der beiden Kommandanten davon ausgehen würde, dass der andere im letzten Moment doch noch auswich. Was der andere ebenfalls annahm. Mit einer zusammenaddierten Geschwindigkeit von einhundertdreißig Kilometern in der Stunde, an Land ein gepflegtes Autobahntempo, rasten die Boote unter Wasser aufeinander zu. An Bord der *Ak Bars* konnte das sich anbahnende Unheil nur im Aktivsonar verfolgt werden.

»Vierhundert Yard!« Der Sonaroffizier klang plötzlich so ruhig, als hätte er mit dem Leben abgeschlossen.

Bob begann im Kopf die Sekunden zu zählen. Er wusste, die nächste zuverlässige Meldung würde nicht mehr auf dem Bugsonar, sondern auf den Lateralsonden längs des Rumpfes basieren, sobald das andere Boot querab war. Denn natürlich war es faktisch völlig unmöglich, einander genau zu rammen. Es gab Unterwasserströmungen, die auf die unterschiedlichen Formen der Bootskörper verschieden wirkten, es gab immer Ungenauigkeiten in den Peilungen, selbst mit Aktivsonar, und schließlich fuhren sie ja nicht nach

Sicht, sondern nur nach Gehör. Alle Kollisionen zwischen U-Booten in der Vergangenheit waren im Grunde ein Resultat von Zufall und Fehlern gewesen. Ein Seemann mit der Erfahrung DiAngelos wusste das.

»Dreihundert Meter!«

Boris Jasselewitsch wusste nach all seinen Jahren auf U-Booten, dass es nahezu ausgeschlossen war, dass sich die beiden Boote exakt auf Kollisionskurs befanden. Die Frage war, auf welcher Seite der Amerikaner zuerst wieder in den Seitenscan-Sonaren erscheinen würde. Wenn er Glück hatte, würde das Los-Angeles-Boot an seiner Steuerbordseite wieder auftauchen, und das würde ihm die Möglichkeit geben …

»Zweihundert Meter!« Dieses Mal glich die Meldung einem Schrei des Entsetzens. Jasselewitsch reagierte innerhalb von Sekundenbruchteilen und brüllte seine Befehle nur so heraus.

»Zweihundert Yard!« Der Sonaroffizier klang tonlos.

»Was?« Bobs Verstand weigerte sich für die Dauer eines Herzschlages, die Wahrheit zu akzeptieren. Dann fuhr er herum. »Zellen eins bis vier fluten, vorne oben fünfzehn, hinten oben fünfzehn!«

Schnellentlüfter knallten auf, zischend entwich Luft aus den Zellen, herausgedrückt von dem einströmenden Wasser. Der Bug der *Baton Rouge* begann sich steil nach unten zu senken, während das Heck nach oben ausschwenkte. Männer verloren in der engen Hülle den Halt, als das ganze Boot drohte, sich auf den Kopf zu stellen.

»Zellen eins bis sechs anblasen. Vorne unten fünfzehn, hinten unten fünf!« Es machte Jasselewitsch keine

Mühe, sich die beiden Bootsrümpfe vorzustellen, schwarze Körper in der noch dunkleren Schwärze der Tiefe. Er konnte die dicke bauchige Form seiner *Kugar* sehen, die sich steil aufbäumte. Es war das logische Manöver, nachdem er erkannt hatte, dass die beiden Boote wirklich auf Kollisionskurs lagen.

Sulkin klammerte sich am Rand des Plotschirms fest. »Er wird uns an der Unterseite erwischen!«

»Besser als an den Tiefenrudern!« Jasselewitsch musste seine Erwiderung rausbrüllen, denn im gleichen Moment begann auch schon Stahl auf Stahl zu wetzen, was in der engen Röhre einen Höllenlärm verursachte. Der ganze Bootskörper wurde zum vibrierenden Resonanzraum für das nicht enden wollende Knirschen des überbeanspruchten Stahls. »Steuerbord zehn!«

Commander Martinez hob den Kopf, als über ihnen urplötzlich ein durch Mark und Bein gehendes Kreischen anhob und ein Ruck durch das Boot ging. »Was zum Teufel ...?«

»Achter null!«, drang DiAngelos Stimme durch das Chaos. Ein verdutzter Tiefenrudergänger folgte verwirrt dem Befehl. Das Heck der *Baton Rouge* richtete sich noch etwas steiler auf, und das Kreischen endete so abrupt, wie es begonnen hatte.

»Sechshundert Fuß gehen durch!«

Der Captain wusste nicht, wer das gerufen hatte, aber es war auch egal. »Schäden melden! XO, bei tausend Fuß abfangen und einpendeln!«

»Von Sonar: Wir verlieren den Kontakt!«

DiAngelo überlegte blitzschnell. Die *Kugar* konnte nur über ihnen sein, denn wäre sie nach unten gegangen, dann hätte es schon katastrophal gekracht!

Ein neues, befremdliches Geräusch kam auf, ein leises Wisch-Wisch-Wisch, gedämpfter und irgendwie weniger bedrohlich als der helle Ton von Zerstörerschrauben. Aber der Eindruck täuschte. DiAngelo hatte kein Problem, sich die große Schraube mit ihren sieben Sichelblättern vorzustellen, die speziell darauf ausgelegt war, so leise wie nur möglich zu sein. Er spürte, wie sich seine Kopfhaut zusammenzog, denn wenn sie das Geräusch bereits mit bloßem Ohr hören konnten, dann musste die Schraube schon verdammt nahe sein. Doch das von ihm erwartete Krachen, mit dem gleich das Heck der *Kugar* in ihr Deck schlagen würde, blieb aus. Stattdessen war das Geräusch plötzlich wieder weg.

Von den Männern in der Zentrale schüttelte als Erster DiAngelo seine Verblüffung ab. »Wo bleiben die Schadensmeldungen?«

»Außenbordverschlüsse sind alle dicht, Sir. Die Flosse hat an der Vorderseite eine tüchtige Beule, aber ansonsten keine Schäden.«

»Danke!« sagte der Captain und sprach Martinez an. »Damit hätte ich jetzt nicht gerechnet! Also, abfangen und dann einen Kreis nach Backbord. Volles Aktivsonar. Sehen Sie zu, dass wir wieder Kontakt kriegen. Die *Kugar* ist zur Oberfläche hin ausgewichen.«

Langsam richtete sich der Bug wieder auf, während die Impulse des Aktivsonars ständig weiter durch das Wasser hallten, aber die einzigen Echos, die sie bekamen, stammten von den treibenden Eisschollen oder der *Ak Bars*. Das russische Boot schien ebenfalls jede Spur verloren zu haben, denn es kreiste gleichfalls, auch wenn es sein Aktivsonar nicht benutzte.

Robert DiAngelo grübelte darüber nach, wie es

Jasselewitsch wohl geschafft haben mochte, die *Kugar* wie ein Zauberkünstler sein Kaninchen verschwinden zu lassen. Wenn der Captain ein abergläubischer Mensch gewesen wäre, hätte er vielleicht angefangen, an Geister zu glauben. So aber rappelte er sich nur auf. »Ich haue mich jetzt etwas hin, da die Show vorbei ist«, eröffnete er dem Commander. »Sie verfügen über ein gutes Boot und eine tolle Besatzung, Martinez!«

»Danke, Sir!« Aber insgeheim dachte er: *Trotzdem war der Russe heute besser, besser als meine* Baton Rouge, *besser als meine Crew und auch besser als Sie, Captain.* Er legte kurz die Hand an die zerknautschte Mütze. »Sollen wir die Suche fortsetzen?«

»Nein, das ergibt momentan wenig Sinn. Steuern Sie mit fünfundzwanzig Knoten nach Süden.« Er blickte unwillkürlich zur Decke. »Der eiskalte Hund ist nach oben geflohen, da bin ich mir sicher, nur hat unser Sonar ihn nicht finden können. Aber wir werden ihm wiederbegegnen, und dann gilt die alte Gambler-Weisheit: neues Spiel, neues Glück.«

Kapitän Boris Jasselewitsch wartete immer noch ab. »Tiefe halten, Sulkin, Tiefe halten!« Es klang, als wollte er ein nervöses Pferd beruhigen.

Eine Reihe von Pings traf den Rumpf und die große Eisscholle über ihnen, die laut ihrem Tiefenmesser gerade einmal drei oder vier Meter Wasser vom Turm des Bootes trennten. Zum Ausweichen war kein Raum mehr, und Sulkin hielt den Atem an.

»Position halten!«

»Er dreht nach Backbord!« Auch die Meldungen vom Sonar wurden nicht mehr über Lautsprecher, sondern nur noch geflüstert weitergegeben. Der Kapitän sah auf die Uhr. »Wir geben ihm fünf Minuten, dann lassen wir uns bis tausendzweihundert Fuß durchsacken. Das liegt bereits im Bereich seiner Maximaltauchtiefe, und so weit wird er nicht runtergehen wollen, nicht mit einem beschädigten Boot.«

Assmundson beugte sich vor. »Und was dann?«

»Dann setzen wir uns ab und folgen wieder unseren Befehlen.« Jasselewitsch wusste, dass die anderen Männer in der Zentrale versuchten, jedes noch so leise gesprochene Wort mitzubekommen. »Er hat uns ein nettes Spiel geliefert. Die Meldung darüber kann die *Ak Bars* absetzen, wir haben Wichtigeres zu tun.«

14. Tag, 10 : 30 Ortszeit, 15 : 30 Zulu – Langley

»Jack ist draußen!« Chen-Liu machte kein Hehl aus ihrer Erleichterung. »Er hat gerade mit mir telefoniert und steckt in Terospol, in Polen, nahe der Grenze. Für seinen Rückflug von Warschau aus würden die Kollegen in der Botschaft schon sorgen.«

»Ich habe Ihnen doch bedeutet, dass Jack jeden Trick kennt«, sagte Roger Marsden etwas selbstgefällig.

»Jack klang allerdings etwas müde und erschöpft. Wenn das hier ausgestanden ist, dann sollten wir über Urlaub reden.«

»Urlaub?«, echote Marsden mit einem gespielt ungläubigen Unterton, musste dann aber doch selber lachen. »Ich sehe, was ich tun kann. Hat Jack ansonsten irgendwelche dezenten Andeutungen gemacht?«

»Nein, er hat lediglich gefragt, ob Sie sich das Buch denn schon besorgt hätten.«

»Was für ein Buch?« Marsden begann hektisch auf seinem Schreibtisch herumzukramen, bis er das Blatt mit den Nummern fand. »Ach so … natürlich … klar!

Wenn Jack wieder anruft, richten Sie ihm aus, ich hätte verstanden.«

»Ich kapiere kein Wort, Sir.«

»Das tut im Moment auch nichts zur Sache, da ich mich schon darum kümmere.«

Nachdem das Gespräch mit Oslo beendet war, saß Marsden immer noch kopfschüttelnd an seinem Schreibtisch. *Mein Gott, Roger, du wirst alt!* Nicht allzu deprimiert von dem Gedanken griff er zum Telefon und wählte die Nummer der Dechiffrierabteilung an. »Haben Sie schon was über die Botschaft herausbekommen, die ich Ihnen geschickt habe?«

»Nun, Sir, wir wissen mittlerweile zumindest ziemlich genau, was es nicht ist. Es handelt sich um keinen Saltocode und auch um keinen Austauschcode. So viel haben unsere Computer schon herausgefunden. Wir checken als Nächstes, ob es sich dabei vielleicht um ein Teilzitat handeln könnte, aber ...«

Marsden unterbrach den Experten. »Vergessen Sie es. Die Anzahl der Buchstaben in den einzelnen Wörtern ergibt eine zehnstellige Internationale Standardbuchnummer, wenn man die Grüße am Ende ignoriert. Finden Sie daher bitte heraus, welcher Titel sich hinter der ISBN 5-744-39788-7 verbirgt, wovon das Buch handelt, und beschaffen Sie mir, wenn möglich, ein Exemplar.«

»Schon so gut wie erledigt, Sir!« Der Dechiffrierexperte schien eher amüsiert zu sein. »Ich muss zugeben, Ihr Außendienst ist ziemlich einfallsreich.«

»Den Kommentar hätten Sie sich schenken können«, meinte Marsden reichlich ungnädig. »Ansonsten reicht es, wenn Sie das Buch besorgen und danach die ganze Angelegenheit am besten schnell wieder vergessen.«

Kaum hatte er aufgelegt, klingelte das Telefon schon

wieder, und aus dem Display ging hervor, dass seine Sekretärin dran war. »Ja, Mabel, was gibt's?«

»Ein Funkspruch von Captain DiAngelo mit einem Fragenkatalog. Ich habe die Liste schon an unsere Computerleute zu einem Datensuchlauf weitergeleitet. Allerdings sind ein paar Punkte darunter, die Sie sich besser selbst ansehen sollten.«

Marsden seufzte. »Dann bringen Sie den Schrieb mal rein, und ich sehe mal, ob ich schlau daraus werde.«

Ein paar Augenblicke später ging er bereits die Aufstellung durch. Mabel hatte insofern recht, als der Datenabgleich der Besatzungslisten einiger Verbände Sache der Fritzen an den Rechnern war. Er las weiter. DiAngelo schlug darüber hinaus vor, einen Profiler ein Täterprofil erstellen zu lassen und auf dieser Basis Backgroundchecks über die Vergangenheit der potenziell Verdächtigen durchzuführen. Marsden musste schmunzeln. Aus Bob sprach da offenbar der Fan aller entsprechenden Hollywoodfilme. Nur war die Wirklichkeit eine andere als im Kino, was Profiler anging. Denn wenn die wirklich so gut wären wie in den Filmen, dann liefen in Amerika nicht mehr Massen von Schwerverbrechern frei herum. Einen Versuch mochte es aber dennoch wert sein.

Bei der nächsten Frage stutzte Marsden. »Welche Schiffe unserer Atlantikverbände planen demnächst für mehrere Tage einen befreundeten Hafen anzulaufen?« Was zum Teufel brachte DiAngelo auf die Idee, dass ein weiterer Mord bevorstehen konnte?

14. Tag, 22 : 30 Ortszeit,
22 : 30 Zulu – Danmarkshavn/Grönland

Kurz nach zehn Uhr abends Ortszeit erreichten die ersten Ausläufer des Monsters die Ostküste Grönlands und die Wetterstation Danmarkshavn. Schon den ganzen Tag über hatten die Meteorologen mit Interesse das Fallen des Barometers beobachtet. Ein paar Meldungen der Seewetterstellen im fernen Dänemark hatten sie auffangen können, aber was genau auf sie zukam, ahnte in der Station keiner.

Die ersten Vorboten des nahenden Monstrums waren heftige Böen, die den pulvrigen Schnee aufwirbelten. Wenig später rasten bereits die ersten Sturmwolken heran, drohend schwarz. Der Wind begann wie tausend wild gewordene Teufel zu heulen und schleuderte immer größere Eisbrocken durch die Gegend, die wie Geschosse die Wellblechhütten und den großen Funkmast trafen.

Solange die Messgeräte noch etwas anzeigten, sammelten die Wissenschaftler Daten, wobei Furcht und berufsbedingte Neugier sich vermischten. Der Windmesser auf dem Dach der Küchenhütte zeigte kurzfristig eine Windgeschwindigkeit von zweihundertsiebzig Kilometern pro Stunde an, bevor die Sturmgewalt ihn aus seiner Verankerung riss. Gerade noch rechtzeitig schafften es die acht Männer, in den einzig vorhandenen Schutzraum, einen ausbetonierten Keller unter der Hütte, zu gelangen. Einer von ihnen versuchte verzweifelt, zu einer der Funkstationen an der dänischen oder norwegischen Küste durchzudringen. Als aber der Funkmast mit tosendem Krachen umstürzte und die Anzeigen des tragbaren Notfunkgerätes auf Null fielen, war klar, dass ihnen außer Beten nichts mehr helfen würde.

15. Kapitel

15. Tag, 02 : 00 Ortszeit,
03 : 00 Zulu – USS *Baton Rouge,* westlich von Jan Mayen

»Kaffee, Sir?«

Robert DiAngelo, der seit Stunden schweigend den Kommandantensessel in der Zentrale belegt hatte, blickte überrascht auf, als John Turk ihn ansprach. Der stämmige XO der *Baton Rouge* hatte die Wache bis null-vierhundert Zulu. »Danke! Ja!«

Turk goss ihm seine Mug voll und reichte ihm das heiße Gebräu. »Sie sollten vielleicht besser schlafen, aber das hat Ihnen wahrscheinlich schon jemand gesagt, Sir!«

»Erst der Kommandant und dann der NO, der die Wache vor Ihnen hatte, ja. Wir laufen immer noch nach Süden?« An seiner Frage merkte Bob, dass er so tief in Gedanken versunken gewesen sein musste, dass er eine ganze Weile nichts mehr mitbekommen hatte. Vielleicht war er sogar unbewusst eingenickt.

»Ja, dreißig Knoten, achthundert Fuß, Kurs genau eins-acht-null! Wir waren die ganze Zeit getaucht, haben also keinen Wetterbericht empfangen, aber die Sonarleute sagen, oben fetzt es ganz schön.«

»Das werden wir feststellen, wenn wir um null-sechshundert hoch gehen. Ein Grund mehr, bei den U-Booten zu bleiben, wenn Sie mich fragen.«

»Ich glaube, ich würde mir die Seele aus dem Leib

kotzen, wenn ich wieder in der normalen Flotte fahren müsste«, bekannte der XO.

»Wie lange sind Sie schon dabei?«

»Zehn Jahre, ich war zweiter Sonaroffizier auf der *Rhode Island* in der King's Bay, bevor ich als NO auf die *Baton Rouge* kam, und als der alte XO vor zwei Jahren Kommandant auf der *Connecticut* wurde, bin ich aufgerückt. Das war zu der Zeit, als Commander Martinez das Kommando hier übernahm. Und wie lief es bei Ihnen, wenn ich fragen darf?«

»Das ist schon eine halbe Ewigkeit her. Bin immer bei den Jägern gewesen. NO auf der *Santa Fe*, XO auf der *Tautog*, bis sie außer Dienst gestellt wurde, danach Kommandant auf der *Tucson*. Und das war ich auch noch, als es damals zu dem schrecklichen Brandunglück an Bord kam, von dem Sie sicher gehört haben. Ich war achtern im Hilfsmaschinenraum und wurde selbst verletzt. Eine Untersuchungskommission stellte nachträglich fest, dass das Ganze ein Unfall war, der sich nicht hätte vermeiden lassen. Allerdings verlor ich dabei meine U-Boot-Tauglichkeit wegen meines Beins. Man heftete mir einen Orden mehr an und lobte mich weg zur CIA. Falls es das ist, was Sie wissen wollten, Mister Turk.«

»Verzeihung, Sir!« Der XO wusste nicht so recht, wie er sich verhalten sollte. »Ich wollte Ihnen keineswegs zu nahe treten.«

»Das sind Sie nicht, und was meine Zugehörigkeit zur CIA angeht, dann dürfte die sich ja wohl auch schon an Bord herumgesprochen haben.«

Turk vergewisserte sich mit einem kurzen Rundblick durch die Zentrale, dass alles in Ordnung war. Nachtwachen boten auf allen Schiffen die Gelegenheit für ein Schwätzchen. »Natürlich habe ich davon ebenso gehört wie die Geschichten mit der *Kentucky** und der *Tucaloosa***. Sie wissen ja, wie das unter U-Boot-Fahrern ist, so etwas spricht sich herum, Sir.«

Bob betrachtete den XO mit leichter Belustigung. »Was? Dass ich U-Boote finde oder dass ich U-Boote kaputtmache?«

»Beides!« Turk gluckste verräterisch. »Es müssen ganz schön haarige Einsätze gewesen sein.«

»Es ging so. Aber das unterliegt zumindest offiziell noch immer der Geheimhaltung.« Der Captain zwinkerte. »Sie wissen ja, wie das ist.«

»Ich wollte Sie auch nicht bedrängen, Sir, nur, nachdem Sie jetzt hier bei uns sind ...«

Bob zuckte mit den Schultern. »Ich kann Ihnen nicht versprechen, dass wir unbeschadet aus der Sache herauskommen. Falls Sie sich deswegen Sorgen machen, das tue ich auch. Aber ich fürchte, das interessiert weder Jasselewitsch noch sonst jemanden, wobei ich mich frage, was Jasselewitsch überhaupt noch interessiert.«

15.Tag, 10 : 15 Ortszeit, 15 : 15 Zulu – Langley

»Was wollen Sie mir damit sagen?« Marsdens Stimme war eher ein Grollen.

Der Computerexperte blickte ihn irritiert an. »Wie ich bereits darzulegen versuchte, bleibt nach der Überprüfung durch unsere Datenbanken und der Anwendung aller Referenzkriterien kein Verdächtiger mehr übrig.«

---

* Siehe Peter Brendt: *Subdown.*

** Siehe Peter Brendt: *Crashdive.*

»Im Klartext soll das wohl heißen, dass keiner unserer Verdächtigen derzeit auf einem unserer Verbände im Atlantik ist?«

»Ja, so kann man es ausdrücken, Sir.«

Marsden schüttelte den Kopf. »Das ergibt keinen Sinn. Vielleicht weiß dieser Assmundson etwas, wovon wir keine Kenntnis haben.«

»Mathematisch betrachtet kann die Menge der Verdächtigen nicht größer werden, wenn Sie ein weiteres Kriterium hinzufügen, Sir.« Der schlaksige junge Mann blickte ihn durch seine Brillengläser mit der üblichen Nachsicht des Experten gegenüber einem Laien an. »Das ist unmöglich. Jede weitere Information kann nur zu einer weiteren Eingrenzung führen. Die Teilmenge einer leeren Menge ist eine leere Menge, Sir!«

Für einen Augenblick spürte Marsden die Versuchung, seine Pistole aus der Schublade zu ziehen und den Klugschwätzer einfach zu erschießen, aber er gab dem Impuls nicht nach. Stattdessen massierte er nachdrücklich seinen Nasenrücken. »An der Sache muss ein Haken sein.« Er zögerte. »Ich habe noch nicht raus, wo, aber da muss einer sein. Gehen wir die Sache noch mal durch. Wie sind Sie vorgegangen?«

»Wir haben uns die Personaleinträge aller Einheiten zum Zeitpunkt eines jeden Mordes besorgt. Nicht nur die der Schiffe, die zu dieser Zeit im Hafen lagen, sondern auch die der Stützpunkte, sofern es dort welche gab. Das allein war schon eine Heidenarbeit, denn einige Stützpunkte und Einheiten gibt es schon lange nicht mehr, und besonders ältere Personaldaten sind nur unvollständig digital erfasst worden. Dann haben wir einfach einen Abgleich durchlaufen lassen, wer zu sämtlichen fraglichen Zeitpunkten jeweils vor Ort war. Daraus resultierte ein Personenkreis, der aber immer noch zu groß war.«

»So um die fünfzig, wenn ich mich richtig erinnere.«

»Ja, ziemlich exakt. Also haben wir uns Kopien der Landgangsbücher beschafft. Dadurch konnten wir feststellen, wer als Täter nicht in Frage kam, weil er sich an Bord oder im Stützpunkt befand, und haben denjenigen wieder von der Liste gestrichen. Von den wenigen Übriggebliebenen ist derzeit niemand im Atlantik, Sir. Die logische Schlussfolgerung ist, dass der Mörder anderswo zu suchen ist.«

»Die logische Schlussfolgerung ist, dass Sie ein Fachidiot sind!«, erklärte Marsden schroff. »Was meinen Sie, wie viele Landgangsbücher verfälscht sind, weil jemand einen Kameraden nicht wegen Urlaubsüberschreitung hinhängen wollte oder dergleichen?« Befriedigt nahm er zur Kenntnis, wie der Computerschnösel erbleichte.

»Das wäre dann aber ein Fehler in den Ausgangsdaten, da haben wir ...«

»Ich will einen Mörder fangen, nicht mit Ihnen über Ihre Daten diskutieren. Was ich schleunigst brauche, ist eine Liste, wer in allen diesen Häfen war, als dort ein Mord geschah, und sich jetzt im Atlantik befindet. Beziehen Sie auch die Stützpunkte mit ein und erstellen Sie eine weitere Liste, da bei manchen Besuchen unsere Einheiten in unserem eigenen Stützpunkt lagen. Da muss es doch eigentlich mehrere Landgangsbücher geben, welche für die Schiffe und eines für den Stützpunkt! Und den Abgleich will ich haben.«

»Die Atlantik-Aufstellung kann ich Ihnen in wenigen Minuten über unser Intranet zukommen lassen. Die andere Liste wird allerdings etwas dauern, weil nicht alle Daten digitalisiert sind.«

Marsden verzog das Gesicht, als habe er in eine saure Zitrone gebissen. »Ich gebe Ihnen dafür Zeit bis heute Mittag!«

»Aber Sir, das ist ...«

»Unmöglich, ich weiß. Also sehen Sie zu, dass Sie an die Arbeit kommen, und nun ab mit Ihnen!« Erst als sich die Tür hinter dem Computerheini geschlossen hatte, erlaubte Marsden sich einen tiefen Seufzer. Seit das reine Expertentum auch bei der CIA immer mehr um sich griff, schien der gesunde Menschenverstand irgendwie abhanden gekommen zu sein. Er drückte den Knopf der Gegensprechanlage. »Mabel, den ersten Eierkopf wäre ich los. Schicken Sie mir nun mal bitte das zweite Exemplar rein.« Ergeben lehnte er sich zurück.

Zu seiner Überraschung trat in Begleitung seiner Sekretärin eine noch relativ junge Frau ein. »Dr. J. Hurst?«

»So ist es. Ich bin Jacqueline Hurst.«

Der Vice Director der CIA schluckte kurz. »Äh, ja. Sie sehen mich etwas verwirrt. Man hat mir vom FBI aus einen erfahrenen Profiler zugesagt. Ich gebe zu, ich habe damit die Vorstellung von einem etwas älteren Psychoanalytiker verbunden.«

Sie lachte leise und strich sich eine Strähne dunklen Haares aus dem Gesicht. »Profiler entsprechen selten der Vorstellung, die in der Öffentlichkeit über sie kursiert. Aber Agenten sehen auch nicht alle aus wie James Bond.«

Wider Willen musste Marsden ebenfalls lachen. »Das ist wahr.« An Mabel gewandt, sagte er: »Es wäre schön, wenn Sie uns die üblichen Konferenzgetränke bringen könnten.«

Jacqueline Hurst öffnete ihren Aktenkoffer und zog

ein schmales Notizbuch sowie den dicken Packen mit Kopien von Bergstads Unterlagen hervor, den er erst am Vortag per Kurier an die Serial Crime Unit der Criminal Investigative Division des FBI geschickt hatte. Sie wartete ab, bis Mabel den Raum verlassen hatte. »Director, rein vorsorglich möchte ich darauf hinweisen, dass die Zeit, die mir zur Verfügung stand, natürlich nicht ausreichend war, um ein vollständiges Profil zu erstellen.«

»Und was können Sie mir trotzdem erzählen?«

»Der Täter dürfte bereits mindestens dreißig bis vierzig gewesen sein, als er mit dem Morden begann. Es spricht einiges dafür, dass der Auslöser ein traumatisches Erlebnis, seine Veranlagung aber immer schon latent vorhanden war.«

Marsden hob die Hand. »Sie meinen, ein Hang zum Töten war immer schon da, aber der Mann wurde erst durch ein schreckliches Erlebnis dazu getrieben, seine Phantasien in die Tat umzusetzen?«

»In den Unterlagen befinden sich zwar keine Tatortfotos, aber ich glaube nicht, dass es sich wirklich um Phantasien handelt. Sehen Sie, die meisten Serientäter fallen in zwei Kategorien. Die einen meinen, sie müssten ein Unrecht rächen. In diesen Fällen geht es meistens um Macht, um Kontrolle oder auch um die Demütigung des Opfers, das sich in der Gewalt des Täters befindet. Die anderen folgen Wahnvorstellungen, Phantasien, wenn Sie so wollen. Sie glauben, erwählt zu sein. Die meisten religiös motivierten Killer fallen in diese Kategorie. Was ich Ihnen sage, ist natürlich alles sehr vereinfacht dargestellt.«

»Ich kann dabei nur nicht erkennen, in welche Ihrer beiden Kategorien unser Mann fällt.«

»Richtig! Wir haben es offenbar mit einem Sonderfall zu tun. Aber ein paar Dinge sind signifikant. Er ähnelt einem organisierten Serientäter, er wählt aus, er beobachtet, er geht sehr sorgfältig vor. Da die Tatorte länderübergreifend wechseln, steht zu vermuten, dass er im Rahmen eines engen Zeitfensters vor Ort oftmals improvisieren musste. Immerhin verbringt er Stunden mit den Opfern. Er vergewaltigt sie, aber abgesehen davon und der eigentlichen Tötung kommt es zu keinen körperlichen Folterungen. Der Täter verspürt also nicht das Bedürfnis, Kontrolle durch physische Gewalt zu manifestieren. Und es gibt kein auf das Aussehen bezogenes Schema. Viele Frauenmörder suchen sich Opfer, die in irgendeiner Weise der Frau ähnlich sehen, die sie verletzt hat. Aber schauen Sie sich seine Liste an. Groß, klein, weiß, schwarz, gelb …«, sie blätterte in ihren Notizen, »… von dünn bis übergewichtig ist alles vertreten. Es gibt keine optischen Gemeinsamkeiten.«

»Nur, wonach dann trifft er seine Auswahl?«, fragte Marsden irritiert.

»Alle Opfer waren in irgendeiner Weise Karrierefrauen. Eine erfolgreiche Bildhauerin, eine Malerin, eine Unternehmerin, gleich zwei Journalistinnen, … und so weiter.«

»Und warum jagt er Ihrer Meinung nach Karrierefrauen?«

»Es könnte damit zusammenhängen, dass dieser Typ Frauen sich zumeist schwer oder gar nicht unterordnet, sehr dominant und durchsetzungsfähig ist und tut, was er für wichtig oder richtig hält, wobei Letzteres aus männlicher Sicht durchaus völlig konträr beurteilt werden kann.«

»Wohin bringt uns das?«

Die Profilerin zögerte. »Ich kann nur noch mal betonen, dass dies alles nur eine allererste Einschätzung ist, wie Sie hoffentlich verstehen werden.«

»Schon klar, zu wenig Zeit und so. Aber im Augenblick hilft jedes bisschen.«

»Aus den Unterlagen geht hervor, dass manchmal ein amerikanischer Unteroffizier der Navy in der Nähe der Tatorte gesehen wurde. Für mich passt das irgendwie nicht zum Täterprofil, denn der Mann, den wir suchen, ist intelligent, entschlossen, fähig, Entscheidungen zu treffen, zu planen und einen Plan auszuführen. Er ist jemand, der Unterordnung verlangt, es aber nicht nötig hat, sie durch physische Gewalt zu erzwingen. Er muss die Frauen nicht schlagen, um seine Stärke zu demonstrieren.« Sie zögerte. »Allenfalls die Vergewaltigung könnte in diese Richtung deuten, aber ich glaube es nicht.« Jacqueline Hurst stockte einen Moment, bevor sie fortfuhr. »Für mich ist ein Unteroffizier so etwas wie ein Facharbeiter, jemand, der Anweisungen und Befehle bekommt. Er kann sie zwar zum Teil weitergeben, bleibt aber kaum mehr als ein Rad im Getriebe. Derjenige, den wir suchen, dürfte dagegen eine Art von Macher sein, jemand, der eher gewohnt ist zu befehlen und mit einer ungeheuren Selbstsicherheit ausgestattet ist. Er geht wie selbstverständlich davon aus, dass er keinen Fehler begeht. Das alles passt nicht zu einem Unteroffizier. Der Täter hat sich nie die Mühe gemacht, seinen Modus operandi zu ändern, weil er ihn für seine Zwecke als perfekt zielführend erkannt hat. Was seine sonstige Lebensführung anbelangt, so muss er sich selbst eisern unter Kontrolle haben, denn sonst wäre er schon längst, durch was auch immer, irgendwie auffällig geworden.«

»Was Sie mir hier beschreiben, klingt eher nach einem Offizier.«

»Ich tippe sogar auf einen besonders erfolgreichen Offizier, in dessen Vergangenheit es zu einem traumatischen Erlebnis mit einer Karrierefrau gekommen ist. Es kann sein, dass sie etwas getan hat, wodurch er seinen Lebensentwurf gefährdet sah, vielleicht seine Karriere. Eventuell hat sie auch seine Vorstellungen von Ehre verletzt. Ich weiß es nicht genau, aber es muss in seinem Leben irgendwann eine derartige Frau gegeben haben.« Sie zuckte mit den Schultern. »Das wäre alles, was ich im Augenblick für Sie habe, Director.«

»Auf alle Fälle möchte ich mich schon jetzt ganz herzlich für Ihre Unterstützung bedanken.«

»Allerdings weiß ich nicht, wie lange ich Ihnen noch zur Verfügung stehen kann, bevor ich dienstlich wieder anderweitig in Anspruch genommen werde. Mehr als zehn, zwölf Tage dürften mir nicht bleiben.«

»Das sollte reichen! Ich möchte nämlich, dass Sie nach Oslo fliegen und mit einem Mann sprechen, der den dortigen Tatort genauestens inspiziert hat. Sämtliche Spesen übernimmt die Firma.«

15. Tag, 14 : 30 Ortszeit,
15 : 30 Zulu – USS *Ulysses S. Grant*, Carrier Strike Group »Grant«

Der Verband hätte eigentlich noch weiter nach Norden laufen sollen, wie es im ursprünglichen Manöverplan vorgesehen war. In einer Woche sollte »Northern Wedding«, eine gemeinsame große Übung mit NATO-Partnern, stattfinden, in einem Gebiet, das von etwa 70° Nord bis hinunter zu den Zugängen von Nord- und Ostsee reichte. Doch das Monster hatte diese Absichten zerschlagen. Nach Überqueren des Eismeeres hatte dessen Zentrum die Richtung gewechselt und tobte nunmehr in Richtung Südsüdwest auf die Gegend zwischen Island, der norwegischen Küste und den Faröern zu.

Rear Admiral Jack Thornbys Blick glitt über die versammelten Offiziere in der Messe. »Gentlemen, wie Sie in der Zwischenzeit wissen, zieht eines der schwersten Sturmtiefs seit Beginn der Wetteraufzeichnungen auf Nordeuropa zu. In den letzten vierundzwanzig Stunden ist die Anzahl der Notrufe dramatisch angestiegen. Sollte der Sturm auf eine bewohnte Küste treffen, muss mit den schwersten Verwüstungen gerechnet werden. Verstehen Sie mich richtig, das ist kein NATO-Fall, sondern es ist einfach so, dass die europäischen Seenotrettungssysteme und der Küstenschutz bereits jetzt schon überlastet sind. Wie wir ja selber noch von ›Katrina‹ her wissen, ist ein wirksamer Schutz unmöglich, das Einzige, was man tun kann, ist Schadensbegrenzung.«

Captain Miller hob die Hand. »Wenn ich fragen darf, welche Rolle spielen wir dabei?«

»Bisher wird darüber noch befunden. ›Northern Wedding‹ ist jedenfalls auf unbestimmte Zeit ausgesetzt. Im Bereich der Nord- und Ostsee ist das Seenotrettungssystem ziemlich gut ausgebaut, außerdem verstärken Deutschland und England mit ihren Marinen die Seenotrettungsdienste. Näheres dazu können Sie den Unterlagen entnehmen, die mein Flaggleutnant vorbereitet hat. Anders sieht es mit Norwegen und vor allem Island aus.« Er hob abwehrend die Hand. »Ich weiß, im Grunde ist dies nicht unser Job, aber es war noch nie die amerikanische Art, einfach wegzuschauen, wenn Not am Mann ist.«

»Ich sehe nicht, was wir tun könnten?«, fragte der Kommandant einer der Geleitfregatten.

Thornby trat an die große Karte an der Stirnwand des Briefing Rooms. »Die *Grant,* die Kreuzer und die Zerstörer werden Position zwischen Island und Norwegen beziehen. Die U-Boote bleiben ebenfalls beim Verband. So, wie die Wetterberichte aussehen, wird der Sturm für die Fregatten zu schwer.« Erneut hob er die Hand, als er die Absicht der betreffenden Kommandanten erkannte, zu protestieren. »Ich zweifle nicht an Ihrer Einsatzbereitschaft, Gentlemen, und auch nicht an Ihrem seemännischen Können. Allerdings dürften Sie unter den Bedingungen, mit denen wir zu rechnen haben, genug damit zu tun haben, Ihre Schiffe heil durchzubringen. Sie werden daher gesonderte Befehle erhalten und weiter unten im Süden erst einmal alles Weitere abwarten. Falls erforderlich, können Sie dort anderen Schiffen zu Hilfe kommen und notfalls auch innerhalb kurzer Zeit Oslo anlaufen.«

»Und wir anderen?« Die tiefe Stimme des Fragers hätte zu einem mächtigen Bassisten gepasst, doch der Kreuzerkommandant war von der Statur her eher klein und feingliedrig geraten.

»Die *Grant* hat vier Sea und zwei Rescue Hawks an Bord. Das ist wahrscheinlich das Einzige, was wir in die Luft kriegen, wenn der Tanz erst mal losgeht. Die Ticos* haben jeweils zwei Sea Hawks and Bord, und einer unserer Zerstörer ist ein Flight IIA und verfügt ebenfalls über zwei Hubschrauber dieses Typs. Macht also zusammen nach Adam Riese zwölf, was meines Wissens der Anzahl der Seenotrettungshubschrauber entspricht, die unseren NATO-Partnern Dänemark und Norwegen insgesamt zur Verfügung steht.«

»Und was ist mit den Russen?«, wollte Captain Mil-

* Ticos: Spitzname der Kreuzer der Ticonderoga-Klasse.

ler wissen. »Nördlich von uns steht bekanntlich eine ganze Flotte von den Burschen.«

»Eigentlich gehen uns die ja nichts an, aber den letzten Funksprüchen nach zu urteilen würde ich sagen, die sind bereits voll im Geschäft.«

16. Kapitel

15. Tag, 10 : 45 Ortszeit, 15 : 45 Zulu – Langley

Es hatte natürlich länger als die versprochenen paar Minuten gedauert, bis die Atlantik-Liste per Intranet bei Marsden auflief, dem ein kurzer Blick genügte, um zu erkennen, dass sich seine schlimmsten Befürchtungen bewahrheitet hatten. Gleich zwei hohe Offiziere waren dort aufgeführt. Er zögerte nicht lange, sondern griff zum Telefon. »Marsden! Ich muss einen dringenden Funkspruch an ein U-Boot durchgeben. Verschlüsselung in unseren Codes!« Er wartete einen Augenblick, dann gab er seine Autorisierung auf dem Zahlenfeld ein. Einen Augenblick später bestätigte eine Automatenstimme: »Autorisierung bestätigt. Geben Sie den Empfänger an.«

»Captain Robert DiAngelo, CIA, an Bord USS *Baton Rouge* im Nordatlantik. Autorisierungsstufe ACOMAL.«

Die Automatenstimme zeigte sich naturgemäß von der hohen Sicherheitsstufe unbeeindruckt. »Bitte geben Sie Ihren Text an.«

Marsden räusperte sich. Dann nannte er zwei Namen, denen er noch hinzufügte. »USS *Ulysses S. Grant*, Nordatlantik.«

»Danke, wir wünschen Ihnen einen schönen Tag!« Die Automatenstimme beendete das Gespräch. Der Text würde digitalisiert, mit Hilfe schier endlos langer Primzahlen verschlüsselt und dann zur nächsten festgelegten Programmzeit, zu der das U-Boot auftauchen würde, hinaus in den Atlantik gesendet werden. In etwa zwei Stunden also. Die Zeit würde dadurch zwar knapp werden, aber Hauptsache, die brisante Botschaft erreichte DiAngelo überhaupt.

Er wählte eine weitere Nummer. »Marsden! Ich brauche eine sichere Leitung zu unserer Botschaft in Oslo.«

15.Tag, 16 : 30 Ortszeit, 17 : 30 Zulu – USS *Ulysses S. Grant*, Carrier Strike Group »Grant«, 140 Meilen südöstlich von Island

»Was haben wir?«, fragte der Admiral in der Luftoperationszentrale.

»Notruf eines isländischen Trawlers«, erklärte der Flugleitoffizier. »Letzte Position vor fünf Minuten war etwa sechzig Meilen östlich von Island. Einhundertfünfunddreißig Seemeilen von unserer Position. Hawk-One-O-One* wärmt bereits die Turbinen auf.«

»Zweihundertsiebzig Meilen hin und zurück sind eine lange Strecke bei diesem Sauwetter.«

»Die SH-60 kann mit den Zusatztanks über fünf Stunden in der Luft bleiben. Das reicht zweimal, Sir! Mit Ihrer Erlaubnis schicke ich den Vogel jetzt raus!«

»Erteilt, und wünschen Sie ihm Glück!« Der Träger hatte mittlerweile bereits die äußeren Ausläufer des Sturms erreicht. Brecher von zwanzig Metern Höhe rannten gegen das Vorschiff an, aber außer durch viel

* Hawk-101, die Maschine 1 der Hubschrauberstaffel innerhalb des Trägergeschwaders. In diesem Fall ein Hubschrauber des Typs Sikorsky SH-60.

Lärm vermochten sie den stählernen Koloss nicht zu behelligen. Auf den Kreuzern und Zerstörern musste die Lage eine ganz andere sein.

Einer der Befehlsübermittler meldete: »Von Funkraum, neues Mayday, norwegischer Frachter *Eidsvold* auf 69° 14' Nord, 04° 37' West. Kein Wasser im Schiff, aber es hat das Ruder verloren.«

Jack Thornby fühlte einen eiskalten Schauer über seinen Rücken laufen. Bei so einem Wetter ohne Ruder auskommen zu müssen bedeutete, keinerlei Kontrolle mehr ausüben zu können. Das Schiff konnte jederzeit querschlagen und von den Brechern überrollt werden. »AirOps! Wir schicken einen Hubschrauber. Geben Sie mir die Brücke!«, wies er den nächstbesten Befehlsübermittler an. »Josh? Okay, Signal an *John P. Ashton,* sie sollen der *Eidsvold* zu Hilfe kommen.« Hoch konzentriert hörte er sich an, was der Kommandant dazu zu sagen hatte. »AirOps, die *John P. Ashton* schickt uns gleich ihre Hubschrauber rüber und läuft dann zu dem havarierten Norweger.«

»Jawohl, Sir! Hawk-One-O-Two hebt gleich ab.« Der Flugleitoffizier winkte einen der Chief Petty Officers zu sich. »Simpson, wahrschauen Sie die Decksmannschaft, die Hawks von der *John P. Ashton* kommen in ein paar Minuten rein.«

Der junge Seemann, der die Verbindung zur Funkzentrale hielt, eilte auf den Admiral zu. »Meldung von der norwegischen Rettungsleitzentrale in Tromsø. Irgendwo da draußen wird eine britische Segeljacht vermisst, die sich seit Stunden nicht mehr gemeldet hat.«

»Die Funker sollen bei den Norwegern alles erfragen, was uns unter diesen Umständen helfen könnte, Größe, Typ, Besatzung, letzte Position, Kurs. Was immer sie haben.« Thornby wandte sich um und kontrollierte den Plotschirm. Zwei Hubschrauber waren draußen, acht einsatzklar, zwei im Anflug. Alles, was jetzt an- und auch ablief, würde so schnell kein Ende finden. Dessen war sich Rear Admiral Jack Thornby sicher.

15. Tag, 17 : 15 Ortszeit, 18 : 15 Zulu – USS *Baton Rouge,*
etwa 150 Seemeilen nördlich von Island

Bereits hundert Fuß vor Erreichen der Wasseroberfläche waren die Bewegungen des aufgewühlten Meeres an Bord heftig spürbar geworden. Nach dem Auftauchen der *Baton Rouge* wurde alles noch viel schlimmer. Die ersten Besatzungsmitglieder wurden in Minutenschnelle seekrank, denn auf einem U-Boot kannte man solche Schiffsschaukel-Nummern normalerweise nicht.

Commander Martinez, der mit einer Wache auf den Turm eilen wollte, steckte den Kopf aus dem Luk, richtete sich auf und sah mit Entsetzen die Reihen der riesigen grauen Brecher auf sein Boot zukommen. Der erste donnerte gerade über den Bug und rauschte schäumend über das Vordeck. Für Augenblicke standen die Männer in der schmalen Wanne in der Flosse bis zur Hüfte im Wasser. Jeder suchte Halt, wo er ihn finden konnte, während die Wassermasse an ihnen zerrte und versuchte, sie mit sich zu reißen in die kochende See. Keiner der Männer hatte die Chance gehabt, seine Sicherungsleine anzuschäkeln. Dann, völlig überraschend, war der Spuk verschwunden, nach achtern abgeflossen. Martinez kam auf die Füße und riss das Luk wieder auf. »Runter!« Es waren nur Sekunden, die blieben, bis der nächste Brecher ihr Boot treffen würde. Begleitet von einem erneuten Wasserschwall rutschten die Männer hinunter in ihre sichere Stahlhülle. Der Commander folgte als Letzter und schlug den Stahldeckel hinter sich zu. Keuchend und hustend erreichten die Männer das untere Deck, während über ihnen die Antennen ausgefahren wurden. Die Funker bemühten sich, die Sprüche so schnell wie möglich aufzunehmen, schneller jedenfalls, als es den Naturkräften gelang, die Masten wegzureißen. Sie schafften es. Ein paar Minuten später verschwand die *Baton Rouge* wieder in der Tiefe.

»Sir! CIA-Funkspruch!« Der Funker drehte den Datastick unsicher in den Händen. »Wir können ihn nicht entschlüsseln, nur die erste Zeile ist Klartext: ›Captain Robert DiAngelo, an Bord USS *Baton Rouge*.‹«

Bob schwenkte die Beine von der schmalen Koje und setzte sich auf. »Danke, ich kümmere mich darum. Der Kommandant ist in der Zentrale?«

»Eben war er es noch, Sir!«

»Gut, dann quartiere ich mich kurz in seiner Kammer ein, um das Ding zu dechiffrieren.« Er rappelte sich auf. Etwas verlegen wich er dem Blick des Funkers aus, als er nach seinem Stock griff.

Da ihm Martinez in Anbetracht der Situation die Kombination des Safes in seiner Kammer mitgeteilt hatte, in dem sich sein Notebook befand, hatte Bob keine Probleme, an sein Gerät zu gelangen. Augenblicke später war der kleine Computer hochgefahren, und der Entschlüsselungsvorgang dauerte nur Sekunden: Zwei Namen, ein Schiff. DiAngelo presste die Lippen zusammen. Marsden hatte offensichtlich noch keine Klarheit, wer von den beiden der Killer war.

Aber so oder so würde die Sache Wellen schlagen. Doch das war im Moment seine geringste Sorge. Wütend stemmte er sich mit dem Stock hoch und hinkte in die Zentrale.

Commander Martinez sprang beinahe aus seinem Sessel auf. »Captain!« Er deutete auf den frei gewordenen Platz. »Setzen Sie sich.«

Bob winkte kurz ab. »Commander, wir stoßen sofort wieder zur Strike Group. Lassen Sie den Reaktor mit hundertfünf laufen!«

»Sir?« Der Commander sah ihn fragend an. Den Reaktor über längere Zeit mit Überlast zu fahren war ein Risiko, aber kein wirkliches Problem, da der sich im Zweifelsfall selbst automatisch herunterfahren würde. Aber eine heißlaufende Schraubenwelle wäre unter Umständen nicht mehr reparabel, allenfalls in einer Werft.

»Ich weiß, ich weiß«, erklärte Bob, »aber wir haben keine andere Wahl. Die Kollegen in Langley hegen einen fürchterlichen Verdacht hinsichtlich dessen, was Jasselewitsch vorhat.«

»Es betrifft den Träger?«

»Sieht so aus.«

Martinez reagierte prompt. »Volle Kraft! Tiefe achthundert Fuß, Kurs eins-acht-null! NO, ich brauche einen Abfangkurs zur Strike Group.« Den Zentralemaaten wies er an, den Leitenden an die Strippe zu holen.

In die Gestalten kam Bewegung. Bob ließ sich schwer in Martinez' Sessel fallen. »Lassen Sie den Waffensystemoffizier alles überprüfen. Dieses Mal ist es kein Spiel mehr!«

15. Tag, 13 : 30 Ortszeit, 18 : 30 Zulu – Langley

»Dr. Hurst, ich habe keine andere Wahl, und wie ich das sehe, Sie auch nicht! Ich habe einen unserer Jets bereitstellen lassen, eine Boeing BBJ, die die Gewähr bietet, dass Sie schnell und komfortabel Oslo erreichen.«

»Sie meinen, Sie wollen mich wie eine VIP in einer Sondermaschine über den Ozean schaffen? Das ist doch komplett verrückt!«

Roger Marsden beugte sich vor. »Es geht um unsere nationalen Sicherheitsinteressen, und ich brauche Ihre sofortige Hilfe.«

»Was, wenn ich mich weigere?«

»Dann wird der Serienkiller, hinter dem wir her sind, vermutlich eine weitere Frau töten, bevor wir ihn aus dem Verkehr ziehen können.«

»Das ist unfair!«, protestierte die Psychologin.

»Sagen Sie das nicht mir, sagen Sie das *ihm*.« Marsden zuckte mit den Schultern. »Ich habe das nicht angefangen.«

»Verstehe. Als die USA in den Zweiten Weltkrieg zogen, haben sie auch erklärt, nicht mit dem Spuk angefangen zu haben, ihn aber dennoch beenden zu wollen. Also schön. Was erwartet mich in Oslo?«

Marsden lächelte. »Zwei unserer Agenten nehmen Sie in Empfang und werden Sie, wie ich Ihnen ja in unserem ersten Gespräch bereits bedeutete, mit jemandem zusammenbringen, der den Tatort im Fall Krista Torrhof inspiziert hat. Außerdem gibt es dazu eine Hintergrundgeschichte, die Sie in diesem Ordner hier finden. Sie können sie in Ruhe während des Fluges lesen.«

»Jetzt machen Sie mich aber wirklich neugierig«, sagte die Profilerin.

»Wir glauben, jemand versucht, den Killer zu töten.« Marsdens Gesicht zeigte keine Regung.

»Wenn es stimmt, was Sie vermuten, befindet sich der Mörder auf einem Schiff, und dann kann man nur an ihn rankommen, wenn man auf das Schiff gelangt oder …«

»Eben, oder!«

Dr. Hurst schüttelte ungläubig den Kopf. »Das ist doch der helle Wahnsinn! Und wahrscheinlich erwarten Sie auch noch von mir, dass ich mich von Oslo aus irgendwie auf dieses Schiff begebe, um mit den Verdächtigen zu sprechen?«

»Nur, wenn es sich nicht vermeiden lässt. Weiteres wird Ihnen Special Agent Small in Oslo mitteilen.« Marsden lächelte verbindlich. »Madam, Ihr Flugzeug wartet.«

15. Tag, 17 : 45 Ortszeit, 18 : 45 Zulu – Russisches Jagdboot *Kugar*, 70 Seemeilen westlich der norwegischen Küste

An der Oberfläche tobte der Sturm mit unverminderter Stärke, aber alles, was man im Inneren der *Kugar* davon mitbekam, waren die Störgeräusche der Brecher, die über die See rollten. Druckveränderungen, die sich im empfindlichen Passivsonar des Bootes nicht mehr wie ein Donnern, sondern wie ein beständiges Wispern anhörten. Laut, aber nicht bedrohlich.

Als Kapitän Boris Jasselewitsch die Zentrale betrat, erhob sich Oberleutnant Sulkin aus dem Sessel und machte Meldung. »Kurs eins-drei-fünnef, Kommandant, Boot läuft siebenunddreißig Knoten in sechshundert Metern Tiefe. Kursänderung auf zwo-null-null in zehn Minuten.«

Jasselewitsch legte kurz die Hand an die Mütze. »Danke, IO. Unsere sechshundert Meter sind zu viel für ein Los-Angeles-Boot«, sagte er zufrieden. »Umgerechnet etwa 2000 Fuß, die schafft es nicht.«

»Eigentlich unvorstellbar, dass wir so tief sind«, sagte Arne Assmundson, der dem Kommandanten gefolgt war.

Jasselewitsch ließ sich in seinen Sessel fallen und griff nach dem Mikrofon. »Kommandant hier, und was haben Sie für uns?«

Der Sonaroffizier schien schon auf die Anfrage gewartet zu haben. »Nicht viel. Schwerer Seegang an der Oberfläche, Gasblasen am Grund und eventuell einen verirrten Fischer zehn Meilen in drei-eins-sechs. Dem Geräusch seiner Schraube nach muss er mindestens sieben Knoten laufen, aber er kommt so gut wie nicht vom Fleck. Ansonsten ist die See wie leergefegt.«

Oberleutnant Sulkin, der die Meldung mitgehört hatte, konnte sie bestätigen. »Während der ganzen Wache bisher keine Kontakte, auch nicht zu unseren Schiffen, aber die stehen entweder weiter im Norden oder haben sich vor dem Sturm zurückgezogen.«

»Also?« Der Kommandant fixierte seinen Ersten nachdenklich.

»Wenn es zu Kampfhandlungen in irgendeiner Form gekommen wäre, hätten wir das mitgekriegt. Unser Sonar hätte ...«

»Es hätte, wenn wir nahe genug gewesen wären. Trotzdem haben Sie irgendwie recht. Auch mir wäre es lieber, wenn wir ein Indiz dafür hätten, dass die Situation mittlerweile eskaliert ist.«

Zu Sulkins Verwunderung war dies das erste Mal, dass Jasselewitsch so etwas wie Unsicherheit zeigte.

»Wir können auftauchen und uns die Befehle bestätigen lassen, Kommandant.«

»Hatten wir das nicht schon mal? Selbst wenn wir einen Funkspruch rausbekommen sollten, bevor uns der Sturm die Antennen wegreißt, können wir nicht gerade in Ruhe abwarten, bis eine Antwort eintrudelt. Abgesehen davon, dass die Amerikaner uns auch einpeilen können. Wir sind im Einsatz, und unsere Befehle und Dienstvorschriften sind in diesem Punkt klar. Funkstille, jeden unnötigen Kontakt vermeiden, bevor wir unser Ziel erreicht haben.«

»Und dann?«

»Dann entscheiden wir. Aber sollten die Amerikaner auch nur den mindesten Versuch machen, uns anzugreifen, schicken wir ihren verdammten Träger zu den Fischen.« Seine Stimme wurde härter. »Das zumindest wird zeigen, dass die russische Marine noch existiert und in der Lage ist, zuzuschlagen, wenn nötig.«

Für einen Augenblick hing Schweigen über der Zentrale. Ein jeder der Männer dachte an etwas anderes, an Frauen und Kinder daheim, an Eltern, die Freundin, an eine verschneite Datscha irgendwo. Es gab vieles, zu dem die Männer der *Kugar* gerne zurückgekehrt wären, und wenn es wirklich zu einem Schlagabtausch mit der US Navy kommen sollte, dann stand es um ihre Überlebenschancen genauso schlecht wie um die der Amerikaner, denn dafür sorgten allein schon die immer ausgefeilteren Tötungsmaschinerien der elektronischen Kampfsysteme. Doch ein Aufbegehren dagegen war gänzlich ausgeschlossen, dafür waren die Traditionen von Pflicht und Hoffnung in jedem Einzelnen zu tief verwurzelt, wie in jeder Marine. Wie anders konnte es auch sein? Es war das Gleiche wie auf Nelsons Schiffen vor Abukir, auf Roschestwenskis

Schiffen vor Tsushima oder der *Chervona Ukraina* vor Sewastopol – der Zug in den Wahnsinn der Schlacht, zu der die Pflicht zwang, aber stets auch begleitet von der stillen Hoffnung, selbst irgendwie dennoch davonzukommen.

Boris Jasselewitsch spürte die Stimmung seiner Männer, doch eine damit verbundene kurze Schuldanwandlung bei sich unterdrückte er sogleich wieder. Sein Trachten war einzig und allein darauf gerichtet, die Ehre der Flotte zu wahren.

15. Tag, 21 : 30 Ortszeit,
22 : 30 Zulu – USS *Ulysses S. Grant,* Carrier Strike Group »Grant«

»Der Kommandant ist am Telefon, Sir!«

Admiral Jack Thornby drehte sich um. Er wusste nicht mehr genau, wie viele Stunden er in der Luftoperationszentrale zugebracht hatte. Josh Miller kümmerte sich um das Schiff, er um die Operationen, und da es sich im Augenblick ausschließlich um Luftoperationen handelte, nützte ihm seine eigene Brücke gar nichts. Er griff zum Hörer. »Hallo, Josh, wie sieht es oben aus?«

»Der Sturm tobt immer noch mächtig, Sir. Wir haben eine UKW-Antenne verloren, aber wir haben noch genügend andere. Von der Deckscrew geht keiner mehr ohne Sicherheitsleine raus.«

»Gute Maßnahme. Wie steht es um die anderen Schiffe?«

»Die *John P. Ashton* hat gerade gemeldet, sie hat die *Eidsvold* gefunden. Der Kommandant weiß noch nicht, ob sie das Schiff abschleppen können. Einer der Kreuzer hat einen Wassereinbruch durch ein leckgeschlagenes Decksluk, aber alles unter Kontrolle. Der Verband hält sich gut, aber eine Außensicherung haben wir nicht mehr. Bei diesen Verhältnissen müssen wir froh sein, wenn die anderen es überhaupt schaffen, irgendwie in der Nähe zu bleiben.«

»Höre ich da Besorgnis aus Ihrer Stimme raus?«

Josh Miller lachte leise. »Es gibt ja wohl gute Gründe, warum ein Träger immer mit Geleitfahrzeugen zusammen läuft. Zu dumm, dass uns die versprochenen U-Boote nicht mehr erreicht haben.« Er wurde wieder ernst. »Wir haben einen Spruch von Norfolk reinbekommen, via Satellit. Es könnte sein, dass das U-Boot, von dem dieser DiAngelo gesprochen hat, versucht, einen Angriff auf uns zu fahren. Es handelt sich um eine reine Warnung ohne jedwede Begründung.«

»Das klingt wieder mal nach einem unserer schlauen Geheimdienste. Glauben Sie daran?«

Miller zögerte. »Ob ich das tue oder nicht, steht nicht zur Debatte. Sir. Aber so, wie es draußen aussieht, kann uns im Augenblick ohnehin niemand angreifen. Bei dem Wetter wäre es schon ein Wunder, uns zu finden.«

»Das reicht nicht. Wir müssen auf Nummer sicher gehen, zumal ich jetzt den Verband auch nicht ablaufen lassen kann. Die Kreuzer und unser Zerstörer sollen wenigstens versuchen, Außensicherung zu fahren. Und Sie bemühen sich um eine Kontaktaufnahme mit der *Baton Rouge*. Vielleicht wissen die mehr als wir!«

»Aye, Sir!« Der Captain zögerte. »Bei allem Respekt, Sir, aber ich schlage Ihnen dennoch vor, nach Süden abzulaufen. Das hier ist nicht unser Job, und wir haben an die Sicherheit unserer Besatzungen zu denken.«

Thornby registrierte die kalte Entschlossenheit hinter Millers Worten. Irgendwann, das hatte er immer gewusst, hatte es so weit kommen müssen. Nur warum ausgerechnet jetzt, inmitten eines Killersturms und während seine Männer nichts anderes taten, als ihren Hals zu riskieren, um Menschen vor der tobenden See zu retten? Er riss sich zusammen. »Ich nehme an, Sie wollen das offiziell machen, Josh?«

»Wenn es sich nicht vermeiden lässt, Sir.«

»Noch ist das mein Verband, und ich treffe die Entscheidungen, Josh. Nehmen Sie von mir aus einen Eintrag ins Logbuch vor, wenn Sie das glücklich macht. Über den Rest reden wir, wenn das hier vorbei ist.«

Der junge Seemann, der die Verbindung zur Funkzentrale hielt, winkte, um auf sich aufmerksam zu machen. »Hubschrauber mit Turbinenproblem, teilweiser Ausfall der Elektronik, er kennt seine Position nicht. Die Funker peilen ihn in eins-zwo-null rechtweisend.«

»Einer der unseren?«

»Negativ, Sir. Ein SAR* von den Faröern.«

Thornby nickte dem Luftleitoffizier zu. »Schicken Sie eine Maschine raus, einer der Kreuzer soll etwas ablaufen und den Vogel einpeilen, dann kriegen wir ihn per Kreuzpeilung.« Er hob den Hörer seines Telefons wieder ans Ohr. »Josh, Sie haben mitgehört? Sauer sein können Sie morgen, heute haben wir einen Job zu erledigen.«

---

* SAR (Search and Rescue): Ein Seenotrettungshubschrauber.

17. Kapitel

15. Tag, 17 : 30 Ortszeit, 22 : 30 Zulu – Norfolk/Virginia

Bereits beim Anflug mit dem Hubschrauber hatte sich Marsden nochmals vergewissert, ob die notwendigen Unterlagen für ihn bereitlagen. Beliebt hatte er sich bei der Navy mit seinem Wunsch, Akteneinsicht zu nehmen, nicht gerade gemacht, zum Teil aus Prinzip – Vice Director der CIA hin oder her –, zum Teil auch weil die Unterlagen sich auch in verschiedenen Dienststellen befanden. Sold- und Pensionsunterlagen waren nur bei den zuständigen Zahlmeistern vorhanden, die ihrerseits natürlich keinen Zugriff auf Dienstunterlagen hatten. Allein diese zusammenzuführen und einem CIA-Mann zur Verfügung zu stellen war an sich schon ein für die abgeschottete Welt der Navy ungeheuerlicher Vorgang. Dass besagter CIA-Agent dann lediglich ein paar Minuten in den Unterlagen blätterte, bevor er die Ordner wütend wieder zuschlug, war geradezu empörend.

»Zwanzig Jahre, beinahe zwanzig Jahre ist es her, und diese Idioten haben die beiden immer wieder zusammen eingesetzt.« Marsden kochte im Fond des Mietwagens vor Zorn, als sie den Stützpunkt verließen.

»Ich verstehe nicht, Sir?«

Marsden sah den jungen Agenten, der ihn begleitete,

etas mitleidig an. »Miller ist dreiundfünfzig Jahre alt, Thornby beinahe vierundfünfzig. Beide waren schon zusammen in Annapolis, ihre Personalakten lesen sich wie Anleitungen für eine erfolgreiche Militärlaufbahn, wobei Miller die Nase ein wenig vorne hatte. Doch dann passierte etwas. Smith, haben Sie eigentlich die Soldunterlagen eingesehen?«

»Nein, ich habe nur mitbekommen, dass die das Einzige waren, was Sie wirklich zu interessieren schien.«

»Die Navy zahlt bekanntlich Familienzulage, weswegen auch die Ehefrauen in den Soldunterlagen aufgeführt werden.«

»Der Personalakte habe ich entnommen, dass Miller einmal verheiratet war, aber geschieden wurde. Aber das macht ihn noch lange nicht zu einem Mörder. Ich bin zum Beispiel auch geschieden.«

»Jaaaaa ...« Marsden zog den Laut in die Länge. »Aber ihre Exfrau hat nicht ein Jahr später einen Ihrer Kameraden geheiratet. Und der ist dann auch nicht zwölf Monate später Ihr Vorgesetzter geworden. Miller hat 1977 geheiratet. Seit 1975, als er in die Navy eintrat, wurde er zweimal außer der Reihe befördert und erhielt einen Orden für seine Teilnahme an einer verdeckten Operation, was sehr ungewöhnlich ist. Eigentlich hätte so gut wie nichts mehr seine rasante Karriere bremsen können.«

»Und Thornby?«

»Bei Thornby verlief alles etwas langsamer, aber verglichen mit normalen Marinelaufbahnen immer noch schnell. Beide gingen durch verschiedene Stabsstellen, sammelten Erfahrung und stiegen die Leiter empor. Doch von 1981 an ließ Millers Elan nach, die dienstlichen Beurteilungen waren nicht mehr ganz so glänzend. Aus den Soldunterlagen geht hervor, dass er

1984 zum Lieutenant Commander befördert wurde. Nur drei Monate später hatte ihn Thornby rangmäßig eingeholt. Millers Ehe wurde 1984 geschieden, und Thornby heiratete dessen Ehefrau 1985. Miller fiel in ein Loch, Thornby bekam sein erstes Kommando, und nun war er es, mit dem es steil nach oben ging. 1990 erhielt er, inzwischen zum Captain befördert, das Kommando über den Kreuzer *Shenandoah*, 1996 über die *Grant*. Aber bereits 1990 hatte Thornby erstaunlicherweise Miller als XO angefordert, der ihm dann auch auf die *Grant* folgte. Und als Thornby 1999 Konteradmiral wurde, machte er sich als Erstes dafür stark, dass Miller sein Nachfolger auf der *Grant* wurde.«

»Eigentlich müsste Miller Thornby dafür doch beinahe die Füße küssen.«

»Es gibt einen Faktor, den Sie nicht berücksichtigen. Elisabeth Scarlet Thornby geborene Stanton. Millers Exfrau.«

»Okay, Sir, wenn er Thornby oder von mir aus auch seine Ex 1984/85 ermordet hätte, dann würde ich das in gewisser Weise sogar noch verstehen können.« Der junge Smith hatte offenbar begriffen, dass Marsden ihn als geistigen Sparringspartner benutzte.

»Vorsicht mit dem Timing, Millers Probleme setzten bereits 1981 ein, drei Jahre vor seiner Scheidung. Etwas muss damals also vorgefallen sein.«

»Und wohin fahren wir jetzt?«

»Wir besuchen Mistress Thornby. Es könnte eine interessante Unterhaltung werden.«

15. Tag, 21 : 45 Ortszeit, 22 : 45 Zulu –
USS *Ulysses S. Grant*, Carrier Strike Group »Grant«

»Und zur Abwechslung wieder etwas von unseren dänischen Freunden.«

Jack Thornby sah den Luftleitoffizier verdutzt an. »Was haben die denn auf dem Herzen?«

»Danmarkshavn, eine Wetterstation auf Grönland, meldet sich nicht mehr. Das verdammte Ding liegt auf 76° 46' Nord an der grönländischen Küste.«

»Das ist über neunhundert Seemeilen von hier weg. Ist der Sturm da schon durch?«

»Wir wissen es nicht.« Im gedämpften Licht der Operationszentrale mit ihren vielen farbigen Kontrolllichtern sah der Admiral irgendwie ungesund aus.

Thornby rechnete kurz. »Ein Hubschrauber, versehen mit allen Zusatztanks, käme zwar hin, hätte dann aber keinen Sprit mehr für den Rückflug.«

»Da die Dänen keine Hubschrauber auf Grönland haben, wird es da oben weit und breit auch kein Tanklager geben.«

»Was tun wir?« Thornby begann nervös auf und ab zu gehen. »Ich habe bei der Sache kein gutes Gefühl.«

»Ich sehe keine Möglichkeit, wie wir schnell dahin gelangen könnten, Sir, ohne irgendwie eine Betankung in der Luft vorzunehmen. Aber bei diesen Wetterverhältnissen glaube ich nicht, dass unsere Piloten das riskieren.«

»Fragen wir sie doch der Einfachheit halber selbst. Wenn wir eine Tankercrew und eine Hubschrauberbesatzung finden, die sich freiwillig darauf einlassen, dann gut, andernfalls sagen wir den Dänen, sorry, aber Grönland liegt zu weit weg.«

Als der Admiral den Bereitschaftsraum der Hubschrauberbesatzungen betrat, sprang sofort einer der Männer aus seinem bequemen Sessel auf und rief: »Aaachtung!«

Die anderen folgten seinem Beispiel und nahmen Habachtstellung ein.

»Rühren!« Er sah die Flieger der Reihe nach an. »Männer, ich habe ein Problem. Über neunhundert Meilen von hier existiert auf Grönland eine kleine Wetterstation, zu der acht Mann gehören. Ob es sie noch gibt, ist eine andere Frage, denn seit Stunden können die Dänen keinen Funkkontakt mit ihr herstellen. Es hat den Anschein, als sei der Sturm direkt über sie hinweggezogen.«

»Über neunhundert ist selbst mit allem Pipapo an Zusatztanks zu weit für unsere Vögel. Bei diesem Wetter schaffen wir gerade einmal fünfhundert, wenn der Sprit noch für den Rückflug reichen soll.«

»Richtig, und dass es daher ohne eine Betankung in der Luft nicht geht, ist auch klar. Trotzdem bin ich zuerst zu Ihnen gekommen.« Das Gesicht des Admirals verriet keine Regung. »Befehlen kann und will ich niemandem von Ihnen, diesen Trip zu machen, und wenn sich keine Freiwilligen melden, dann brauche ich gar nicht erst bei unserer Tankercrew nachzufragen.«

Die Männer sahen einander an. »Acht Personen?«, vergewisserte sich einer der Piloten. Als der Admiral nickte, erklärte er: »Also gut, besorgen Sie uns einen Tanker, dann starten wir, Sir!«

»Meldet sich außer ihm noch jemand freiwillig?«

Sämtliche Männer traten geschlossen einen Schritt vor.

Jack Thornby rang sichtlich um Fassung. »Damit

habe ich nun wirklich nicht gerechnet«, bekannte er. »Aber wer fliegt denn nun?«

Einer der Piloten hob die Hand. »Wenn ich einen Vorschlag machen darf, Sir, dann sind das meine Crew und ich. Unsere Mühle ist für MedEvac* ausgerüstet, und wir haben einen Sani dabei, nur für alle Fälle.« Er grinste. »Und außerdem haben wir ein FLIR**, wenn die also irgendwo ein Feuer oder einen Ofen haben, finden wir sie leichter als jeder andere.«

»Also gut, die Argumente sprechen für Sie. Welche Maschine?«

»Hawk One-O-Six, Sir! Lieutenant Commander Kellermann.«

»Sehr gut, Sie sind damit aus der Einsatzschleife raus und machen sich für diese Geschichte bereit. Mir bleibt also nur noch herauszufinden, ob eine der Tankercrews ebenfalls verrückt genug ist, das zu riskieren.«

»Fragen Sie Joe Kellermann, Sir, der macht das glatt.«

»Noch ein Kellermann?«

Der Hubschrauberpilot grinste bis zu den Ohren. »Ein Cousin. Sie wissen, wie das geht, Marineflieger werden nicht rekrutiert, wir werden gezüchtet.«***

---

* MedEvac: Evakuierung Verwundeter aus Kampfzonen. Diese Hubschrauber sind zusätzlich mit medizinischem Gerät ausgerüstet und die Crew umfasst oft einen zusätzlichen Sanitäter.

** FLIR (Forward Looking InfraRed), Infrarot- bzw. Wärmebildsystem.

*** Ein gängiger und beliebter Witz. Tatsächlich sind aber nur etwa die Hälfte der aktiven Marineflieger Nachkommen von ehemaligen Marinefliegern.

»Dann frage ich Ihren Cousin mal zuerst.« Der Admiral schüttelte den Kopf. »Was es nicht alles gibt.«

Eine Viertelstunde später hob ein vollgetankter HH-60, die Lazarettversion der SH-60, vom Flugdeck des Trägers ab. Fluggeräte sind, einmal in der Luft, erstaunlich resistent gegenüber starken Winden, selbst wenn diese böig waren. Kritisch wurde es nur in der Umgebung von Hindernissen, also meistens bei Start, Landung oder auch bei einer Luftbetankung.

Jim Kellermann und seine Crew hatten ein paar harte Minuten zu überstehen, denn nachdem die Halteseile gelöst waren und der Hubschrauber abgehoben hatte, begann der Wind, die schwere Maschine zur Seite zu drücken. Mit heulenden Turbinen und nur wenige Yards über dem Stahldeck suchte Jim sein Heil in der Flucht. Weg von dem Träger und ab nach oben. Schlingernd und taumelnd gewann der Helikopter an Höhe und verschwand in der Dunkelheit. Augenblicke lang waren noch die blinkenden Positionslichter zu sehen, aber keiner blickte ihnen nach. Die Männer wollten nichts als runter vom Deck und raus aus Nässe und Sturm.

Admiral Thornby schüttelte die durchnässte Mütze aus und marschierte auf die Kommandantenbrücke. In einer Stunde würde die S-3B Viking von Joe Kellermann einen Start versuchen. Sollte der nicht möglich sein, dann hatte Jim genug Treibstoff, um zum Träger zurückzukehren.

Miller musterte ihn kurz. »Sie waren an Deck?«

»Ich habe mir den Start von Hawk One-O-Six angesehen und will die *Shenandoah* hinterherschicken, um deren Rückweg zu verkürzen. In acht Stunden kann der Kreuzer bereits außerhalb des Sturms stehen.«

»Aye, Sir. Ich sorge dafür, dass sie Ihre Befehle erhält.«

»Danke! Ich gehe wieder runter in die Luft-OPz. Da bin ich im Augenblick am meisten nütze.« Der Admiral tippte kurz an die Mütze und eilte den Niedergang hinunter, eine Spur von Wassertropfen hinter sich herziehend.

Der Navigationsoffizier hob den Kopf und lächelte. »Benutzt er eigentlich *jemals* seine Admiralsbrücke?«

»Nicht, wenn er es vermeiden kann.«

Eine Stunde später startete die S-3B Viking von Joe Kellermann. Das Katapult schnellte das schwere Flugzeug vorwärts wie ein Spielzeug, genau hinein in den Sturm. Der übliche Startvorgang lief so ab, dass der Träger gegen den Wind drehte und volle Kraft lief, denn der Auftrieb eines Flugzeuges wurde größer, je schneller der Wind seine Tragflächen umströmte. Wenn die *Grant* mit beinahe fünfunddreißig Knoten gegen einen Wind von zehn Knoten lief, verschaffte sie ihren Flugzeugen beim Start einen nicht zu unterschätzenden Zusatzauftrieb. Trotzdem bestand immer das Risiko, dass ein Flugzeug dennoch durchsackte. Nur heute nicht!

Das Katapult beschleunigte die Viking innerhalb von Sekunden auf über hundertzwanzig Knoten hinein in einen Wind, der mit noch einmal einhundertsechzig Knoten von vorne kam. Schon bevor Kellermanns Maschine das Ende des Flugdecks erreicht hatte, hob sie ab und ging in den Steigflug.

Der erste Versuch, Mrs Elisabeth Scarlet Thornby zu treffen, klappte nicht, weil die Frau des Admirals nicht zu Hause war. Das Dienstmädchen, dem Roger Marsden seinen CIA-Ausweis unter die Nase hielt, teilte ihm mit, dass die Dame des Hauses selten abends vor neun Uhr heimkäme, wenn ihr Mann in See sei. Derzeit könne es aber noch später werden, da in der kommenden Woche die Eröffnung einer neuen Ausstellung in ihrer Galerie stattfinden würde. Marsden ließ sich die Adresse geben.

Als er wieder im Auto saß, sagte er zu seinem Begleiter Smith: »Dienstmädchen im schwarzen Kleid mit weißem Schürzchen, ich dachte, ich bin im falschen Film. Trotzdem nicht ganz unpassend zu dieser bombastischen Villa. Um sich einen solchen Prachtbau auf einem derart großen Anwesen leisten zu können, reicht kein Marinesold aus. Ergo scheffelt wohl die gnädige Frau das Geld mit ihrer Galerie. Na ja, werden es gleich sehen.«

Wenig später hielt der Wagen vor einem architektonisch extravaganten Gebäude, das die Galerie beherbergte. Auf einem dezenten Messingschild war lediglich der Name »Thornby's« eingraviert.

Hinter den bis zum Boden reichenden riesigen Fenstern wuselte eine Menge Leute geschäftig herum. Da der Eingang verschlossen war, klopfte Marsden mehrmals laut und vernehmlich an die Scheibe. Als drinnen endlich ein junger Mann mit Pferdeschwanz auf ihn aufmerksam wurde, zückte er seinen Dienstausweis. Nach einem kurzen Blick darauf verschwand das modisch schnieke Kerlchen einfach hinter einer der vielen Stellwände.

Bis er in Begleitung einer eleganten Dame wieder zurückkehrte, vergingen etliche Minuten. Marsden hielt seinen Ausweis in die Höhe, und Mrs Thornby, denn nur um die konnte es sich handeln, bedeutete ihrem Adlatus, einen Flügel der Glastür zu öffnen.

»Ich nehme an, Sie sind Mr Marsden. Lizzy hat mich bereits von zu Hause aus informiert, dass Sie hier vorbeikommen würden.« Sie lächelte verbindlich. »Auch wenn es wahrscheinlich einfacher gewesen wäre anzurufen.«

»Mag sein, doch manche Dinge erfordern ein persönliches Gespräch.«

»Ich hoffe, Sie überbringen mir keine schlechten Nachrichten, die meine Mann betreffen.«

»Nein, Mrs Thornby. Er ist auf See, sein Verband leistet nach meinem letzten Kenntnisstand den Opfern eines katastrophalen Sturms Hilfe, doch soweit ich weiß, geht es ihm und seinen Leuten gut.«

Mrs Thornby sagte weiter nichts dazu, sondern sprach den jungen Mann an, der abwartend neben ihr stand. »Jasper, das Licht im hinteren Bereich ist noch nicht optimal. Und kümmere dich bitte darum, dass diese schauderhaften Vorhänge verschwinden. Wir sollten für diese Ausstellung noch genügend von dem blauen Satin haben. Also, an die Arbeit.« Sie wartete nicht ab, was Jasper dazu zu sagen hatte, sondern wandte sich Marsden und Smith zu. »Gehen wir in mein Büro, da sind wir ungestört.«

15.Tag, 22 : 15 Ortszeit, 23 : 15 Zulu –
USS *Baton Rouge*, etwa hundert Meilen nördlich von USS *Grant*.

»Kontakt in Grün null-null-fünnef, Sir. Abstand etwa zehn Meilen. Zerstörer *John P. Ashton*, läuft geschätzt sechzehn Knoten«, meldete der Sonaroffizier. »Jedenfalls macht er Umdrehungen für die Geschwindigkeit, aber da ist noch etwas hinter ihm. Ich kann es nicht genau ausmachen in diesem Durcheinander.«

DiAngelo schupperte sich das Kinn. Sie fuhren in sechshundert Fuß Tiefe mit fünfunddreißig Knoten und Passivsonar. Was die Abstände anbetraf, so handelte es sich dabei um Schätzungen, die in der Regel aber erstaunlich präzise waren. Ein guter Sonaroffizier, der seine Ausrüstung kannte, konnte unter normalen Bedingungen Entfernungen auf plus/minus eine Seemeile schätzen, allein schon aufgrund der Lautstärke, die er mit denen früherer Begegnungen verglich. Doch wenn an der Oberfläche die Hölle tobte, dann waren die Schätzungen natürlich nicht mehr so genau. »Können Sie versuchen, die Geräusche zu beschreiben?«

»Das Maschinengeräusch ist die *Ashton*. Wir sind so lange mit dem Burschen zusammen rumgegurkt, ich erkenne ihn im Schlaf. Verzeihung, Sir!«

»Schon gut. Kann es sein, dass er ein Schleppsonar ausgebracht hat?«

»Ich glaube nicht. Für mich hat sich das eher angehört wie Metall auf Metall, Werkzeuge möglicherweise, aber alles ist überlagert, denn da oben muss ganz schön was abgehen, Sir!«

»Was haben wir?«, fragte Commander Martinez, als er in die Zentrale zurückkehrte, nachdem er kurz in seiner Kammer gewesen war, um sich seiner Bartstoppeln zu entledigen.

»Kontakt zur *John P. Ashton.* Sie läuft Umdrehungen für etwa sechzehn Knoten, ungefähr zehn Meilen vor uns.«

»Kennen Sie den Zossen etwa?«

»Er hat mir mal einen Mordsschrecken eingejagt, vor Afrika. Aber da war er noch Fullspeed-Walkers Flaggschiff.«*

»Es würde mich freuen, wenn Sie mir die Geschichte bei passender Gelegenheit mal erzählen. Nur – was machen wir jetzt?«

»Sonar sagt, hinter der *Ashton* sei etwas, allerdings kein Schleppsonar. Er glaubt, das Geräusch könne eventuell von Werkzeugen stammen. Und der Zerstörer läuft gerade einmal Umdrehungen für sechzehn Knoten.«

»Irgendwie rätselhaft, Sir. Wir haben keine anderen Kontakte?«

»Negativ, nichts rührt sich.«

»Dann kann das nur bedeuten, der Zerstörer befindet sich entweder auf dem Weg hin zum Verband oder weg von ihm. In beiden Fällen müsste er allerdings eine höhere Fahrt laufen, denn er ist mit seinem Gleitrumpf nicht für diese Rumkrebserei gebaut und muss daher gottserbärmlich schlingern. Eigentlich kann es nur einen vernünftigen Grund geben, warum er sich das antut: Der verrückte Hund hat einen anderen im Schlepp, dessen Maschine nicht mehr funktioniert.«

»Könnte zutreffen«, pflichtete Bob ihm bei. »Falls er an ein Schiff in Seenot geraten ist, dann wird er natürlich alles daransetzen, es auch zu retten, gleichgültig, ob ein Russe, Norweger oder Däne. In diesem Sturm sind alle gleich.«

---

* Siehe Peter Brendt: *Crashdive.*

»Verdammte Gringos!«, knautschte Martinez zwischen den Zähnen hervor, um gleich darauf klar und deutlich zu befehlen: »Steuerbord zehn! Neuer Kurs wird zwo-vier-null! Sonar melden, wenn die *John P. Ashton* steuerbord querab peilt.«

Bob sah ihn an. »Parallelkurs und dann versuchen, einen Blick zu erhaschen?«

»Sofern das klappt bei diesem Wetter. Immerhin könnte er uns wissen lassen, wo der Träger steckt.«

15. Tag, 22 : 15 Ortszeit, 23 : 15 Zulu – USS *John P. Ashton*,
etwa hundert Meilen nördlich von der USS *Grant*

Der Kommandant betrachtete aus geröteten Augen das schlingernde Schiff achteraus. Die *Eidsvold* hatte es ganz schön erwischt. Mehrfach war sie quer von Brechern überrollt worden, Luken waren gebrochen, Aufbauten eingebeult, und der Buganker war zusammen mit Kette und Ankerspill verschwunden. Außer den tragbaren Lampen brannte kein Licht, weder auf dem Deck noch auf der Brücke, denn das Schiff produzierte keinen Strom mehr, seit die Maschinen sich auf der Bettung verschoben hatten. Immerhin hatte er bereits Leute übergesetzt, die bei den Reparaturen halfen. Ob es gelingen würde, die Maschinenanlage wieder in Gang zu bringen, war zweifelhaft, aber es wäre allein schon ein Erfolg, den Frachter bei diesem Wetter über Wasser zu halten. Erneut hob der Captain das Glas und sah zu, wie die *Eidsvold* über den Wellenkamm balancierte, den sein Zerstörer gerade hinter sich gelassen hatte. Donnernd stieß ihr eigener Bug in den nächsten Wellenberg, und unter protestierendem Knirschen begann das Schiff wieder zu klettern. Aber der Kommandant ließ den Blick nicht von dem Frachter. Beinahe trotzig folgte das Schiff dem Zug der schweren Schlepptrosse.

Der Erste steckte den Kopf in die Brückennock. »Sonar hat Kontakt in etwa eins-acht-null, Sir, und ist ziemlich sicher, das es die *Baton Rouge* ist.«

Der Kommandant wandte sich langsam um. »Die *Baton Rouge* – wie schön! Nicht, dass sie uns groß wird helfen können, aber es ist nett, Freunde hier in der Gegend zu wissen.«

18. Kapitel

16. Tag, 23 : 00 Ortszeit, 00 : 00 Zulu –
USS *Baton Rouge*, etwa hundert Meilen nördlich von USS *Grant*

Die *Baton Rouge* schwankte wie ein wild gewordenes leeres Ölfass, aber wenigstens versuchte sie nicht, einfach den nächsten Wellenberg hinunterzurollen. Die Sehrohrtiefe von knapp sechzig Fuß entsprach mehr oder weniger der durchschnittlichen Höhe der Brecher, aber da eine Welle zu zwei Dritteln unter Wasser läuft, ging es dem U-Boot nicht viel besser als einem an der Oberfläche schwimmenden Stück Treibholz.

»Ich sehe gar nichts!« Frustriert schwenkte Commander Martinez das Periskop zurück in die angegebene Peilung. »XO, noch ein Versuch! Halten Sie das Boot für einen kurzen Moment geradeaus.«

»Aye, aye, Sir, wir tun unser Bestes!« Aber Turk wusste so gut wie sein Kommandant, dass dies nahezu unmöglich war. Da die *Baton Rouge* nicht genau mit dem Seegang lief, versuchte jeder Brecher den Bug herumzudrücken, als habe die See eine eigene zerstörerische Intelligenz, als wisse sie, dass sie am besten würde zuschlagen können, wenn sie ihr Opfer quer zum Seegang zwang, um es unter Tausenden Tonnen Salzwasser zu begraben.

Martinez spürte das Vibrieren des Sehrohres. Die Böen zerrten an jedem noch so winzigen Vorsprung, und das ausgefahrene Periskop war gar nicht einmal so klein. Wütend presste er das Gesicht gegen den Gummiwulst, während sich das Boot unter seinen Füßen wieder auf die Seite legte. Er hielt den Atem an. »Da! Ich sehe ihn!«

Für Sekundenbruchteile balancierte das U-Boot auf einem Wellenkamm. Eigentlich hätte es getaucht sein müssen, aber durch die plötzlich steigende Wassertiefe, während sich der Wellenberg über ihnen auftürmte, nahm auch wieder der Auftrieb zu, und das Boot stieg unkontrolliert auf, getrieben von der Kraft seiner Schrauben, die plötzlich abwärts zeigten. Doch in diesem Fall war es Glück, denn ein Stück entfernt erklomm die schlanke Form des Zerstörers ebenfalls einen Wellenkamm. Das Bild erschien vor Martinez' Augen und verschwand beinahe sofort wieder, als sich der Vorhang aus heranwehendem Schnee und Spritzwasser wieder schloss.

»Unsere Vermutung trifft zu, der Zerstörer schleppt ein Schiff, hinter ihm ist ein großer dunkler Schatten!«

Die *Baton Rouge* taumelte auf die andere Seite und beschleunigte plötzlich. Wie auf einer Riesenrutsche ging es diagonal den nächsten Brecher hinab. Die Tiefenanzeige schnellte beinahe sprungartig auf zweihundert Fuß, bevor das Boot zur Ruhe kam. Männer verloren den Halt und rutschten hilflos auf dem Stahldeck zur tiefer gelegenen Seite. Lose Gegenstände schepperten zu Boden, und in der Kombüse ging mal wieder etwas zu Bruch. Kaum jemand war ohne einen blauen Fleck davongekommen, und dabei waren sie erst seit ein paar Minuten auf Sehrohrtiefe.

»Die Funker sollen ihn auf UKW anrufen. Wir müssen wissen, wo der Träger ist«, erklärte Bob, der sich an den Armlehnen des Kommandantensessels festgeklammert hatte. »Oder kriegen wir schon sein Radar im WLR* rein?«

»Die Funker versuchen, sich schlauzumachen, aber es gibt immer wieder Störungen. Der FMO** will lieber die *Grant* kontaktieren.«

»Und was hat der Experte da zu bieten?«

»Ein Signal auf 942 MHz, was dem 2D-Luftzielradar des Trägers entspräche. Es müsste allerdings irgendwo reflektiert werden, deswegen traut er der Peilung nicht.« Turk klammerte sich an einen Gerätehalter, als das Boot sich wieder überlegte und gleichzeitig den Bug hob.

Commander Martinez schimpfte: »Dann soll er sich beeilen, damit wir wieder runterkönnen.« Ihm stockte der Atem. »Oh, mein Gott!« In seinem Gesichtsfeld türmte sich eine schwarze Wand. »Festhalten, Freakwave!« Deren Flanke war steiler als alles, was Martinez bisher gesehen hatte. Instinktiv blickte er auf die Peilung. Beinahe null-neun-null, Steuerbord querab. Der Zerstörer stand an Backbord! Martinez klappte die Griffe nach oben und versuchte das Sehrohr einzufahren, aber es war bereits zu spät. Mit der Gewalt von gigantischen Schmiedehämmern donnerte die Wasser-

---

* WLR (Weapon-Location Radar, Waffenlokalisierungsradar): Erfassungssystem für elektromagnetische Wellen. Der Empfänger WLR-8(V), auf den Atom-U-Booten der Los-Angeles-Klasse an einem ausziehbaren Mast befestigt, wird benutzt, um Radar- und Funkimpulse aufzufangen und nach Richtung einzupeilen, um dadurch Schiffe zu entdecken, die sich außerhalb der Sonarreichweite befinden. Anhand der empfangenen Frequenzen kann auch abgeschätzt werden, um was für ein Gerät es sich handeln könnte, das da sendet.

** FMO: Fernmeldeoffizier, also Funkoffizier. Entspricht dem Communications Officer in der US Navy.

masse gegen den Bug und den Turm, presste durch ihr schieres Gewicht und ihre kinetische Energie das Heck noch tiefer unter Wasser und überrollte das Boot beinahe von querab.

Das obere Ende des Sehrohres wurde abgeknickt, der Servomotor, der das Periskop einfuhr, stoppte abrupt. Die Stahlröhre legte sich ächzend und protestierend auf die Seite.

Im Inneren des Bootes brach das Chaos aus. Der Krängungslageanzeiger schlug nach Backbord bis zum Maximum aus und verharrte dort. Männer wurden durch den engen Raum geschleudert, bevor sie hart auf die Bordwand trafen. Schreie und Flüche erfüllten den Raum, lose Gegenstände rasten wie Geschosse durch die Gegend. Lampen flackerten und erloschen, teilweise herrschte fast völlige Dunkelheit, nur Leuchtmarkierungen, die den Weg zum nächsten Luk anzeigten, strahlten ein wenig Licht ab.

In der Zentrale wurde Bob aus dem Sessel des Kommandanten geschleudert und schlug hart gegen die Konsole, bevor er mit einem unfreiwilligen Salto darüber hinwegsegelte. Ein stechender Schmerz zuckte durch sein ohnehin kaputtes Bein, als er, die Füße voran, gegen die Zentralkonsole an der Backbordseite prallte. Martinez landete gleich danach auf ihm, und dessen Ellenbogen traf ihn hart in die Rippen. Bob schnappte nach Luft.

Der XO durchschlug den gläsernen Plotschirm und rutschte blutend und fluchend zusammen mit dessen Resten nach backbord achtern, bis seine Finger Halt am Bein eines Gerätetisches fanden.

Doch die *Baton Rouge* war immerhin nicht gekentert. Ein leichtes Zucken des Kränkungslageanzeigers signalisierte, dass die Monsterwelle offenbar über das

Boot hinweggerollt war. Der Druck auf den Bootskörper ließ nach, und wie ein Pendel richtete es sich wieder auf und schlug zur anderen Seite. Das Ungeheuer war weitergezogen, und es blieb nur zu hoffen, dass die *John P. Ashton* und die hilflose *Eidsvold* ihm nicht zum Opfer fielen.

16. Tag, 19 : 00 Ortszeit, 00 : 00 Zulu – Norfolk/Virginia

Als Roger Marsden fast eine Stunde später das Büro von Elisabeth Thornby verließ, fühlte er sich leer und ausgelaugt. Nicht von einem langen anstrengenden Tag, denn die war er zur Genüge gewohnt. Es handelte sich eher um eine geistige Art der Erschöpfung. Er hatte in seinem Leben mit vielen Menschen gesprochen – Terroristen, die bereit gewesen waren, sich selber in die Luft zu sprengen, um einen Platz in einem wie auch immer gearteten Himmelreich zu ergattern, und für die ihre Opfer nichts anderes als fehlgeleitete Ungläubige waren, Terroristenführer, für die diese Selbstmordattentäter nichts anderes waren als missbrauchte Werkzeuge, um die eigenen Machtansprüche durchzusetzen und dem eigenen irrealen Hass zu frönen.

Er hatte mit Militärs zu tun gehabt, die gewissenlos in Vietnam das Leben ihrer Soldaten gefährdet hatten, mit christlichen Fundamentalisten, die an ein weißes Ariertum unter Gottes Herrschaft glaubten,* und auch mit Staatsführern, die ein Fünftel ihre Bevölkerung verhungern ließen, nur um ja keine amerikanische Hilfe ins Land zu lassen.**

---

* Siehe Peter Brendt: *Crashdive.*

** Siehe Peter Brendt: *Shallow Waters.*

An Begegnungen mit Verrückten, Wahnsinnigen, Machtbesessenen, Egozentrikern aller Couleur hatte er keinen Mangel gehabt – dennoch hatte ihn Elisabeth Thornby zutiefst erschreckt, und er konnte nicht einmal benennen, warum. Vielleicht war es ihre letzte Frage gewesen.

»Ein eiskaltes Weib, Sir!«, sagte Smith, während sie zurück zum Wagen gingen. »Ich kann nachvollziehen, dass sie einen Mann zum Wahnsinn treiben kann, aber wieso hat er dann nicht *sie* getötet?«

Agent Smith wirkte trotz seiner schwarzen Hautfarbe eher aschfahl und genauso schockiert wie Marsden selbst. »Weil er es trotz allem nicht fertiggebracht hat.«

»Sie bedeutet ihm immer noch etwas, und er ist nie wirklich von ihr losgekommen?«

»Scheint so zu sein. Er hat nie wieder geheiratet, in all den Jahren nicht. Und erinnern Sie sich, was sie gesagt hat: ›Er besuchte, so ihm das möglich war, immer meine Ausstellungen und Vernissagen.‹«

»Vielleicht haben Sie ja recht, Sir.« Er lächelte gequält. »Sie war jung, hübsch, von sich selbst eingenommen und wollte sich nicht mit der Rolle als brave Frau eine Navy-Offiziers abfinden. Sie wollte sich darüber hinaus selbst verwirklichen.«

»So in etwa hat sie das ja ziemlich unverhohlen auch ausgedrückt«, sagte Marsden. »Wenn Sie mich allerdings fragen, dann war das eine Suche nach dem Nichts.«

Smith schüttelte den Kopf. »Ich begreife es immer noch nicht ganz. Sie hat ihren Mann regelrecht benutzt, seinen Sold dazu hergenommen, ihre erste Galerie aufzubauen, seine Kontakte, um Leute kennenzulernen, die ihr weiterhelfen konnten. Dennoch wirft sie ihm nachträglich vor, er habe immer alles kontrollieren wollen.«

»Ich wette, Miller war damals bis über beide Ohren verschuldet – ihretwegen! Und als von dem für ihre ehrgeizigen Pläne nichts mehr zu erwarten war, hat sie sich eben einen anderen Dummen gesucht.«

»Thornby ist wohl auch nicht gerade blöd, aber dennoch schon sehr lange mit ihr verheiratet.«

»Er ist ein völlig anderer Typ. Eine attraktive Ehefrau vorweisen zu können ist für ihn vermutlich so etwas wie die Abzeichen in seinem Klempnerladen an der Uniformbrust. Und sie brauchte eben damals einen neuen Vorzeigemann, hinreichend solvent. Heutzutage ist sie darauf nicht mehr angewiesen, denn ›Thornby's‹ hat bereits Dependancen in New York und London, und sie ist es, die die Kohle macht. Folglich führen sie eine glückliche Ehe – beide haben, was sie wollten.«

Sie hatten den Wagen erreicht, der sie wieder zur Naval Base zurückbringen würde, und stiegen ein. Im Fond herrschte Schweigen, bis Marsden mit einer etwas seltsamen Frage herausrückte. »Smith, trauen Sie sich eine inoffizielle Ortsbesichtigung zu?«

»Sie meinen einen Einbruch, Sir?«

»Na ja, irgendwo muss Miller hier ja auch wohnen, wenn er nicht auf See ist. Sein Schätzchen hat ihn ausgebeutet, seine Karriere ruiniert und sich dann mit einem Offizierskameraden eingelassen.«

»Das mit der ›Nachschau‹ werde ich deichseln.« Smith zögerte. »Aber eines verstehe ich trotzdem noch nicht: Warum hat Thornby später versucht, Miller zu fördern?«

»Vielleicht weil er ein schlechtes Gewissen hatte, oder auch nur, um ihn besser im Auge behalten zu können, da er sich ausrechnen konnte, dass Miller irgendwann zurückschlagen würde.« Marsden merkte, wie der unbändige Zorn wieder zurückkehrte, den er in Mrs Thornbys Büro gespürt hatte. *Die* Frage. Sie hatte mit den Schultern gezuckt und ihn offen angesehen. *Sind wir nicht alle selbst verantwortlich für das, was wir tun?* Marsden lächelte grimmig. *Sie muss sich ziemlich sicher fühlen.*

16. Tag, 23 : 01 Ortszeit, 00 : 01 Zulu –
USS *John P. Ashton*, etwa hundert Meilen nördlich von USS *Grant*

Das Ungetüm raste weiter über die See, mindestens dreimal so hoch wie die Brecher, die in endlosen Reihen von Nordwesten heranmarschierten. Und beinahe von Westen kam die schrecklichste Gefahr von allen – die Freakwave.

Der Kommandant des Zerstörers hielt sich nicht mit langen Vorreden auf. Noch während des Schiff hart nach Steuerbord drehte, heulten die Sirenen auf. Ein verzweifelte Alarm, um die Männer auf der *Eidsvold* auf die drohende Gefahr aufmerksam zu machen. Weißer Schaum und eine hohe Heckwelle brandeten hinter dem Schiff auf, als die Gasturbinen auf höchste Drehzahl gingen. Die Schrauben mit einem Durchmesser von über siebzehn Fuß begannen zu rasen. Unter normalen Umständen hätte es nur Minuten bedurft, den Rumpf des großen Zerstörers auf dreißig Knoten zu beschleunigen.

Bedingt durch die ins Schlepp genommene Masse des norwegischen Frachters verlief das Manöver weitaus langsamer. Tief sackte das Heck der *Ashton* ins Wasser, während ihr Bug sich hob. Die mehr als armdicke Schlepptrosse wurde durch die plötzlichen Kräfte aus dem Wasser gerissen, Kardeele streckten sich bis zur Grenze des Zerreißens. Aber noch hielt die Manila-Trosse. Keine Stahlleine und keine moderne Kunststofftrosse gleicher Dicke hätte diesen Kräften widerstehen können, aber Tausende und Abertausende dünner Hanffäden, verdreht, ineinandergeflochten und wieder verdreht, vermochten es. Zumindest für den Augenblick.

Der Zerstörer fuhr herum wie ein gestelltes Raubtier. Einhunderttausend PS, erzeugt von vier gewaltigen Gasturbinen des Typs LM-2500–30, wirkten auf zwei Bronzeschrauben mit Verstellpropellern. Die *John P. Ashton* war wie alle Zerstörer eher für hohe Fahrt und große Manövrierfähigkeit gebaut. Aber nun, da pure, schiere Kraft gefordert war, zeigte das Schiff, was es leisten konnte. Die Schlepptrosse kam steif, und gegen die Kräfte der Natur begann der Bug der havarierten *Eidsvold* aus dem Wind zu drehen, Zoll für Zoll. Schon zeigte der Bug des Zerstörers nicht mehr nach Südwesten, sondern nach Westsüdwest. Die Zahlen tickerten durch die Sichtscheiben der Kompasstöchter, zweihundertvierzig, zweihundertfünfzig.

Die Frauen und Männer auf der breiten Brücke des Kriegsschiffes starrten wie gebannt auf die gigantische Wasserwand, die sich vor ihnen auftürmte. Momente später erfolgte der hammerharte Aufprall auf den Bug. Mit schier unvorstellbarer Gewalt überliefen die schwarzen Wassermassen den Bootskörper, rissen eine Ankerkette mit sich und erreichten den vorderen Geschützturm, noch während der Auftrieb des Bugs den Rumpf höher und höher zwang.

Mühsam erkämpfte das Schiff seinen Weg nach oben. Die über das Deck rasende Wasserflut riss den

Geschützturm endgültig mit sich, die Brücke erbebte unter dem Anprall der Wassermassen, die Fenster brachen, die schäumende Brandung drang in Geräte und verursachte Kurzschlüsse. Vom Brückendach wurden ein paar der niedriger montierten Radarantennen heruntergerissen und schlugen zusammen mit dem Brecher auf das Achterdeck. Für Augenblicke schien es, als würde das Kriegsschiff selbst zum U-Boot werden, aber nie wieder auftauchen. Doch urplötzlich hatte der gespenstische Spuk ein Ende. Aus allen Speigatten triefend und mit nach wie vor heulenden Alarmsirenen tauchte die *John P. Ashton* aus der Monsterwelle wieder auf.

Für Sekundenbruchteile hing etwa ein Viertel des Rumpfes, beginnend mit dem scharf geschnittenen Bug, frei in der Luft. Eine äußerste gefährliche Situation, in der der Rumpf den wirkenden Kräften nicht mehr standhalten und unter der Last des eigenen Gewichts zerbrechen konnte. Doch langsam, beinahe wie in Zeitlupe, kippte der Rumpf der *Ashton* nach vorne ab, während sich das Heck durch die wirbelnden Wassermassen nach oben kämpfte. Erneut nahm das Schiff Wasser auf, bekam Schlagseite, eine der Wellen verzog sich, als die große Schraube Augenblicke lang in der Luft schlug, aber noch bevor sie sich selbst und alles rund herum in kleine Fetzen zerlegen konnte, rutschte der Zerstörer ins nächste Wellental, und die Schraube griff wieder Wasser.

Die Schlepptrosse straffte sich erneut. Die Monsterwelle rollte über die *Eidsvold*. Das war zu viel, mit scharfem Knall barst die schwere Trosse. Nur noch Gebete konnten den Männern auf dem Frachter helfen.

16. Tag, 23 : 02 Ortszeit, 00 : 02 Zulu – Russisches Angriffs-U-Boot *Kugar*, etwa 100 Seemeilen nordwestlich der *Grant*

Die *Kugar* näherte sich in einem weiten Bogen dem Gebiet zwischen Island und den Faröern.

»Noch etwa drei Stunden, Kommandant, dann wissen wir mehr«, erklärte Oberleutnant Sulkin. »Selbst bei diesem Wetter sollten wir den Zerstörer über etliche Meilen Entfernung erfassen können.«

»Sehr gut, IO.« Er dachte nach. »Wir werden sehen, wie die Amerikaner reagieren.« Das Gesicht des Kapitäns zweiter Klasse Jasselewitsch wurde hart. »Wenn sie auch nur zucken, schlagen wir zu. In diesem Spiel gibt es keinen freundlichen Mitwirkenden.«

»Womit rechnen Sie?«

»Normalerweise mit zwei Kreuzern, zwei Zerstörern, zwei Fregatten und ein bis zwei U-Booten. Heute dürfte sich das etwas anders darstellen. Einem der U-Boote sind wir schon begegnet, und wahrscheinlich ist es noch nicht zurück. Die Fregatten sollten weiter nach Süden detachiert sein, da sie sich in diesem Wetter nicht halten können. U-Boot-Jagd mit Helikoptern geht bei diesem Wetter auch nicht. Sollte ein Hubschrauberpilot so verrückt sein, sein Tauchsonar ausbringen zu wollen, zögen ihn die Brecher sofort hinunter. Rechnen Sie daher mit ein bis zwei U-Booten. Den Rest können Sie vergessen.«

16. Tag, 23 : 15 Ortszeit, 00 : 15 Zulu – USS *Baton Rouge*, etwa 100 Seemeilen nördlich von USS *Grant*

»Die meisten unserer Antennen fehlen, wir haben nur noch UKW. Dem Zerstörer geht es ähnlich. Er kann mit dem Norweger im Schlepp etwa sechzehn Knoten laufen, ohne ihn fast das Doppelte.«

»Ein Wunder, dass der Norweger überhaupt noch schwimmt. Muss ein zäher alter Kasten sein«, meinte DiAngelo anerkennend.

»Der Kommandant des Zerstörers ist dabei, seine letzte Trosse auszubringen. Wenn alles glattgeht, dann können sie das Schiff bis zum Morgen durchbringen.«

»Und er kommt klar?«

»Sagt er zumindest. Ziemlich übel zugerichtet sind beide, noch so ein Monstrum würden sie nicht überstehen.«

Die *Baton Rouge* legte sich erneut über.

»Und wie steht es um uns?«

Martinez klammerte sich am Sehrohr fest. »Bagatellschäden, jedenfalls größtenteils. Wir sind tauchklar und können hohe Fahrt laufen. Die Entscheidung liegt bei Ihnen, Sir!«

»Geben Sie an *John P. Ashton:* Sowie er wieder Funkkontakt hat, soll er den Träger warnen. Angriff durch ein U-Boot wahrscheinlich. Dann wünschen Sie ihm viel Glück. Er kann es brauchen.«

»Aye, aye, Sir!«

Bob sah den Kommandanten ruhig an. »In zwei Stunden gehen wir in Gefechtsbereitschaft. Bis dahin will ich wissen, was noch funktioniert und was nicht. Also ab mit uns in den Keller und so schnell es geht zur *Grant*. Und sehen Sie zu, dass die Männer vorher was zu essen kriegen.«

19. Kapitel

16. Tag, 02 : 00 Ortszeit, 03 : 00 Zulu –
USS *Baton Rouge*, zwischen Island und den Faröern,
Operationsgebiet der Carrier Strike Group »Grant«

»Zwanzig Knoten, Backbord zehn!«, ordnete DiAngelo an. »Commander, wir umkreisen den Träger einmal, um zu sehen, ob das Gebiet sauber ist. Mit etwas Glück sind wir vor der *Kugar* hier eingetroffen.«

»Und verdammt viel Glück werden wir weiterhin brauchen«, erklärte Martinez.

»Ich weiß, mit einem Flight-I-Boot gegen das beste Boot der Russen anzutreten klingt etwas wild. Betrachten Sie es als Herausforderung, Commander.«

»Wenn Sie meinen, Captain.«

»Schön, dann suchen Sie mal das Gebiet ab. Ich drehe noch mal eine Runde durchs Boot.«

»Aye, aye, Sir!« Martinez legte die Hand an die Mütze.

John Turk, der XO, wartete, bis der Captain die Zentrale verlassen hatte. »Glauben Sie, die *Kugar* ist irgendwo hier?«, fragte er seinen Kommandanten.

»Noch nicht. Wir haben gute Fahrt gemacht, sie hingegen muss erst suchen. Aber sie wird kommen … bald.«

»Sonar für Zentrale: Kreuzer *Missouri River* in Rot null-sechs-vier, Abstand etwa sieben Meilen, läuft hohe Fahrt.«

»Die Kameraden haben uns nicht einmal mitbekommen und …« Er hielt inne, weil der Kommandant zu seiner Konsole stürzte und sich das Mikro schnappte. »Sonar, noch einmal, Sie sagten, er läuft hohe Fahrt?«

»Seinen Umdrehungen nach muss er über dreißig Knoten laufen, obwohl bei diesem Wetter … Verdammt, er dreht!«

»Danke!« Martinez wirbelte herum. »Geben Sie sofort stillen Gefechtsalarm, XO! Jasselewitsch und die *Kugar* sind da!«

16. Tag, 02 : 00 Ortszeit, 03 : 00 Zulu –
USS *Missouri River*, zwischen Island und den Faröern,
Operationsgebiet der Carrier Strike Group »Grant«

Der Kreuzer drehte nach Steuerbord, während die wirbelnden Schrauben weiße Schaumstreifen auf der schwarzen glasigen See hinterließen. Beinahe querab rutschte das Schiff in das nächste Wellental. Der nächste Brecher erfasste den schweren Rumpf und drückte ihn nach Backbord, aber Wasserdruck, Ruder und Schrauben taten gemeinsam ihre Wirkung. Auf engstem Wendekreis fuhr der Lenkwaffenkreuzer herum wie ein gereizter Tiger. Augenblicke später traf der nächste Brecher bereits das Achterschiff, während der Bug schon wieder in Richtung des Wellenberges zeigte, über den das Schiff gerade erst hinweggeklettert war.

»Kontakt dreht nach Backbord, Abstand vierzehn Meilen, Tiefe achthundert Fuß, Geschwindigkeit geschätzt dreißig Knoten.« Der ASW-Offizier zögerte. »Geräuschprofil deutet auf ein Akula hin, aber es entspricht keinem der gespeicherten Profile in allen Punkten.«

»Wie stark sind die Abweichungen?«, wollte der Kommandant wissen.

Der Sonaroffizier zögerte. »Die Abweichungen von Boot zu Boot sind bei den Akulas allgemein nicht groß. Es könnte eines der bekannte Boote sein, an dem etwas verändert wurde ... oder ein neues Boot der gleichen Klasse.«

»Melden Sie, wenn Sie wissen, auf welchen Kurs er einschwenkt. Glauben Sie, er hat uns erfasst?«

»Die Wahrscheinlichkeit, würde ich sagen, ist fifty-fifty, Sir. Wir laufen AK, das ist nicht gerade leise, aber der Sturm ist es genauso wenig. Hätten wir nicht unser Schleppsonar draußen gehabt, dann hätten zumindest wir niemals etwas von dem Kerl mitbekommen.«

»Das war wahrscheinlich auch so von ihm gedacht.« Die Warnung der *John P. Ashton* war vor nicht ganz einer Stunde durchgekommen: »Angriff durch U-Boot wahrscheinlich.« Leider hatte der Zerstörer nicht mitgeteilt, um was für einen Bootstyp es sich dabei handeln könnte. »Geben Sie Signal an *Grant:* Kontakt mit russischem U-Boot der Akula-Klasse. Erbitte Befehle.«

16. Tag, 02 : 05 Ortszeit, 03 : 05 Zulu –
Russisches Angriffs-U-Boot *Kugar*, zwischen Island und den Faröern, Operationsgebiet der Carrier Strike Group »Grant«

»Was hat er vor?«

Boris Jasselewitsch sah Assmundson ruhig an. »Er läuft mit hoher Fahrt ab. Und fragen Sie mich bitte nicht, warum. Dieser Sturm produziert eine Menge Störgeräusche. Weiter unten ist es ruhiger und stiller. Zu still für meinen Geschmack.«

»Wie meinen Sie das?«

»Erklären Sie es ihm, Sulkin«, forderte er seinen Ersten auf.

»Der amerikanische Admiral hat alle seine Kräfte im Einsatz. Wir können im Augenblick nur einen Zerstörer und einen Kreuzer erfassen, von U-Booten keine Spur. Seine Abwehr ist schwach, und das gleich in doppelter Hinsicht. Er hat keine U-Boote, die ihn wirksam vor uns schützen könnten, und nicht genügend Überwassereinheiten zur Verfügung, um einen wirksamen Sonarschutz aufzubauen. Also tut er das allein Richtige, was ihm in dieser Situation übrig bleibt: Er lässt seine beiden einzigen Geleiter tief laufende Schleppsonare ausbringen. Dadurch, dass die Überwasserschiffe vom Sturm an der Oberfläche sozusagen übertönt werden, sind sie plötzlich im Vorteil. Bei diesem Wetter kann ein nicht allzu schnell fahrender Zerstörer sogar für ein U-Boot mit einem älteren Sonar unauffindbar sein, während er es umgekehrt mit Hilfe des Schleppsonars orten kann.«

»Aber wieso läuft der Kreuzer dann volle Fahrt?«, fragte Arne Assmundson. »Er macht sich doch dadurch zum Ziel.«

Sulkin nickte. »Es kann sein, dass er einen Kontakt hat, das amerikanische U-Boot, das wir getroffen haben, vielleicht ein Oberflächenkontakt, dem er nachgehen will. Etwas hat ihn abgelenkt, und er ist aus dem Weg, das ist für uns das Wichtigste.«

»Das eröffnet uns also die Chance …«

Jasselewitsch unterbrach den Norweger. »Hoffen Sie nicht zu früh.« Er deutete auf einen Bleistift, der auf dem Kartentisch hin und her kullerte. »Sehen Sie das?«

»Ja, der rollt herum, weil das Boot sich bewegt.«

»Nur tut es das zu stark. Wenn die Dünung das mit einem Dreizehntausendtonnenrumpf in sechzig Metern Tiefe machen kann, was glauben Sie, was sie mit einem Torpedo anstellt, der gerade einmal auf dreißig Metern Tiefe laufen soll?«

»Ich verstehe, aber dann weiß ich nicht, warum wir jetzt schon hier rumschleichen.«

Jasselewitsch lächelte kalt. »Es gibt vieles, was Sie nicht verstehen. Seien Sie aber unbesorgt, wenn die Zeit reif dafür ist, sind wir bereit.«

16. Tag, 02 : 10 Ortszeit, 03 : 10 Zulu –
USS *Baton Rouge*, zwischen Island und den Faröern,
Operationsgebiet der Carrier Strike Group »Grant«

Martinez nahm das Mikrofon. »Sonar: Was macht der Kreuzer?«

»Kreuzer dreht erneut. Warten Sie … er schaltet auf Aktivsonar.«

»Er muss offenbar den Angriffsbefehl erhalten haben«, stellte DiAngelo fest.

»Aber er …«

Bob schüttelte den Kopf. »Nein, bedingt durch das Wetter ist das eine der wenigen Situationen, in denen ein Überwasserschiff gegenüber einem U-Boot bevorteilt ist. Sowie ein Torpedo von dem nahe genug an die Oberfläche kommt, wird er durch die Dünung aus seiner Treffertiefe gerissen und läuft sonst wohin. Allerdings wird der Kreuzerkommandant auch so seine lieben Schwierigkeiten bekommen.«

»Wieso das?« Commander Martinez sah ihn erstaunt an. »Er braucht doch nur feuern zu lassen.«

»Das ja, aber das wär's dann auch schon. Er hat

ASROC* und Mark-46-Leichttorpedos an Bord. Die ASROC kann er eigentlich vergessen, denn sowie deren Fallschirm sich öffnet, nimmt der Sturm den Torpedo einfach mit. Und seine Mark-46 haben wahrscheinlich die gleichen Probleme wie umgekehrt die Torpedos eines U-Bootes auch. Waffeneinsatz wegen Wetter unmöglich. Abgesehen davon glaube ich nicht, dass er mit einem Leichttorpedo ein Akula erledigen kann.«

»Fahren wir hin und sehen nach?«.

»Warten Sie einen Augenblick.« Nachdenklich studierte der Captain den Plotschirm. Der Kreuzer stand jetzt in Grün null-vier-fünf und lief weiter ab. »Etwas stimmt da nicht! Sonar, können Sie den Kontakt ausmachen, den der Kreuzer verfolgt?«

»Negativ, Sir! Der muss außerhalb unserer Reichweite sein.«

»Ihre Einschätzung als Fachmann: Kann der Kreuzer mit einem Schleppsonar ein Akula erfassen, das taktische Geschwindigkeit läuft?«

Der Sonaroffizier schwieg einen Moment, bevor er entschied: »Nein, Sir, auf keinen Fall.«

»Commander, bringen Sie uns sofort zum Träger«, forderte Bob von Martinez. »Das ist nicht die *Kugar*!«

»Wer zum Teufel ist es dann?«

»Wahrscheinlich die verdammte *Ak Bars*, die den ganzen Weg hinter uns hergedackelt ist. Sie ist tief und

---

* ASROC: *A*nti *S*ubmarine *Roc*ket (Anti-U-Boot-Rakete). An einer vorausberechneten Position der Flugphase wird der Raketensatz abgesprengt, und der Torpedo schwebt an einem Fallschirm zu Wasser, der sich beim Eintritt ins Wasser löst, taucht unter und geht selbständig auf Suchkurs gegen feindliche U-Boote.

mit hoher Fahrt gelaufen, immer in unserem Hecksektor. Verstehen Sie? Der Kommandant hat sich die ganze Zeit hinter uns gehalten, um uns gegebenenfalls gegen die *Kugar* Beistand zu leisten. Der verdammte Narr wollte uns nur helfen.«

»Sonar an Zentrale: *Missouri River* feuert ASW-Waffen*! Salventakt, mindestens sieben oder acht!«

DiAngelos Kopf ruckte herum, und er starrte den Lautsprecher an, als wollte er ihm die Schuld geben. »Martinez, schicken Sie eine Funkboje hoch und benachrichtigen Sie den Kreuzer, dass er das falsche Boot angreift.«

»Torpedos im Wasser! Rot eins-fünf-zwo, achthundert Fuß, etwa zehn Meilen! Nehmen Fahrt auf.«

Bob musste kein Hellseher sein, um zu begreifen, was vorging. Der Kreuzer hatte, wahrscheinlich wegen der Warnung, ein U-Boot-Angriff stehe bevor, das Akula angegriffen, das mit hoher Fahrt in Richtung des Trägers gelaufen war, und dessen Kommandant hatte zurückgefeuert.

16.Tag, 02 : 15 Ortszeit, 03 : 15 Zulu –
USS *Missouri River*, zwischen Island und den Faröern,
Operationsgebiet der Carrier Strike Group »Grant«

Die Brecher rollten immer noch in langen, weiß gekrönten Reihen heran. Immer wieder stampfte der Bug des Kreuzers tief in die See, während die Schrauben den schweren Rumpf mit der Kraft vieler Tausender Pferdestärken vorwärtstrieben. Über ihnen ließen sich

---

* ASW: Anti-Submarine Warfare (U-Boot-Bekämpfung).

zum ersten Mal, seit der Sturm losgebrochen war, Sterne am Himmel sehen, in einem kreisrunden Ausschnitt. Sie näherten sich dem Auge des Sturmes.

Der Kreuzer feuerte aus sechs Meilen Abstand, doch beließ er es nicht bei ein oder zwei seiner ASROCs, da man bei diesem Wetter auf Nummer sicher gehen wollte. Rakete um Rakete schoss aus dem Vertikalstarter. Die Flammenzungen aus den Abgasschächten tauchten das Schiff in ein blutrotes Licht, ein Anblick von bizarrer, fürchterlicher Schönheit. Für Sekunden wurden die Feuerschweife der Raketen sichtbar, aber dann sprengten sich auch schon die Waffenköpfe ab. Die Abdrift durch den Wind war von den Computersystemen exakt einkalkuliert worden.

Die *Missouri River* legte sich auf die Seite und drehte mit Hartruder ab. Für Augenblicke wehte der Qualm der Abschüsse noch über das Deck, dann wurden die dichten Wolken vom Wind zerfetzt.

Die Fallschirme öffneten sich, an jedem hing ein Mk.46-ASW-Torpedo. Theoretisch sollte nun jeder dieser Aale sanft ins Wasser gleiten, wo die Schraube anlaufen und das Zielsystem sich auf das programmierte Ziel aufschalten würde. Aber das war die Theorie.

Der Sturm erfasste die Torpedos und Fallschirme gleichermaßen. Leinen verwickelten sich, Fallschirmseide riss, und die Torpedos unter diesen Schirmen stürzten ungebremst in die See. Einer der Schirme hielt, aber der Sturm nahm ihn einfach mit, mit dem wild schlingernden Torpedo beinahe waagerecht hinter sich. Das Luftzielradar verlor ihn nach mehr als dreißig Meilen aus der Erfassung.

Drei der Torpedos erreichten die Wasseroberfläche nichtsdestotrotz innerhalb eines akzeptablen Zielgebietes. Einer der Aale schlug etwas härter in die See als vorgesehen, weil die letzten Reste seines Schirms bereits ungefähr zwanzig Meter zu früh in Fetzen gingen. Der zweite löste sich tatsächlich zum vorgesehenen Zeitpunkt von seinem Schirm, wohingegen Nummer drei aus großer Höhe in den Kamm eines Brechers stürzte und detonierte.

Das Aktivsonar der *Missouri River* hatte das U-Boot nach wie vor im »Griff« seiner Impulse und erfasste außerdem zwei abgefeuerte Torpedos. Alarmklingeln rasten los, die Besatzungsmitglieder eilten die schmalen Notniedergänge empor und schlugen die schweren Stahlluken hinter sich zu, die Männer in den Schiffssicherungstrupps kontrollierten einmal mehr ihre Ausrüstung. Der Kreuzer bereitete sich auf den Einschlag vor.

»Funkspruch, Sir! Klartextnachricht einer Funkboje für uns: ›Von *Baton Rouge* für *Missouri River:* Sie greifen den falschen Russen an‹. Die Codeidentifikation passt zur *Baton Rouge*.«

Der Captain spürte, wie er erbleichte. »ASW, zerstören Sie die ASROCs, auf der Stelle!«

»Der erste muss fast im Ziel sein, ich weiß nicht, ob ...«

»Versuchen Sie es! Schnell!«

Der U-Jagdoffizier drückte eine Reihe roter Knöpfe. Alles, was er tun konnte, war, eine Codegruppe ins Wasser abzustrahlen. Erreichte sie einen der Torpedos, würde er sich selbst zerstören, wenn nicht, würde der Aal weiterhin seiner tödlichen Programmierung folgen.

Ein Torpedo detonierte irgendwo unter der Wasseroberfläche.

»Sir, die russischen Torpedos scheinen Irrläufer zu

sein, sie drehen von uns weg und gehen auf Tiefe«, meldete der Sonaroffizier.

»Was zum Teufel ist hier eigentlich los?«

»Ich habe nicht die geringste Ahnung, Sir!«, gestand der Lieutenant ein.

16. Tag, 02 : 16 Ortszeit, 03 : 16 Zulu –
Russisches Angriffs-U-Boot *Kugar*, zwischen Island und den Faröern, Operationsgebiet der Carrier Strike Group »Grant«

»Torpedo dreht ein, Lage null, Tiefe vierhundert, steigt weiter auf!« Die Stimme des Sonaroffiziers verriet dessen Schrecken. »Der zweite folgt!«

Der verdammte Mistkerl hat uns erfasst. Über mehr als neun Meilen hinweg! Kapitän Jasselewitsch konnte seine Frustration nicht einmal hinausbrüllen, ohne zu verraten, was er in diesem Augenblick genau wusste: Der andere russische Kommandant, von dem amerikanischen Kreuzer bereits unter Beschuss genommen, hatte absichtlich auf die *Kugar* gefeuert, hatte seine letzte Möglichkeit genutzt. Wie dessen Befehle lauteten, konnte er sich denken: Versenkung der *Kugar*, um einen Konflikt mit den Amerikanern zu vermeiden. Unter anderen Umständen hätte Jasselewitsch höchsten Respekt vor dem ihm unbekannten Kommandanten gehabt, aber in dieser Situation war er nur stinksauer, was seinen Verstand allerdings nicht daran hinderte, mit der gewohnten Präzision zu arbeiten. »Hart Steuerbord, Zellen eins bis sechs fluten.« Sulkin wies er an: »Bringen Sie uns runter auf fünfhundert Meter, klar bei Abwehrmaßnahmen!« Er griff sich das Mikrofon. »Sonar, können Sie die amerikanischen Torpedos erfassen?« Jasselewitsch musste sich an seinem

Sessel festklammern, als der Bug der *Kugar* sich in die Tiefe senkte und der Rumpf sich gleichzeitig auf die Seite legte. In einer schwindelerregenden Spirale sackte das große Boot in die Tiefe. »Abwehrmaßnahmen los!«

»Sonar für Zentrale, wir erfassen zwei Torpedos ungefähr da, wo die beiden anderen abgefeuert wurden.«

Jasselewitsch gab ein Knurren von sich. »Dachte ich mir. Sonar: Achten Sie auf Schraubengeräusche unter Wasser!«

Aus dem Achterschiff der *Kugar* wurden zwei Kanister ausgestoßen und begannen, große Wolken aus Gasblasen auszustoßen. Es dauerte und dauerte, bis die erlösende Meldung aus dem Sonarraum kam: »Torpedos steuern auf die Täuschkörper ein.«

»Abwarten!« Jasselewitsch hob die Hand. »Maschine stopp! Alle Hilfsaggregate stopp!«

Getrieben durch die Restfahrt folgte das Boot seiner Spirale weiter in die Tiefe. Natürlich konnte sich ein Atom-U-Boot im Gegensatz zu einem konventionellen Boot niemals ganz tot stellen, denn eine Geräuschquelle blieb immer, die Kühlmittelpumpen für den Reaktor. Aber in den neueren Akulas waren die Reaktorräume akustisch von der Außenhülle abgekoppelt worden, und der dicke Schaumstoff zwischen den Stahlwänden absorbierte einen Großteil dieses letzten unvermeidbaren und verräterischen Geräusches.

Das Ping der Zielverfolgung wurde lauter und lauter. Es konnte nicht mehr lange dauern, bis die Aale durch die Blasenwolken der Täuschkörper stießen und mit der erneuten Zielerfassung beginnen würden. Die Männer in der Zentrale blickten zu ihrem Kommandanten, der mit leicht schief gelegtem Kopf lauschte, wobei sich ein leichtes Lächeln in seinem Gesicht abzeichnete.

Die Torpedos durchstießen im Abstand weniger Sekunden die großen Blasenwolken aus den Täuschkörpern. Für einen Augenblick verstummte das Ping, um dann in einem langsameren Rhythmus wieder einzusetzen. Die Aale begannen, einen Kreis zu beschreiben und erneut nach ihrem Ziel zu suchen.

»Fünfhundert Meter gehen durch, Kommandant. Festblasen?«

»Wir warten noch einen Moment.«

»Sonar an Zentrale: Torpedos steigen auf. Sie steuern im Kreis über uns nach oben.« Es klang, als könnte der Sonaroffizier es selbst nicht glauben. »Dreihundert Meter, steigend.«

»Gut, das hätten wir! Sulkin, festblasen, aber weiter Hartruder. Diese Nummer verdanke ich übrigens Scholokoff, der sie mir vor vielen, vielen Jahren vorgeführt hat, als er noch mein Kommandant war.«

»Ich hab' das Ganze trotzdem nicht verstanden, Kommandant«, ließ sich Sulkin vernehmen.

»Das Prinzip ist ganz einfach, IO. Die Torpedos sind durch die Blasen gestoßen und haben kein Ziel gefunden. Also sind sie einen Kreis gelaufen und haben versucht, das Ziel neu aufzufassen. Allerdings vermögen die Zielsysteme nur einen begrenzten Winkel zu bestreichen, deshalb ja auch der Kreis. Ein Ziel außerhalb dieses Winkels, zum Beispiel unter ihnen, können sie nicht erfassen. Nachdem sie ihre Runde gedreht und trotzdem nichts hatten, sind sie jetzt aufgestiegen, denn amerikanische U-Boote praktizieren gern den Notaufstieg an die Oberfläche, um die Zielsysteme zu verwirren. Irgendwann geht den Torpedos der Treibstoff aus, und das war's dann.«

Sulkin musterte seinen Kommandanten nachdenklich. »Aber warum eigentlich haben unsere Kameraden auf uns gefeuert?«

»Eine gute Frage. Aber im Grunde genommen haben wir es mit deren drei zu tun. Worauf hat das andere russische Boot gefeuert? Auf uns sicherlich nicht, aber dennoch definitiv auf ein U-Boot. Was uns zur zweiten Frage bringt: Wo steckt dieses dritte U-Boot? Und die letzte Frage wiederum lautet: Haben die amerikanischen Torpedos unser anderes Boot getroffen?« Er griff zum Mikrofon. »Sonar, was haben Sie von den amerikanischen Torpedos gehört?«

»Kommandant, ich meine zwei Explosionen gehört zu haben, aber die waren seltsam gedämpft. Und keine, wiederhole *keine,* Sinkgeräusche oder Folgeexplosionen.«

Der Kommandant lehnte sich zurück. »Dann haben die Amis das andere Akula also auch nicht getroffen.« *Und wir stehen alleine gegen zwei.* Er bemühte sich, fröhlich dreinzuschauen. »Sieht so aus, als würden unsere Kameraden auch noch schwimmen.« Die Männer wollten in Jubel ausbrechen, aber der Kommandant hob abwehrend die Hand. »Leise! IO, Ruhe im Boot!«

20. Kapitel

16. Tag, 02 : 20 Ortszeit, 03 : 20 Zulu –
USS *Ulysses S. Grant*, zwischen Island und den Faröern,
Operationsgebiet der Carrier Strike Group »Grant«

Auch auf dem Flugzeugträger schrillten die Alarmklingeln, aber bis eine Besatzung von mehreren tausend Mann in einem Schiffsrumpf dieser Größe auf Gefechtsstation war, verging einfach mehr Zeit. Erst fünfzehn Minuten nach dem Kreuzer war die *Grant* klar Schiff zum Gefecht.

»Sir, ich schlage vor, nach Süden abzulaufen!«

Obwohl die Stimme des Kommandanten über das Bordtelefon völlig sachlich klang, war Thornby klar, dass Miller es insgeheim genoss, seinen Admiral in einer solchen Zwickmühle zu sehen. »Wenn wir nach Süden ablaufen, kommen die Hubschrauber, die jetzt noch draußen sind, in Probleme.«

»Und wenn wir bleiben, gefährden wir das ganze Schiff.«

»Soweit ich das bisher beurteilen kann, hat eines unserer Schiffe ein russisches U-Boot angegriffen. Das ist Fakt. Der Kommandant der *Missouri River* ging dabei aufgrund einer Vorwarnung der CIA, die auf Annahmen beruhte, von einem Angriff auf uns aus. Und Sie haben dann, während ich in der Luftoperationszentrale war, den Befehl zum Gegenschlag gegeben. Ist das richtig, Miller?«

»Nach Lage der Dinge nur logisch, Sir.«

»Das bezweifle ich!« Thornby hatte keine Lust, diese Frage noch weiter mit Miller zu diskutieren, denn das hätte nichts gebracht. Ob der Kommandant sich etwas angemaßt hatte, was ihm nicht zustand, war letztlich egal. Das war sein Verband, und die alleinige Verantwortung trug er.

»Meldung von der *Missouri River,* Sir!« Ein Funkgast wedelte mit zwei Zetteln. »Und dazu noch eine von *Baton Rouge* über Funkboje.«

»Ich bekomme hier gerade was vom Kreuzer und von der *Baton Rouge* rein«, sagte er in den Telefonhörer. »Ich rufe Sie zurück.« Er hängte ein und wandte sich dem Funker zu. »Was gibt es?«

»Von *Missouri River:* Angriff abgebrochen, ASROCs selbstzerstört. Kontakt verloren.«

»Und was haben wir von unserem Boot?«

»Von *Baton Rouge* an *Missouri River:* Sie greifen den falschen Russen an!«

Der Admiral hätte beinahe schrill durch die Zähne gepfiffen, hielt sich aber im letzten Moment zurück. Irgendetwas stimmte ganz und gar nicht. Seine Admiralsbrücke kam ihm wieder einmal regelrecht erdrückend vor. An sich sollten hier oben alle Fäden zusammenlaufen, die sein Geschwader betrafen, während Miller von der tiefer gelegenen Schiffsoperationszentrale aus die *Grant* führte und der Luftleitoffizier im OPZ die Einsätze der Flugzeuge und Hubschrauber koordinierte. Generelle Befehlserteilung durch ihn, Umsetzung durch seine ihm unterstellten Offiziere. Nur Miller hatte sich nicht an diese Befehlskette gehalten, hatte, ohne ihn zu konsultieren, den Angriffsbefehl für die *Missouri River* eigenmächtig erteilt. »Geben Sie«, wies er den Funker an, »Signal an *Missouri River:* Sie soll versuchen, Kontakt per Unterwassertelefon mit der *Baton Rouge* herzustellen. Falls möglich auch mit diesem ›falschen Russen‹ – ich will wissen, was los ist.«

»Aye, aye, Sir!«

Der Admiral wandte sich an seinen Flaggleutnant. »Und Sie klemmen sich an die Strippe. Ich will vom Luftleitoffizier wissen, wie viel Reserve die Hubschrauber haben, die noch draußen sind. Und dann möchte ich von den Wetterfröschen erfahren, wie lange eigentlich dieser elendige Sturm noch anhält.«

Captain Miller hatte es sich bequem gemacht. Kriegsschiffe wurden schon lange nicht mehr nur von der Brücke aus geführt. Die entscheidende Funktionssteuerung fand von der Operationszentrale aus statt. Doch die Kampfstärke des Trägers beruhte im Wesentlichen auf seinen Flugzeugen, ansonsten aber war er auf seinen Geleitschutz angewiesen. Aber davon war aktuell nicht mehr viel vorhanden.

Trotz dieser misslichen Lage verspürte Josh Miller eine seltsame Leichtigkeit. Thornby hatte die Sache verbockt. Würde der Admiral abdrehen lassen, wäre er derjenige, der seine Hubschrauber geopfert hatte, blieb er, war er derjenige, der die Existenz des Trägers, eines der stolzesten und größten Schiffe der Navy, aufs Spiel gesetzt hatte. Hinzu kam der Angriff auf das russische Boot, die Provokation eines internationalen Zwischenfalls.

Thornbys Karriere war damit erledigt. Und Elisabeth würde ihn fallenlassen wie eine heiße Kartoffel. Sie hatte noch nie sonderlich viel Verständnis für die Fehler und Probleme anderer aufgebracht. Aber dieses Mal würde sie nicht so leicht davonkommen wie damals. Miller spürte das Glücksgefühl, die Kraft, die aus der Rache entsprang. Er hatte sie alle besiegt. Beinahe wünschte er sich, die Russen würden tatsächlich versuchen, die *Grant* anzugreifen, denn das würde ihm die Gelegenheit geben, zu zeigen, aus welchem Holz er geschnitzt war.

16. Tag, 02 : 30 Ortszeit, 03 : 30 Zulu –
USS *Baton Rouge*, zwischen Island und den Faröern,
Operationsgebiet der Carrier Strike Group »Grant«

Die beiden russischen Torpedos detonierten am Ende ihrer Laufzeit. Obwohl die *Baton Rouge* etwas über vier Meilen entfernt war, konnten die Männer die dumpfen Explosionen mit bloßen Ohren hören.

Schon bevor die Meldung des Sonars kam, wusste Bob, dass es kein Treffer war. Die Detonationen waren laut gewesen, aber das war nichts im Vergleich zu einem Volltreffer, wenn ein Boot mit seiner Munition, Flugkörpern und Reservetorpedos zu seiner eigenen gigantischen Bombe wird. Und er hörte auch nicht das grauenvolle Reißen von Stahl, wenn Schotten brachen, wenn der beschädigte Rumpf für immer auf Tiefe ging und seine Besatzung mit sich nahm. Stählerne Gräber hatte man die U-Boote schon im Zweiten Weltkrieg genannt, und daran hatte sich nichts geändert. Besser, man dachte nicht darüber nach, sonst konnte man diesen Job nicht mehr machen.

»Sonar für Zentrale: Keine Sinkgeräusche!«

»Ich habe keine Ahnung, wieso die russischen Torpedos in den Wald gelaufen sind«, erklärte Martinez, »aber es war wohl ein Schuss ins Nichts. Und die *Ak Bars* schwimmt offenbar auch noch.«

»Hoffen wir es. Das Letzte, was wir brauchen können, ist ein versenktes russisches U-Boot, ein geklautes Ding natürlich ausgenommen.«

Wie erwartet lachten einige der Männer über diesen kleinen Scherz. »Der Kommandant der *Ak Bars* mag zwar nicht sehr erfahren sein, aber jedem Idioten geben die Russen auch nicht ein Boot.«

»Wie meinen Sie das?«, fragte Martinez, »Schließlich hat der Kreuzer die *Ak Bars* angegriffen ... zumindest nehmen wir das an.«

»Und weshalb eigentlich?«

»Weil das Akula höhere Fahrt gelaufen sein muss, als seine taktische Geschwindigkeit beträgt, und in etwa aus der gleichen Richtung kam wie wir.« Der Lieutenant Commander setzte ein Grinsen auf. »Und nicht zuletzt, weil Sie es gesagt haben, Sir.«

»Danke für die Blumen. Aber mal im Ernst. Ich glaube nicht, dass Jasselewitsch so plump ins Messer gelaufen wäre. Was würden Sie an seiner Stelle tun, wenn Sie unter diesen Umständen den Träger versenken wollten?«

»Gar nicht so einfach zu beantworten. Vorsetzen, wahrscheinlich an Backbord. In Anbetracht dieses Wetters würde ich mich bei einem Oberflächenziel nicht auf meine Torpedos verlassen, es sei denn, ich benutze gleich eine Schkwal mit nuklearem Gefechtskopf.«

John Turk verfolgte das Gespräch mit leisem Schaudern. Martinez ging völlig ungerührt alle Optionen durch, selbst die schrecklichsten. Für den XO bedeutete alleine schon die Vorstellung eines Torpedoangriffs eine Ungeheuerlichkeit, und nun sprach sein Kommandant plötzlich von nuklearen Gefechtsköpfen, von einem Atomschlag gegen den Träger. Mit einer Gelassenheit, mit der andere vielleicht über das Dessert zum Dinner gesprochen hätten, setzten die beiden ihre Erörterung fort, während sich Turk wieder einmal klarmachte, dass der Schritt vom XO zum Kommandanten größer war, als durch eine Bestallungsurkunde ausgedrückt werden konnte.

Von den moralischen Bauchschmerzen seines XO ahnte Martinez nichts, als er sagte: »Trotzdem, ich würde mich auch nicht auf den Raketentorpedo verlassen. Kann sein, dass der bei diesem Wetter ebenfalls vom Kurs abkommt und genauso in den Wald rennt, nur schneller.«

»In Berichten ist von Gefechtsköpfen von zwei bis fünf Kilotonnen die Rede. Das ist zwar ein Haufen Holz, aber dennoch, gegen ein Kriegsschiff mit ABC-Zitadelle und derart vielen wasserdichten Abteilungen muss Jasselewitsch auf alle Fälle versuchen, einen direkten Treffer zu landen. ›So ungefähr‹ wird ihm nicht reichen.«

»Da ihm daran gelegen ist, das Schiff zu versenken und nicht nur zu beschädigen, wird er warten, bis der Sturm abflaut.«

Ein leises Piepsen unterbrach die Unterhaltung, und der XO nahm den Hörer des Unterwassertelefons. »Turk?«

Martinez verdrehte die Augen, aber das Unterwassertelefon wurde so selten benutzt, dass es dafür keine Bedienungsregeln gab.

»Ja, *Baton Rouge*, Sir!« Turk hörte konzentriert seinem Gesprächspartner zu. »Ich gebe es weiter, Sir.« Er legte auf und wandte sich um. »Das war der Kreuzer. Die Verbindung war lausig, aber es wird gewünscht, dass wir auftauchen. Der Admiral will mit Ihnen sprechen, Captain.«

16. Tag, 02 : 20 Ortszeit, 03 : 20 Zulu –
Hawk One-O-Six, über der Küste Nordostgrönlands

Es hatte mehr als drei Stunden gedauert, das Sturmgebiet zu durchqueren. Da sie die meiste Zeit Rückenwind von ungefähr hundertfünfzig Knoten gehabt hatten, war ihre Treibstoffbilanz sehr gut, aber die Crew war doch ziemlich mitgenommen von der ständigen Schüttelei. Jim Kellermann kaute lustlos auf einem Stück Fliegerschokolade herum. Das Zeug war dunkel, hart und trotz der Versprechungen auf der Blechdose nur wenig süß. Angeblich sollte es wach halten, aber Jim war in der Zwischenzeit so weit, ein Vermögen, das er nicht hatte, für einen schönen heißen Kaffee, den es nicht gab, hinzublättern.

»Hawk One-O-Six, hier ist Maverick Three-One-Niner*. Bitte kommen!«

»Hawk One-O-Six für Maverick Three-One-Niner, hallo, Joe, wie fliegt sich deine Mühle?«

»Etwa wie ein nasser Ziegelstein. Aber wir haben das Gröbste hinter uns.«

Jim spähte aus dem Seitenfenster. Unter ihnen erstreckte sich die Weite Grönlands. Endloses Weiß, unterbrochen von gelegentlichen schmutzig braunen Flecken. Der Hubschrauber bockte zwar immer noch gelegentlich, verursacht durch vereinzelte Böen, aber es war längst nicht mehr so schlimm. Nicht einmal mehr volle Sturmstärke. »Scheint so, Joe. Wo steckst du, ich habe dich nicht im Bugradar.«

»Yeah, kannst du auch nicht. Ich bin etwa zwanzig Meilen hinter dir und komme näher. Bist du klar zum Betanken?«

---

* Three-One-Niner: 319, Nummer des Tankflugzeuges.

Jim wechselte einen kurzen Blick mit seinem Kopiloten. »Wir sind klar. Komm rüber und wir hängen uns an.« Er warf noch einen kurzen Blick aus der Kanzel. *Was für eine schauderhafte Gegend!* Sein Cousin war eher an die Jäger als Kundschaft gewöhnt, die viel schneller waren als seine HH-60. Zur Abwechslung würde heute mal das Tankflugzeug schneller sein als derjenige, der den wertvollen Sprit bekam. Im Osten wurde es bereits hell, aber hier oben gab es im Sommer sowieso keine langen Nächte. *Komm zur Navy, da erlebst du was!* Er musste grinsen, als er an den alten Spruch der Ausbilder dachte.

Es wurde plötzlich laut. Mit dröhnenden Turbofans zog die Viking über sie hinweg. Das Fahrwerk war bereits ausgefahren, die Klappen weit offen, aber der Vogel war immer noch um einiges schneller als sein Hubschrauber. Jim änderte vorsichtig die Stellung der Rotorblätter, um den Vortrieb zu erhöhen. »Dann mal los, Joe, mein Rüssel ist raus!« Zoll für Zoll näherte sich der Hubschrauber dem Flugzeug. Viel Spielraum gab es nicht, denn die Mindestgeschwindigkeit des Flugzeuges, mit der es sich noch in der Luft halten konnte, und die Höchstgeschwindigkeit des Hubschraubers lagen nicht sehr weit auseinander. Aber ein paar Flüche, schmutzige Witze und deftige Randbemerkungen später war der Rüssel des Hubschraubers in die trichterförmige Verbindung am Ende des Betankungsschlauches eingerastet, und Kerosin floss in die Tanks von Hawk One-O-Six. Der erste Teil war geschafft.

Isafjördhur war ein Ort, von dem außerhalb Islands kaum je ein Mensch gehört hatte. Oder doch nur sehr wenige. Es war dort selbst in der besten Jahreszeit ungemütlich, das Kaff verfügte außer einer sehenswerten, in erster Linie vulkanisch geformten Umgebung über keinerlei Sehenswürdigkeiten und war schwer erreichbar, egal, wie man es anstellte.

Um 03.35 Uhr Ortszeit – da man in Island beschlossen hatte, nach Greenwichzeit zu leben, was zwar geografisch falsch, aber politisch praktikabel war – gelangte Isafjördhur kurzfristig zu einer traurigen Berühmtheit. Schon den ganzen Tag über hatte es mal geregnet, mal geschneit. Die Niederschlagsmenge war enorm, und in dem kleinen Ort, dessen Bewohner zumeist von der Fischerei lebten, wusste man die Vorzeichen zu deuten.

Kurz nach halb vier am Morgen traf der Sturm auf Island. Die Windgewalten rissen Dächer von den Häusern, katapultierten Autos durch die Luft, knickten Strommasten wie Streichhölzer. In Isafjördhur hatten sich die Einwohner in ihren Kellern verbarrikadiert. Viele hatten Generatoren, alle verfügten über ausreichend Vorräte für Tage. Auf mächtige Stürme, die nicht so selten vorkamen, war man vorbereitet.

Wenn große wirbelnde Luftmassen auf Festland treffen, entsteht Reibung, das komplexe System aus Energie, das die ständige wirbelnde Bewegung des Sturmes am Leben hält, wird brutal abgebremst. Brutal auch die Folgen für Land und Leute. Isafjördhur hörte auf, als Gemeinde zu existieren. Der unablässig fallende Schnee deckte die Zerstörung des Ortes wie mit einem weißen Leichentuch zu.

16. Tag, 02 : 45 Ortszeit, 03 : 45 Zulu –
USS *Baton Rouge*, zwischen Island und den Faröern,
Operationsgebiet der Carrier Strike Group »Grant«

»Negativ, Sir! Wenn er hier ist, dann kann ich ihn nicht finden.« Der Sonaroffizier klang in etwa so frustriert, wie DiAngelo sich fühlte.

»Danke!«, sagte der Captain natürlich dennoch. »Also gut, Commander, Sie haben den Mann gehört. Wir gehen hoch, melden uns per Funk beim Admiral, und danach sehen wir weiter.«

»Sie trauen dem Frieden nicht?«

»Sie etwa?«, fragte Bob zurück.

Der Commander schüttelte den Kopf. »Es fehlt uns nur an Alternativen.«

»Richtig, also geben Sie die notwendigen Befehle.«

»Aye, aye, Sir!«

Es dauerte fünf Minuten, bis die *Baton Rouge* sich vorsichtig der Oberfläche näherte. Bereits in hundert Fuß Tiefe begann das Boot heftig im Rhythmus der Brecher zu schaukeln.

Männer rasten die Leiter hoch, als das Turmluk freikam. Ein Schwall kalten Wassers kam von oben, dem eiskalte Luft folgte. In der Zentrale griff Martinez nach dem Mikrofon. »Brücke, wie sieht es aus?«

»Stürmisch, Sir!« John Turk musste brüllen, um sich verständlich zu machen. »Aber die Wolkendecke reißt stellenweise auf.« Ein Donnern unterbrach ihn, als ein Brecher die hohe Flosse traf. Im Bootsinneren klang es, als würden sie in einem alten Ölfass sitzen, gegen das jemand mit einem Schmiedehammer schlug. »Der Wind hat etwas die Richtung gewechselt.«

»Sprechfunk von der *Grant*!« Einer der Funker steckte den Kopf durch das Schott.

»Stellen Sie rein«, forderte Bob ihn auf.

»Sofort, Sir!« Der Mann verschwand wieder. Augenblicke später knackte es im Lautsprecher. »*Ulysses S. Grant* für *Baton Rouge,* bitte kommen!«

Bob griff zum Mikrofon und vergewisserte sich, dass er auf den richtigen Kanal aufgeschaltet war. »*Baton Rouge* für *Ulysses S. Grant,* hören Sie klar und deutlich.«

»*Baton Rouge,* hier spricht Rear Admiral Jack Thornby. Captain DiAngelo?«

»Ja, Sir. Was kann ich für Sie tun?«

»Ist der Kommandant auch in Ihrer Nähe?«

Martinez beugte sich zum Mikrofon vor. »Direkt daneben, Sir!«

»Gut! Die momentane Situation ist folgende: Wir haben inzwischen sieben unserer Hubschrauber draußen. Zwei norwegische Hubschrauber sind gleichfalls unterwegs und brauchen uns als Landeplattform, und eben erst habe ich gehört, dass ein Kreuzfahrtschiff auf Grönlandfahrt in Schwierigkeiten steckt. Wir *können* hier nicht weg. Das Beste, was ich tun kann, ist zu zacken, und das auch nur, wenn gerade keiner startet oder landet.«

»Verstehe, Sir.« Natürlich wäre es sehr viel einfacher gewesen, wenn die *Grant* mit voller Fahrt hätte ablaufen können. »Wenn ich einen Vorschlag machen darf, Sir: Wechseln Sie ab und zu die Fahrtstufe. Bei voller Fahrt können wir gerade so mithalten, aber hören nicht mehr viel. Wenn Sie ab und zu runtergehen auf fünfzehn Knoten, dann können wir uns besser umhören.«

»Klingt logisch, ich gebe es an den Kommandanten weiter. Haben Sie sonst noch Wünsche?«

»Der Kreuzer soll mit Aktivsonar vorauslaufen.

Vielleicht kriegt er selbst nicht viel mit, aber wir können eventuelle Echos auffangen. Der Zerstörer kann achteraus sichern, wir versuchen, den Rest abzudecken. Gibt es eigentlich Nachrichten über den anderen Russen?«

»*Missouri River* versucht ihn per Unterwassertelefon zu erreichen, aber er antwortet einfach nicht, was ich ihm auch nicht verdenken kann.«

»Alles klar, Sir!« Das Boot schwankte erneut heftig von einer Seite auf die andere. »Mit Ihrer Erlaubnis verschwinden wir dann wieder im Keller.«

»Tun Sie das, Captain, und bringen Sie dieses verdammte Geister-U-Boot zur Strecke.«

»Wir tun unser Bestes, Sir! *Baton Rouge* out!« Er ließ den Sprechknopf los und sah sich in der Zentrale um. »Also, auf ein Neues, Gentlemen!«

Commander Martinez drückte den Knopf für Tauchalarm. Die Turmwache polterte die Leiter herunter, John Turk als Letzter. »Turmluk dicht!«

»Zellen eins bis vier fluten, Umdrehungen für zwanzig Knoten, vorne oben zehn, hinten oben fünf!«

Schwerfällig senkte sich der Bug nach unten. Noch einmal traf ein Brecher die Flosse und ließ das Boot erzittern, dann wurde es plötzlich still.

»*Grant* nimmt Fahrt auf, Umdrehungen für fünfundzwanzig Knoten.«

Martinez sah DiAngelo an. »Und was nun? Wenn er so schnell läuft, geben wir keine gute Figur bei diesem Spiel ab.«

»Aber der Träger wird dadurch schwerer angreifbar. Obwohl ... haben Sie das auch gespürt?«

»Ja, der Sturm flaut ab.«

»Das könnte der *Kugar* eine Chance geben. Irgendwo muss Jasselewitsch ja stecken, und er ist hier, darauf wette ich. Wir gehen auf sechshundert Fuß, preschen mit hoher Fahrt vor und drehen dann einen Kreis mit kleiner Fahrt, so eine Art Angles & Dangles*. Das gibt uns Gelegenheit, rundherum zu lauschen. Irgendwo muss er ja sein.«

16. Tag, 02 : 45 Ortszeit, 03 : 45 Zulu –
Russisches Angriffs-U-Boot *Kugar*, zwischen Island und den Faröern, Operationsgebiet der Carrier Strike Group »Grant«

Das Mahlen der mächtigen Schrauben über ihnen klang bedrohlich, bedrohlicher, als es tatsächlich war. Denn die großen Schrauben des Trägers schlugen nur rund fünfzehn Meter tief unter der Wasseroberfläche, und die *Kugar* war etwa sechzig Meter tief. Nur wenn die *Grant* den Kurs wechselte, wurde das Boot vom Schraubenstrom in leicht schwingende Bewegungen versetzt.

»Damit können wir unser Sonar sauer einkochen«, erklärte Sulkin. »Bei dem Lärm hören wir absolut nichts mehr außer dem Träger.«

Der Kommandant blickte kurz nach oben. »Mehr als eine Viertelmillion Pferdestärken, die machen natürlich etwas Geräusch. Ich will trotzdem Ruhe im

---

* Manöver, bei dem das Boot überraschend einen Vollkreis fährt, um eventuelle Verfolger zu entdecken. Ist mit der Einführung von Sonars, die einen größeren Winkel voraus abdecken, und Lateralsonars etwas aus der Mode gekommen und wird nur verwendet, um ein größeres Gebiet mit Passivsonar abzusuchen. Nicht zu verwechseln mit »Irrer Iwan«, bei dem das Boot nur etwa um neunzig Grad vom Kurs abweicht, bevor es zurück auf seinen Ursprungskurs geht.

Boot. Und der Smut soll ständig einen starken Tee bereithalten, die Küche bleibt kalt.«

»Kommandant, wenn das amerikanische Boot uns erfasst, kriegen wir das nicht einmal mit, bis es zu spät ist.«

»Nun mal sachte, IO! Bei diesem Zinnober, den die *Grant* lärmmäßig veranstaltet, kann er horchen, bis er schwarz wird, er wird uns nicht hören. Außerdem werden die Amerikaner annehmen, dass wir uns vorsetzen. Es wäre das logische Manöver. Vorsetzen und abwarten, bis der Sturm abflaut.« Seine Stimme wurde härter. »Bis wir uns wieder auf unsere Torpedos verlassen können.«

21. Kapitel

16. Tag, 14 : 30 Ortszeit, 15 : 30 Zulu –
Russisches Angriffs-U-Boot *Kugar*, zwischen Island und den Faröern, Operationsgebiet der Carrier Strike Group »Grant«

Zwölf Stunden waren vergangen. Zwölf Stunden, in denen über ihren Köpfen vier große Schrauben bedrohlich mahlten. Zwölf Stunden in der ständigen Angst vor Entdeckung, in denen die meisten der achtzig Männer an Bord nichts anderes tun konnten, als schweigend abzuwarten.

Die Luft im Boot roch verbraucht, abgestanden. Um jedes unnötige Eigengeräusch zu vermeiden, war abgeschaltet worden, was nicht unbedingt benötigt wurde, auch die Luftaufbereitungsanlage. Noch war der Kohlendioxidgehalt der Luft nicht kritisch, doch begannen die Ersten bereits unter Kopfschmerzen zu leiden.

Auch Boris Jasselewitsch setzte die schlechte Luft zu, zumal er seit dem Morgen des Vortages nicht mehr geschlafen hatte. Kaum hatte er für ein kurzes Nickerchen die Augen geschlossen, hatte der Träger über ihnen schon wieder den Kurs oder die Geschwindigkeit gewechselt, war der Kreuzer mit seinem Aktivsonar näher gekommen, oder es hatte etwas anderes gegeben, das seine sofortige Aufmerksamkeit erforderte. Seit ein paar Stunden war auch der zweite Kreuzer wieder beim Verband. Das Sonar konnte ihn nicht genau identifizieren, aber das war belanglos, denn die Amerikaner fuhren schließlich nur noch den Ticonderoga-Typ.

Wenigstens hatten sie es nur mit einem Zerstörer zu tun. Die Kreuzer empfand Jasselewitsch als deutlich weniger bedrohlich. Acht ASROCs konnten Probleme bringen, aber selbst bei einem Treffer durch den amerikanischen Leichttorpedo Mk.46 hatten sie noch eine Chance, davonzukommen. Nur der Zerstörer bildete ein echtes Problem. Schneller und wendiger als ein Kreuzer, konnte er sich rasch in eine Abschussposition bringen, und auf Vor- und Achterdeck hatte er immerhin ein zweigeteiltes VLS* mit insgesamt neunzig Zellen stehen. Natürlich würden die Amerikaner nicht alle neunzig Zellen mit VLS-ASCROC geladen haben, doch es war egal, ob es zwanzig oder dreißig dieser U-Abwehrraketen waren. Eine solche Anzahl zielsuchender Torpedos musste jedes U-Boot zur Strecke bringen, selbst wenn einer alleine nicht ausreichte, um es zu versenken. Die raketengestützte Version der guten alten amerikanischen Schrotflinte. Jasselewitsch hatte also allen Grund, den Zerstörer der Arleigh-Burke-Klasse zu fürchten.

16. Tag, 16 : 30 Ortszeit, 15 : 30 Zulu –
Oslo, Bergstad Privat Etterforskning

Chen-Liu betrachtete die Szene am Schreibtisch etwas genervt. Offensichtlich verstanden Dr. Hurst und Frode Bergstad einander mehr als gut. Beide waren in

* VLS: Vertical Launching System. Kann im Gegensatz zu den alten Raketenstartern mit verschiedenen Waffen geladen werden, unter anderem der RUM-139-VLS-ASROC, einer U-Boot-Abwehrrakete mit einem Mk.46-Torpedo im Gefechtskopf.

die Welt der Details, winzigster Einzelheiten und deren mögliche Interpretation versunken. Bilder, die in ihrer grausigen Deutlichkeit nichts zu wünschen übrig ließen, der resignierte Blick des Opfers, die Lage eines jeden Gegenstandes, alles gingen die beiden akribisch durch. Frode Bergstad durchlebte noch einmal jenen Tag in Oslo, als die Leiche der Bildhauerin aufgefunden worden war, die den Anfang vom Ende seiner Polizeikarriere bedeutete.

In Chen-Lius Handtasche erklangen die ersten Takte eines alten Bruce-Springsteen-Songs. Was nur bedeuten konnte, dass Jack auf ihrem Handy anrief. Sie fischte das Gerät aus den Tiefen ihrer Tasche, drückte den Knopf und hielt es ans Ohr. »Hallo, Jack!«

»Hallo, Liu, wie sieht es aus bei euch?«

Die Chinesin warf einen Blick zu dem ehemaligen Inspektor der Osloer Mordkommission und der FBI-Profilerin hinüber, die gerade wieder eines der Tatortfotos unter die Lupe nahmen, während eine von Bergstads Zigaretten unbeachtet im Aschenbecher vor sich hin glomm. »Ich weiß es nicht, in der Zwischenzeit sollten die beiden etwa dreimal mit dem Material durch sein, aber ein Ende scheint nicht abzusehen.«

»Okay! Ich fürchte, du musst es trotzdem abbrechen. Unser Boss ist hier überraschend aufgekreuzt und will dringend Dr. Hurst sprechen. So wie es den Anschein hat, weiß er inzwischen, wer unser Mann ist, aber er will sichergehen.«

»Und dann?«

»Ich weiß es nicht genau, mir ist nur gesagt worden, dass wir zur *Grant* fliegen. Er hat irgendwas mit der Navy organisiert.«

»Also gut, ich eise die Frau Doktor hier los und komme zur Botschaft.«

»Beeil dich, unser Flieger geht in anderthalb Stunden.« Jack Small beendete das Gespräch ohne weiteren Kommentar. Chen-Liu lächelte traurig. Wenn es um Dienstliches ging, dann war Jack immer nur knapp und präzise und vergaß dabei die drei einfachen Worte, die doch so wichtig waren. Aber sie musste ihn eben nehmen, wie er war, oder ohne ihn auskommen. So hatte sie denn schon vor längerer Zeit beschlossen, trotz alldem auch privat mit ihm durchs Leben zu gehen.

Sie steckte das Handy wieder ein und erhob sich. »Dr. Hurst, es tut mir leid zu unterbrechen, aber ich habe gerade einen Anruf bekommen. Wir werden umgehend in der amerikanischen Botschaft erwartet.«

»Ich verstehe«, sagte Jacqueline Hurst reflexartig, aber an ihrem Blick war abzulesen, dass das nicht stimmte.

Frode Bergstad sagte überhaupt nichts. Stattdessen griff er in eine seiner Schreibtischschubladen und zog eine Pistole samt Holster hervor, das er sich anlegte. Danach drückte er den Knopf der Wechselsprechanlage. »Annegret, ich fahre mit unseren Besuchern zur amerikanischen Botschaft. Es kann aber sein, dass wir weiterreisen müssen und ich ein paar Tage weg bin.«

»Wie, bitte, soll ich das verstehen?«, fragte die Chinesin.

Der ehemalige Polizist und nunmehrige Privatdetektiv bewegte die Schultern, um das Holster etwas bequemer zurechtzurücken. »Es ist so weit, Sie wissen, wer er ist, sonst müssten Sie unsere kleine Unterhaltung nicht so abrupt unterbrechen. Und Teil meines Deals mit Ihrer Firma ist nun mal, dass ich beim Showdown dabei bin.«

16. Tag, 14 : 30 Ortszeit, 15 : 30 Zulu –
Hawk One-O-Six, Danmarkshavn

Jim Kellermann hatte es bis Danmarkshavn geschafft, aber von dort weg wollte er mit den eingesammelten Wetterfröschen natürlich auch wieder. Nur, nachdem der Sturm nachgelassen hatte, der die Station zerstört hatte, war dicker Nebel aufgekommen und hatte sich wie ein bleicher Schleier über die zerstörten Reste der Wetterstation gelegt. Eine dumme Situation. Da unbekannt war, bis in welche Höhe die Nebelbänke reichten, konnte es sein, dass sie irgendwo in tief hängenden Wolken steckten, wenn sie beim Rückflug in der Luft auftanken mussten. Es war zwar möglich, mit viel fliegerischem Können den Tankrüssel selbst bei böigen Winden einzuführen, aber nur dann, wenn man das verdammte Ding wenigstens sehen konnte.

Aus dem Nebel kam eine Gestalt auf ihn zu, sein Kopilot. »Und wie sieht es aus?«, fragte er ihn.

»Ich bin zu unserem Tanker durchgekommen. Die Jungs befinden sich auf dem Flugplatz von Ittoqqortoormiit und machen es sich dort gemütlich.«

»Nett! Nur von dem Dingsbums hab noch nie was gehört.«

»Doch, das hast du. Wenn ich dir den Namen Constable Point nenne, macht es vielleicht klick.«

»Das sind vierhundert Meilen von hier, ganz schön happig. Was wir in den Tanks haben, reicht dafür nicht aus.«

»Joe hat deswegen ja auch mit dem Meteorologen auf dem Flughafen gesprochen. Der schlägt vor, bis morgen abzuwarten, zumal wir ja auch keine akuten Notfälle abzutransportieren hätten.«

»Was soll's«, sagte Jim Kellermann und kickte wütend einen Schneeklumpen weg. »Dann frieren wir uns eben alle über Nacht den Arsch ab, und morgen kommt uns Joe entgegen, wir tanken voll und fliegen heim.«

16. Tag, 17 : 45 Ortszeit, 18 : 45 Zulu –
USS *Ulysses S. Grant*, Carrier Strike Group »Grant«

»Signal von *Shenandoah*, melden uns zum Verband zurück!«

»Bestätigen Sie«, wies Rear Admiral Jack Thornby seinen Flaggleutnant an. »Geben Sie rüber: ›Schön, Sie wieder bei uns zu haben.‹« Er hatte die ganze Nacht über kein Auge zugetan, aber das hatten die wenigsten, denn noch immer fuhr das Schiff unter Gefechtsmarschverschlusszustand, zwar nicht der höchsten Verschlussstufe, aber immerhin der zweithöchsten. Vielleicht ein Risiko, aber die wenigen noch geöffneten Schotten konnten in Sekunden geschlossen werden. Bis dahin boten sie noch einen Fluchtweg, sollten sie sich einen Unterwassertreffer einfangen.

Thornby sah aus den großen Brückenfenstern. Der Sturm hatte erkennbar nachgelassen, und nur noch eine hohe schwere Dünung lief von Nordosten heran. Er wandte sich zu seinem Adjutanten um. »Was sagt AirOps, wann die Hubschrauber zurück sind?«

»Das kann noch dauern, Sir. Das Kreuzfahrtschiff hat immerhin siebenhundert Passagiere und dreihundertfünfzig Mann Besatzung. Unsere Jungs evakuieren alle Passagiere und einen Teil der Besatzung. Ein Schlepper ist zwar inzwischen von Drontheim ausgelaufen, wird aber erst während der Nacht vor Ort eintreffen. Bis dahin versucht ein russischer Containerfrachter, den Kreuzfahrer in Schlepp zu nehmen.«

Der Admiral machte eine schnelle Überschlagskalkulation. Zirka neunhundert Personen, etwa dreißig pro Hubschrauberflug, machte dreißig Touren, aufgeteilt auf vier Helikopter. Wenigstens konnten die Evakuierten auf einem der norwegischen Postschiffe abgesetzt werden, das ungefähr hundert Meilen entfernt stand. Hundert hin, hundert zurück, das machte eineinhalb Stunden Flugzeit. »AirOps wird dann eben noch eine Milchkuh auf den Weg bringen müssen.«

»Das ist dann unsere letzte. Maverick Three-One-Niner steckt immer noch in diesem Ittoundsoweiter und dem Nebel fest und muss sich zuerst einmal um Kellermann kümmern. Die sehen wir vor morgen nicht wieder. Three-One-Six und Three-One-Seven sind schon unterwegs beziehungsweise wieder auf dem Rückweg, um nachzutanken. Bleibt uns die Nummer Eight.«

»AirOps soll die voll mit Sprit bis zum Stehkragen rausschicken.« Der Admiral starrte hinaus auf die See. »Der Wetterbericht hat Nebel vorausgesagt, und so, wie es aussieht, beginnt der hier bei uns auch schon aufzuziehen. AirOps soll sich daher auch darauf vorbereiten, dass die Hubschrauber und die Tanker nach Norwegen ausweichen müssen.«

»Ich kümmere mich darum.« Der Flaggleutnant wollte gehen, wandte sich dann aber noch einmal um. »*John P. Ashton* hat eine Meldung reingeschickt. Sie haben mehrere Verletzte an Bord, eigene Leute und Norweger von der *Eidsvold*, aber die Lage ist unter Kontrolle.«

»Na, wenigstens etwas. Er soll melden, ob er aus eigener Kraft nach Oslo kommt.«

»Das mit der *John P.* ist natürlich Pech, denn einen zweiten Zerstörer könnten wir hier gut gebrauchen.«

»Ich habe SNMG1 um weitere Einheiten gebeten, da wir hier noch mit Katastrophenhilfe beschäftigt sind, und man hat mir zugesagt, Unterstützung zu schicken.«

Einer der Telefonposten winkte ihnen zu. »Sie entschuldigen mich, Sir?«, sagte der Flaggleutnant und eilte ans Telefon. Jack Thornby ließ sich in einen Sitz hinter einem der sekundären Radardisplays fallen und blickte wieder hinaus. Täuschte er sich, oder waren die Nebelschlieren bereits dichter geworden?

»Von AirOps, der Greyhound* ist unterwegs zu uns mit Passagieren. AirOps weiß es nicht genau, tippt aber auf CIA-Leute.«

»Die haben mir gerade noch gefehlt. Hoffentlich haben die wenigstens ein paar Informationen über dieses Geister-U-Boot im Gepäck, das aus unerfindlichen Gründen auf uns losgehen will.«

Eine halbe Stunde später landete die C-2 Greyhound, »der Bus«, problemlos auf dem Deck des Trägers. Kurz darauf wurden alle noch in der Luft befindlichen Hubschrauber und Tankflugzeuge angewiesen, zum norwegischen Festland hin auszuweichen. Wie dicke weiße Watte umhüllte der Nebel den Träger, und die Sichtweite betrug keine fünfzig Meter mehr. Allerdings konnte die *Grant* immer noch nicht nach Süden ausweichen, von wo Schiffe der SNMG1, der ehemaligen Stanavforlant**, ihr entgegenliefen. Eine Maschine würde

* Greyhound: hier eine Grumman C-2-Transportmaschine. Da aber auch die überregionalen Reisebusse in den USA Greyhounds heißen und die C-2 üblicherweise für den Pendelverkehr zwischen Trägerverbänden und dem Festland eingesetzt werden, wird die C-2 auch Greyhound genannt.

** Stanavforlant: Standing Naval Force Atlantic, Vorgängerin von SNMG1, permanenter multinationaler Flottenverband in Frie-

es wegen Spritmangels jedoch nicht mehr bis Norwegen schaffen und musste daher notgedrungen zum Träger zurückkehren, denn eine andere Möglichkeit gab es nicht.

16. Tag, 18 : 00 Ortszeit, 19 : 00 Zulu –
Russisches Angriffs-U-Boot *Kugar*, Operationsgebiet
der Carrier Strike Group »Grant«

»Tiefe, Kommandant?«, fragte Oberleutnant Sulkin.

»Gehen Sie auf hundertzwanzig Meter, das sollte für den Augenblick reichen.« Jasselewitsch sah sich um. Die Männer um ihn herum wussten, dass es wohl bald ernst werden würde. Schließlich hatten sie selber mitbekommen, dass der amerikanische Kreuzer die *Ak Bars* ohne Vorwarnung angegriffen hatte. Die früheren Worte des Kommandanten hatten sie noch im Ohr, alles war genauso gekommen, wie er es vorhergesagt hatte.

Soweit es die Besatzung betraf, befanden sie sich im Krieg. Zumindest musste sie diesen Eindruck haben. »Es ist an der Zeit, unsere Pflicht für unsere Heimat zu tun. Wir wissen, dass die Amerikaner eines unserer Boote angegriffen haben, und unsere letzten Befehle waren eindeutig. Was auch immer in den nächsten Stunden geschieht, ich möchte, dass jeder von Ihnen weiß, dass dieses Boot die beste Besatzung an Bord hat, die sich ein Kommandant nur wünschen kann. Sulkin, stiller Alarm, alle Mann auf Gefechtsstation!« Er sah sich zu Assmundson um. »Sehen Sie zu, dass Sie nicht

---

denszeiten, bestehend aus Zerstörern, Kreuzern und Fregatten der Marinen verschiedener NATO-Staaten, gegründet 1967.

im Weg rumstehen. Wir müssen Abstand gewinnen, bevor wir angreifen, oder das Riesending nimmt uns gnadenlos mit.«

»Sonar an Zentrale: Der Kreuzer macht kehrt!«

Jasselewitsch wandte den Kopf. »Nach dem kann man wirklich die Uhr stellen. Er läuft jetzt wieder voraus und sucht dort den Sektor ab.« In seinem Kopf erschienen Peilungen und Kurse wie ein mathematisches Diagramm. *Er kommt zu nahe!* »Steuerbord zehn, Umdrehungen für zwanzig Knoten! Sulkin, neuer Kurs wird zwo-eins-null!«

16. Tag, 18 : 00 Ortszeit, 19 : 00 Zulu –
Ulysses S. Grant, Carrier Strike Group »Grant«

»Was zum Teufel wollen Sie hier?« Der Admiral begrüßte Marsden und seine Begleiter ziemlich unfreundlich, denn das Letzte, was er jetzt gebrauchen konnte, waren irgendwelche CIA-Heinis, die meinten, ihm sagen zu müssen, was zu tun sei.

»Vielleicht können wir irgendwo miteinander sprechen, wo wir ungestörter sind, Admiral?«, sagte Marsden unbeeindruckt.

»Wir haben Alarm, und wenn ich mich nicht ganz täusche, waren es Ihre Leute, die uns vor einem drohenden U-Boot-Angriff gewarnt haben.«

»Wo befindet sich Captain DiAngelo?«

Der Admiral zeigte hinaus auf die endlose Weite des Atlantiks. »Irgendwo dort draußen.« Er deutete zur Brückennock. »Ich gebe Ihnen fünf Minuten!« Die Stimme des Admirals war mehr ein Grollen. Wütend ging er zum Schott und trat hinaus ins Freie. Nur Marsden folgte ihm.

Thornby musterte den etwas übergewichtigen Vice Director der CIA. »Wie ein Meisterspion sehen Sie nicht gerade aus.«

Marsden ließ sich durch diese Spöttelei nicht aus der Ruhe bringen. »Wäre ja auch schlimm, Admiral. Also, um Ihnen den Tag endgültig zu verderben, Sir, Folgendes: Nach unseren Ermittlungen befindet sich an Bord dieses Schiffes ein Serienkiller, der im Laufe der Jahre neunzehn Frauen umgebracht hat, von denen wir wissen.«

Jack Thornby starrte den CIA-Mann überrascht an. »Sie spinnen wohl!«

»Möglich, aber das ändert nichts an der Lage.«

»Sie wollen mir weismachen, Sie sind mit all Ihren CIA-Leuten hier angerauscht, um einen Mörder festzunehmen?«

»Lediglich drei von uns sind von der Firma, Dr. Hurst gehört zum FBI, und Mr Bergstad ist ein norwegischer Ermittler.«

»Ein norwegischer Ermittler?« Thornby sah ihn zweifelnd an. »Polizei, Geheimdienst, und was haben die Norweger damit zu tun? Wer ist dieser Killer überhaupt, den Sie hier zu finden hoffen?«

»Sehen Sie, das ist genau der Punkt, an dem die Geschichte etwas kompliziert wird.«

Thornbys Augen blitzten wütend. »Dann rücken Sie mal mit einer Kurzfassung raus, denn wir haben nicht viel Zeit. Und wenn diese Version mich nicht überzeugt, dann lass' ich Sie hier an Bord am ausgestreckten Arm verhungern, Mister!«

16. Tag, 18 : 00 Ortszeit, 19 : 00 Zulu –
USS *Baton Rouge*, Carrier Strike Group »Grant«

»Wir haben etwas, Sir!«, meldete der Sonaroffizier.

Bob starrte einen Augenblick irritiert den Lautsprecher an, der ihn so unsanft aus seinem Minutenschlaf gerissen hatte. Commander Martinez beugte sich bereits über die Konsole und griff zum Mikrofon. »Kommandant hier! Können Sie das etwas genauer beschreiben?«

»Einen Augenblick lang hörte sich das Geräusch an wie eine kavitierende Schraube, aber jetzt ist es wieder verschwunden.«

DiAngelo war mit einem Schlag hellwach. »Normalerweise tritt Kavitation auf, wenn eine Schraube plötzlich stoppt, und das auch nur bei alten Booten. Akulas haben wie wir kavitationsarme Schrauben. Wo war das Geräusch?«

»Etwa Rot null-drei-zwo, Sir. Zu kurz, um den Abstand zu schätzen.«

Martinez blickte auf. »Backbord voraus, ziemlich genau dort, wo der Träger steht. Aber eine kavitierende Schraube? Das klingt zunächst mal nicht nach diesem Jasselewitsch und einem Akula, da gebe ich Ihnen recht.«

»Sonar soll weitersuchen, wir verkürzen den Abstand. Es muss nicht unbedingt eine Kavitation gewesen sein, es kann auch etwas gewesen sein, das sich nur so anhört. Strömungsabriss bei Hartruderlage vielleicht.«

»Dann müsste das Boot aber gleichzeitig ziemlich an Fahrt zugelegt haben.«

DiAngelo nickte. »Und da der Wasserdruck nicht sehr hoch sein kann, müsste es flach stehen. Ich könnte mir vorstellen, dass Jasselewitsch durchaus die Frechheit besessen hat, sich *unter* dem Träger zu verstecken!«

Martinez starrte ihn an. »Das wäre mehr als ein halber Tag gewesen, und er hätte sich jede Minute ziemlich exakt unter der *Grant* aufhalten müssen, damit ihn keines der Geleitschiffe mit Aktivsonar erwischt.«

»Unmöglich ist das nicht, und je länger ich darüber nachdenke, desto mehr ergibt das einen Sinn. Commander: Klar Schiff zum Gefecht, lassen Sie die Rohre bewässern und die Klappen öffnen.«

»Er wird uns hören, Sir!«

»Das soll er auch! Wenn er sich unter der *Grant* aufgehalten hat, muss er zunächst etwas Abstand gewinnen, um seine Torpedos überhaupt abfeuern zu können. Sofern ihn niemand davon abhält – nämlich wir.«

22. Kapitel

16. Tag, 18 : 02 Ortszeit, 19 : 02 Zulu –
USS *Ulysses S. Grant,* Carrier Strike Group »Grant«

Jack Thornby wusste nicht genau, ob er lachen, weinen oder brüllen sollte. »Sie wollen Josh Miller? Ich kenne den Mann seit über dreißig Jahren, und nun kommen Sie so mir nichts, dir nichts daher und sagen mir, er sei ein Serienmörder?«

Roger Marsden wich dem Blick des Admirals nicht aus. »Dass Sie sich seit Ewigkeiten kennen, ist mir schon klar. Nur haben Sie ihm seine Frau ausgespannt, waren wahrscheinlich schon vor der Heirat deren Liebhaber. Sie sind einer der jüngsten Admiräle, den die US Navy jemals hatte, und es dürfte nur eine Frage der Zeit sein, bis Sie ganz oben sitzen. Er dagegen hat es mit Ach und Krach zum Captain gebracht, und seine Chancen, jemals die Leiter weiter emporzusteigen, sind gleich null. Und er weiß das. Die Geschichte damals mit Elisabeth hat ihn in jeder Hinsicht aus der Bahn geworfen, er war danach nicht mehr der junge ambitionierte Offizier, der er vorher war. Etwas war innerlich in ihm kaputtgegangen, und er suchte dies anderweitig zu kompensieren, wenn Sie so wollen.«

Der Admiral sah Marsden an, als habe ihn dieser geohrfeigt. »Ich habe ihm geholfen, sonst …«

»Ja, von Ihrer Hilfe abhängig zu sein, war dann ein weiterer Tiefschlag für sein Selbstwertgefühl.«

»Ich weiß nicht, was …« Thornby brach ab, als sein Flaggleutnant den Kopf durch das Schott steckte. »Was gibt es?«

»Signal von der *Shenandoah:* Kontakt in Rot null-vier-neun, greife an!«

»Geben Sie dem Kommandanten Bescheid! Volle Fahrt, er soll nach Steuerbord wegdrehen! Untere Decks räumen und Gefechtsverschlusszustand!« Von fern hörte der Admiral die Alarmsirene des Kreuzers, der bereits mit hoher Fahrt laufen musste, um in eine Abschussposition zu kommen. Dieses Mal gab es keinen Sturm, der den Wirkungsgrad der ASROCs zunichte gemacht hätte. Der Kreuzer, ein Schwesterschiff der *Missouri River* auf der anderen Seite des Geleits, war auf einen sicheren Kill aus. »Was auch immer Sie wollen, es wird warten müssen. Der Russe ist da, und er ist verdammt nahe.«

»Gefechtsverschlusszustand, Sir!« Der Erste steckte den Kopf durch das Schott der Kommandantenbrücke. »Der Admiral will, dass wir nach Steuerbord drehen und mit der Fahrt hochgehen.«

»Was ist los?«

»Die *Shenandoah* hat einen Kontakt an Steuerbord und greift an!«

Der Captain atmete tief durch. »Geben Sie Alarm. Untere Decks räumen.« Seine Stimme klang so ruhig und sachlich wie immer. »Wir gehen mit der Fahrt hoch, aber ich will hart Backbord!« Er schüttelte den Kopf. »Auf den Kreuzer zudrehen, das wäre ja noch schöner!«

»Aber der Admiral …«

Miller starrte seinen Ersten wütend an. »Der Admiral kommandiert den Verband, aber dieses Schiff untersteht meinem Kommando. Also halten Sie sich an die Befehlskette! Hart Backbord, dreißig Knoten. Ich gehe in die Opz!«

16. Tag, 18 : 02 Ortszeit, 19 : 02 Zulu –
Russisches Angriffs-U-Boot *Kugar*, Operationsgebiet
der Carrier Strike Group »Grant«

»Neuer Kontakt, Kommandant, Boot der Los-Angeles-Klasse, null-sieben-null Grad, Tiefe dreihundert Meter, Abstand etwa sechs Meilen. Geht mit der Fahrt hoch!«

Jasselewitsch konnte im Lautsprecher hören, dass der Sonaroffizier umschaltete. Sie hatten jetzt drei Kontakte, aber das Computersystem konnte automatisch lediglich zwei verfolgen. Einer der wenigen Punkte, in denen sein Akula unterlegen war, aber eine gute Sonarcrew konnte das teilweise ausgleichen.

»Er öffnet die Torpedoklappen!«

Assmundson beugte sich vor. »Tun Sie etwas, Jasselewitsch!« In seiner Stimme schwang Panik mit.

Der Kommandant lächelte grimmig. »Hart Steuerbord! Mal sehen, wie ihm das gefällt. Maschine AK voraus!«

»Kreuzer geht auf Aktivsonar!« Die Warnung des Sonaroffiziers war im Grunde genommen überflüssig, denn fast gleichzeitig traf ein erstes scharfes Ping ihre Stahlhülle.

Jasselewitsch sah kurz auf die Anzeigen auf seiner Konsole. Das Ruder der *Kugar* stand immer noch hart Steuerbord, Kurs zwo-sieben-null ging durch. »Weiter nach Steuerbord, Sonar melden, wenn das Los-Angeles uns passiert! Was macht der Träger?«

In der Zentrale strapazierte das ständige Ping die

Nerven der Männer, da es immer drängender zu werden schien, je näher der Kreuzer kam. In die dumpfen Mahlgeräusche der riesigen Schrauben des Trägers mischte sich ein neuer Ton, ein helleres Singen. Die Schrauben des Kreuzers! »Sämtliche Torpedorohre bewässern und Klappen öffnen!«

»Alle?«, fragte Oberleutnant Sulkin überrascht.

»Alle!« Jasselewitsch lehnte sich entspannt zurück. »Völlig unnötig, den Amerikanern auf die Nase zu binden, was wir als Nächstes tun. Logisch ist, dass wir einen Angriff auf den Träger fahren.«

»Also werden wir das nicht tun?«

Der Kommandant betrachtete seinen Ersten, und in seinem Gesicht zeichnete sich nichts als leichte Enttäuschung ab. »Sulkin, Sulkin! Die Amerikaner wissen, dass dies an sich logisch wäre, und genau deshalb werden sie annehmen, dass wir dies eben nicht tun. Das U-Boot wird nach Backbord drehen, der Kreuzer wird hinter uns vorbeistoßen, um in eine Angriffsposition zu gelangen, ohne sich selbst zu gefährden.« Er lächelte beinahe gelangweilt. »Damit ist ihr wertvoller Träger sicher, und alles, was wir tun können, wäre den Kreuzer zu versenken. Schmerzhaft, aber nicht entscheidend.« Er grinste. »Also los, Männer, wir holen uns den Träger.« Er warf einen kurzen Blick auf die Kursanzeige. Beinahe Nord. »Backbord zehn, wir müssen etwas ausholen!«

16. Tag, 18 : 05 Ortszeit, 19 : 05 Zulu –
USS *Baton Rouge*, Carrier Strike Group »Grant«

»Hart Backbord, bringen Sie uns zwischen ihn und die *Grant*! Was macht die *Shenandoah*?«

Martinez, der noch immer das Mikrofon hielt, fragte

kurz nach. »Der Kreuzer hat den Angriff abgebrochen und zieht achteraus von uns vorbei.«

»Das hab' ich mir fast so gedacht!« Bob runzelte die Stirn. »Er hatte uns beide im Visier, die *Kugar* wie auch uns, hätte uns damit ebenfalls erledigen müssen. Martinez, irgendwelche Ideen, was Jasselewitsch als Nächstes tut?«

»Er wird seine Waffen scharf machen und dann den Kreuzer zu den Fischen schicken.«

»Warum knöpft er sich nicht den Träger vor?« Die Stimme des Captains klang plötzlich scharf.

»Zu naheliegend, zu vorhersehbar.«

»Und da er davon ausgeht, dass wir deshalb annehmen, er würde es sein lassen, wird er genau dies tun. Er wird nach Backbord auf den Kreuzer drehen und dann zurück nach Steuerbord.« DiAngelo wusste, dass er in diesem Moment sich und seine ganze Besatzung festlegte. »Runter auf zwanzig Knoten. Wir warten, was er unternimmt, zumal er mehr Rohre hat als wir.«

»Er muss sich beeilen. Der Träger macht sich mit voller Fahrt auf und davon. Nach Norden.«

»Nach Norden? Das ist nicht gerade das Manöver, das ich gewählt hätte.«

16.Tag, 18 : 10 Ortszeit, 19 : 10 Zulu –
USS *Ulysses S. Grant*, Carrier Strike Group »Grant«

Noch während das Schiff nach Backbord drehte und der Admiral fluchend zum Telefonhörer griff, sauste Marsden, gefolgt von Small, mit langen Sprüngen den Niedergang hinunter. Zum Glück war es im Brückenaufbau nicht ganz so leicht wie unter Deck, den Weg zu verfehlen und ganz woanders herauszukommen, als man vorhatte. Trotzdem verloren sie wertvolle Minuten.

Marsden stürmte in die Brücke und zog seine Waffe. »Captain Miller, ich verhafte Sie wegen mehrfachen Mordes. Den Rest der Formel reiche ich dann noch nach.«

Captain Miller wandte sich um und sah ihn mit leichtem Amüsement an. »CIA, nehme ich an?« Er lächelte, während der Rest der Brückencrew entgeistert auf den schnaufenden Agenten glotzte wie auf einen Marsmenschen. »Wir sind im Gefecht, jeder Augenblick, den wir zu lange auf einem Kurs bleiben, gibt dem Gegner eine Chance.« Die Stimme des Captains klang völlig ruhig. »Backbord fünfzehn!«

»Was soll das, wollen Sie mich verarschen?«, fauchte Marsden ihn an.

Miller grinste gehässig. »Ich mache nur meinen Job, Sir!«

Small schnappte sich einfach den nächstbesten Offizier mit den meisten Streifen. »Sie übernehmen, Captain Miller ist unter Arrest!« Er ließ den verdutzten Mann einen kurzen Blick auf seinen Ausweis werfen.

Aber es war bereits zu spät. Langsam und mit der Behäbigkeit eines Kolosses drehte die *Grant* nach Backbord, der Wendekreis so eines Hunderttausend-Tonnen-Schiffes betrug immerhin mehrere Seemeilen. Träger waren nun einmal nicht für rasante Manöver geeignet. Aber es reichte auch so. Millers letzter Befehl ließ das Schiff langsam, aber sicher in eine Schussposition für das russische U-Boot laufen.

Auf der Backbordseite stoben plötzlich glühende Strahlen gen Himmel, und ein dumpfes Krachen erfüllte die Luft. Die *Shenandoah* feuerte ihre ASROCs ab. Ein verzweifeltes Unterfangen, denn sowohl der Träger als auch die *Baton Rouge* waren immer noch zu nahe am Ziel. Mit grellen Flammenschweifen zogen die Raketen in die Höhe. Augenblicke später öffneten sich die Fallschirme, und die Torpedos näherten sich der Wasseroberfläche. Dumpfe Abschüsse zeigten an, dass der Kreuzer weitere Leichttorpedos aus seinen Rohren abfeuerte.

16. Tag, 18 : 10 Ortszeit, 19 : 10 Zulu –
Russisches Angriffs-U-Boot *Kugar*, Operationsgebiet
der Carrier Strike Group »Grant«

»Der Kreuzer feuert! Torpedos in Grün null-sechsnull, gehen auf Tiefe.«

Jasselewitsch wusste, dass die amerikanischen Mk.46-Leichttorpedos bis zu fünfundvierzig Knoten laufen konnten und ihre maximale Tiefe bei etwa fünfhundert Metern lag. Noch während die ersten Torpedos Fahrt aufnahmen, traf er seine Entscheidung. »Hart Steuerbord, AK voraus!« Er wartete einen winzigen Augenblick. »Rohr eins los!« Einundzwanzig … zweiundzwanzig … ein leichter Ruck ging durch das Boot, als der Torpedo das Rohr verließ. »Sulkin, vordere Zellen anblasen, Abwehrmaßnahmen und runter! Achthundert Meter!«

Der Erste reagierte sofort. Steil senkte sich der Bug nach unten in eine Spirale nach Steuerbord. Die große Schraube mit den Sichelblättern raste auf höchsten Umdrehungen. Im Winkel von beinahe sechzig Grad schoss das Boot in die Tiefe. Antriebsleistung und Sinkgeschwindigkeit addierten sich zu beinahe vierzig Knoten. Die Torpedos hefteten sich wie eine Hundemeute an die Fersen des flüchtenden Bootes. Aber sie mussten erst in Fahrt kommen.

16. Tag, 18 : 13 Ortszeit, 19 : 13 Zulu –
USS *Baton Rouge*, Carrier Strike Group »Grant«

»Torpedo im Wasser!« Die Stimme des Sonaroffiziers überschlug sich fast. »Etwa siebenhundert Yard in Rot null-drei-zwo, Tiefe vierhundert Fuß!«

Vierhundert Fuß, das war genau ihre eigene Tiefe. Aber DiAngelo hatte keine andere Wahl. »Hart Steuerbord, AK!« Er sah in das erschrockene Gesicht des Kommandanten. »Drehen Sie in die Laufbahn, ... um Gottes Willen, drehen Sie in seinen Kurs!«

Sie alle hörten das Mahlen der vier gigantischen Schrauben, und es war nicht schwer, sich die gewaltige Masse des Trägers vorzustellen. Eine halbe Million Tonnen Stahl und sechstausend Mann Besatzung, mit dreißig Knoten auf dem Weg zu einem tödlichen Rendezvous mit einem Torpedo, und alles, was dazwischenstand, war nur ihre gute alte *Baton Rouge*.

Das Boot drehte nach Steuerbord, die rasende Schraube dem Sonar des Torpedos zugewandt.

»Torpedo peilt uns ein!«

Das Ping des Zielsuchsystems hallte durch die Stahlröhre. »Folgt er?«

Ein paar Sekunden herrschte Schweigen, bis die Bestätigung des Sonaroffiziers kam. »Torpedo dreht auf uns ein!« Martinez starrte ihn an. Sie hatten den Torpedo von seinem ursprünglichen Ziel, dem Träger, abgelenkt. Aber nun folgte die tödliche Waffe ihnen.

»Hart Backbord, runter mit uns! Volle Fahrt!« DiAngelos Stimme klang kalt wie Eis.

Die *Baton Rouge* folgte mit ihrem Manöver dem der *Kugar*, nur drehte sie gegenläufig und ein Stück entfernt. Der Torpedo hatte Mühe, der engen Drehung zu folgen. Aber er schaffte es.

Auf achthundert Fuß, nahe der Maximaltiefe, die ein Los-Angeles-Boot erreichen konnte, ohne Schaden zu nehmen, traf der Torpedo die Stahlhülle des Bootes … und explodierte nicht. Mit einem leichten Knackgeräusch schlug er vermutlich nichts als eine leichte Delle in die äußere Hülle.

Der Kommandant starrte DiAngelo mit offenem Mund an. »Was war das? Ein Blindgänger?«

»Nicht ganz.« Der Captain lehnte sich zurück und lächelte. »Viele russische Torpedos haben wie auch die unseren ein Sicherheitssystem, das verhindert, dass sie zu nahe beim eigenen Boot explodieren oder als Kreisläufer zurückkommen und es beschädigen.«

»Wir haben beinahe drei volle Umdrehungen bis hier runter gemacht, und die Sicherheitsschaltung des Torpedos hat reagiert und ihn entschärft?«

Bob nickte. »Genau so hatte ich es mir gedacht.« Er runzelte die Stirn. »Der nächste wird nicht mehr so einfach sein.« Sie sahen einander an. *Weil der nächste ein verdammter Raketentorpedo mit Nuklearkopf sein wird!*

Unter ihnen zerriss eine ganze Serie von Explosionen die plötzliche Stille. Druckwellen trafen das Boot und ließen es schwanken.

16. Tag, 18 : 15 Ortszeit, 19 : 15 Zulu –
USS *Ulysses S. Grant*, Carrier Strike Group »Grant«

Da niemand ans Telefon ging, war Admiral Thornby nichts anderes übrig geblieben, als selbst zur Kommandantenbrücke zu marschieren. »Was zum Teufel ist hier los?«, brüllte er. »Ich hatte Steuerbord befohlen!«

»Der Kommandant aber hat …«

Thornby fuhr herum. »Josh?«

Miller begann zu lachen. Zuerst war es ein ganz leises Lachen, aber es wurde lauter, lauter, immer lauter. Er lachte, bis ihm die Tränen über die Wangen liefen. Und die ganze Zeit sah er dabei Jack an, seinen alten Freund Jack. *Hatte der Narr denn immer noch nichts begriffen?*

In Anbetracht dieses Schauspiels senkte Marsden unwillkürlich den Lauf seiner Waffe.

»Hart Steuerbord! IO, Sie übernehmen.« Thornbys Stimme wurde kalt und unpersönlich. »Captain Miller, ich stelle Sie bis auf Weiteres unter Arrest.«

»Neiiin!« Es war ein langgezogener Schrei. Mit einem blitzschnellen Satz war der Captain bei Marsden, der von dem Angriff völlig überrascht wurde und zu Boden ging. Seine Pistole fiel auf das Deck, und Miller hechtete hinterher.

Small wirbelte herum, aber zwischen ihm und dem Kommandanten stand einer der Wachgänger. Der Agent stieß ihn unsanft zur Seite und hob die Waffe. Miller, auf dem Deck liegend, rollte sich auf den Rücken. Die Schüsse fielen beinahe gleichzeitig, Miller zog noch ein zweites Mal den Abzug durch, bevor ihn die Kraft endgültig verließ und der Arm mit der Pistole schlaff auf das Deck sackte.

Rear Admiral Jack Thornby starrte auf seinen toten Flaggkapitän, als habe er ihn noch nie gesehen. Auf seinem eigenen Uniformhemd breitete sich Blut aus und tropfte auf die Grätings. Endlose Sekunden vergingen, bevor er die Augen verdrehte und tot umkippte. Agent Small steckte seine Pistole weg.

Marsden rappelte sich auf und schüttelte sich wie ein Hund. Sein Blick fiel auf Bergstad und die beiden Frauen, die auf die Brücke kamen. »So war das Ganze nicht gewollt.« Er räusperte sich. »Herrschaften, damit das klar ist: Zwei Offiziere an Bord der USS *Grant* sind soeben bei einem tragischen Unfall ums Leben gekommen. Und sollte ich jemals eine andere Version hören, dann sorge ich dafür, dass das geflügelte Wort ›Häuten bei lebendigem Leib‹ für Sie eine ganz spezielle Bedeutung bekommt.« Seine Augen fixierten Bergstad, den einzigen Zeugen, auf den er keinen Druck ausüben konnte.

Als sei Miller ihm wieder entkommen, nickte der Norweger mit einem seltsam enttäuschten Gesichtsausdruck. »Lassen wir es dabei bewenden.«

»Dann wollen wir das auch so tun!«, sagte Marsden und wandte sich an den Ersten Offizier. »Und Sie bringen diesen Träger endlich von dem verdammten U-Boot weg!«

Der Erste blickte ein letztes Mal auf seine beiden toten Vorgesetzten, bevor er befahl: »Hart Steuerbord, AK voraus!«

16. Tag, 18 : 15 Ortszeit, 19 : 15 Zulu –
Russisches Angriffs-U-Boot *Kugar*, Operationsgebiet
der Carrier Strike Group »Grant«

Die *Kugar* schwankte hin und her, als sei sie betrunken, Stahl kreischte protestierend. Die befohlenen achthundert Meter lagen theoretisch schon über der erlaubten Maximaltiefe, aber es gab bei U-Booten immer so etwas wie eine stille Reserve, auch wenn niemand wusste, wie groß diese im Ernstfall tatsächlich war. Die Druckwellen der Explosionen warfen das Boot hin und her, die Hülle dröhnte wie eine Glocke, die mit Schmiedehämmern bearbeitet wird. Achtern raste die Schraube mit höchsten Umdrehungen, um den schweren Rumpf aus der Gefahrenzone zu bringen.

Boris Jasselewitsch krallte sich an seinem Sitz fest, die Männer in der Zentrale suchten krampfhaft Halt. Lampen fielen aus, Sicherungen knallten, aus einer Konsole schoss plötzlich ein Funkenregen in den Raum.

»Schweißnaht achtern macht Wasser!«

»Wellentunneldichtung macht Wasser!«

»Stromkreise A und C ausgefallen!«

»Lateralsonar unklar!«

Der Kommandant hob den Kopf. Über ihnen verebbten die letzten Detonationen. Männer hasteten durch das Halbdunkel, Schotten wurden geöffnet, um Schadensbesichtigungen vorzunehmen, aber alles in allem war das Boot offenbar noch leidlich intakt. Er griff nach dem Mikro. »Sonar, was haben Sie für uns?«

»Kreuzer dreht mit hoher Fahrt ab. Träger dreht nach Steuerbord, drei-zwo-fünf, Abstand etwa siebentausend Meter. Zerstörer dreht ein, etwa zwanzig Knoten, Lage hundertachtzig, achttausendfünfhundert Meter, schätze ich.«

Die nächste Meldung kam von Sulkin. »Bootskörper weitestgehend dicht, aber die Welle macht Wasser und auch das Angriffsperiskop. Boot auf achthundert Metern eingependelt.«

Eine Hand legte sich auf seine Tischplatte, und Assmundson rappelte sich auf. Mit schmerzverzerrtem Gesicht rieb er seinen Kopf, aber der Kommandant ignorierte ihn völlig. Er hatte andere Sorgen, denn ihre Zeit lief ab. Die Schäden waren im Prinzip nicht schwer, wenn man mit dem Boot behutsam nach Hause hinken konnte. Aber jetzt, mitten im Gefecht, bedeuteten sie, dass er vielleicht noch zehn Minuten hatte, bis die Welle anfangen würde heißzulaufen. Und das ständig weiter eindringende Wasser würde bald schon zu viel für die *Kugar* werden, um den notwendigen Auftrieb überhaupt noch zu schaffen. »Waffenkontrolle, ich brauche eine Feuerleitlösung für Rohr drei auf den Träger.«

»Feuerleitlösung, kommt sofort.«

Jasselewitsch wurde sich des plötzlichen Schweigens um ihn herum bewusst. In Rohr drei lag ein Raketentorpedo vom Typ VA-111 Schkval mit einem Zwei-Kilotonnen-Nuklearsprengkopf. Die siebentausend Meter bis zum Träger waren für die bis zu dreihundertfünfzig Kilometer pro Stunde schnelle Unterwasserrakete ein Klacks. Eine Waffe, gegen die es keine Abwehr gab. Sie war ihre letzte Chance zu siegen. Dafür mussten sie allerdings noch ungefähr sechshundert Meter höher kommen, bevor sie feuerten, denn sonst würde der Wasserdruck den Torpedo zusammenquetschen wie eine Bierdose, oder der Aal würde einfach zu tief laufen.

16. Tag, 18 : 17 Ortszeit, 19 : 17 Zulu –
USS *Baton Rouge*, Carrier Strike Group »Grant«

»Er steigt!« Commander Martinez raunte Bob die Meldung des Sonars zu. »Zwanzig Knoten, genau vor uns. Abstand geschätzt zweitausend Meter.«

Die *Baton Rouge* folgte der aufsteigenden *Kugar* weiter.

»Feuerleitlösung steht!«

»Dann los!« DiAngelo hob die Hand. »Rohr eins … Feuer, Rohr zwei, Feuer!« Die Hand fuhr nach unten.

Ein doppelter Ruck ging durch das Boot, als die beiden Torpedos sich auf die Reise machten. Zwei Rohre, das war alles, was die Los-Angeles-Klasse an nach vorne gerichteten Rohren zu bieten hatte. Die *Kugar* verfügte über vier Heckrohre, und drei ihrer Decksrohre zeigten ebenfalls nach achtern. Die ersten Pings der Suchköpfe hallten durch die Tiefe. Die Torpedos richteten sich auf die *Kugar* aus. DiAngelo begann zu zählen, einundzwanzig … zweiundzwanzig … Als er bei fünfundzwanzig angekommen war, befahl er: »Hart Backbord! Volle Kraft voraus!«

»*Kugar* feuert auf uns! Torpedo im Wasser! Zwei, drei … vier! Mein Gott, eine ganze Salve!«

Die *Baton Rouge* drehte hart nach Backbord weg.

Der Lautsprecher erwachte erneut zum Leben. »Sie dreht, nach Backbord! Nimmt Fahrt auf!«

Bob beobachtete die Kursanzeige. Null-sechs-null … null-fünf-null … »Bereithalten für hart Steuerbord … standby!« Die Sekunden verstrichen, und die Pings der russischen Suchköpfe wurden immer drängender. »Abwehrmaßnahmen, hart Steuerbord!«

Achtern wurden zwei Täuschkörper ausgestoßen und begannen Blasenwolken zu bilden. Die *Kugar* hingegen konnte keine mehr haben, da es ihr logischerweise verwehrt gewesen war, für Nachschub zu sorgen!

»Er schafft es, er kommt rum!« Der Sonaroffizier klang ungläubig.

Die Torpedos stießen durch die Blasenwolke und verloren wertvolle Augenblicke, als sie das Ziel erneut auffassen mussten. Das klassische Manöver wäre jetzt ein Notaufstieg gewesen. Aber Bob wartete, bis die Pings der zielsuchenden Torpedos sich noch mehr verstärkten. »Ruder hart Backbord!« Ein neues Geräusch traf den Rumpf, ein leises Wisch-Wisch-Wisch, das nicht besonders bedrohlich klang.

»Unsere Torpedos haben getroffen, aber sie sind beide nicht explodiert!« Verzweiflung sprach aus der Stimme des Sonaroffiziers, aber Bob ignorierte alles um sich herum und konzentrierte sich nur noch auf dieses Wisch-Wisch-Wisch, das von der Seite kam, von Steuerbord! »Zellen eins bis sechs fluten, vorne oben fünfzehn, hinten unten zehn!«

Schnellentlüfter knallten auf, und die *Baton Rouge* senkte ihre stumpfe Nase ruckartig in die Tiefe, während das Heck sich hob. »Hinten null! Hinten oben zehn! Zellen sieben bis zwölf anblasen!« Er musste seine Stimmbänder strapazieren, um sich verständlich zu machen.

Mist, das wird zu knapp! Mit lautem metallischem Schleifen streifte ihre Flosse den Kiel der *Kugar,* und die *Baton Rouge* schien einen weiteren Satz nach unten zu machen. Dann waren sie durch. Martinez sah DiAngelo ungläubig an. »Oh, mein Gott!« war alles, was er hervorbrachte.

»Runter, bringen Sie uns runter! Alles, was drinnen steckt!« Bob brüllte aus vollem Hals, um gegen das Crescendo des Aktivsonars der Torpedos anzukommen. Die Explosionen setzten ein, unheimlich nah! Die *Baton Rouge* wurde durchgeschüttelt wie eine Ratte im Maul eines Terriers. Männer segelten durch die engen Räume und zogen sich dabei teilweise böse Verletzungen zu, Schweißnähte rissen, die Welle der großen Schraube verzog sich, beinahe die gesamte Elektronik gab schlagartig den Geist auf.

Von achtern erklang das Reißen von Stahl, das Brechen von Schotten, aber es war nicht die *Baton Rouge,* die da für immer auf Tiefe ging.

Epilog

Ein paar Wochen später – Norfolk/Virginia

»Ich verstehe es bis heute immer noch nicht, Sir«, sagte Thomas Wilks. »Wieso haben die Torpedos die *Kugar* zerstört?«

»Das würde mich auch interessieren«, erklärte Roger Williams, der selbst U-Boot-Kommandant gewesen war.

Robert DiAngelo lächelte. »Die Antwort darauf ist gar nicht so schwer. Jasselewitsch hat drei Fehler gemacht. Er hat das Spiel gespielt wie ein Schachgroßmeister. Absolut logisch. So logisch, dass er immer wieder die nächstliegende Option zugunsten der unwahrscheinlichsten verwarf.« Bob war seine Bewunderung durchaus anzumerken. »Und er hatte ein unglaubliches Gespür für Details.«

»Aber welche Fehler hat er dann gemacht und wieso?«

»Seine letzte Drehung war entscheidend. Er konnte sie nur so eng durchführen, weil er nicht auf volle Fahrt gegangen ist. Das machte ihn langsamer, aber er konnte dafür so eng drehen, dass meine Torpedos den Kurs um mehr als hundertachtzig Grad wechselten.«

»Also wurden sie unscharf wegen der Sicherheitsschaltung. So weit, so klar«, meinte Williams. »Das Manöver klappt selten, weil man es ganz exakt vorausberechnen muss. Aber den Fehler sehe ich deshalb noch immer nicht.«

»Er hat nach Backbord gedreht, wie ich auch. Wenn er einen Augenblick länger die Nerven behalten hätte oder wenn er die einfachste Lösung gewählt und nach Steuerbord gedreht hätte, dann wäre die Sache anders ausgegangen. Aber er hat nach Backbord gedreht, und er war langsamer als wir.«

»Und was kam dann noch hinzu?«, wollte Wilks von seinem Vorgesetzten wissen.

Bob lächelte traurig. »Er hat versucht, zweimal den gleichen an sich genialen Trick anzuwenden. Er wollte in einer Schraube nach unten drehen, da die russischen Torpedos dazu tendieren, in der Richtung nach oben zu suchen, weil wir ja das als Notaufstiegsmanöver bevorzugen, nachdem wir die Täuschkörper raus haben. Keiner wusste das besser als Jasselewitsch. Nur konnte er selbst nicht nach unten, denn da waren wir. Der Vorteil der höheren Fahrt.«

»Ich habe mir die Flosse der *Baton Rouge* angesehen, ihr müsst verdammt dicht unter ihm gewesen sein.«

»Eine hübsche Delle, ich weiß.« Bob begann zu grinsen. »Ich glaube, ich komme langsam wirklich in den Ruf, Spezialist für die Demolierung von U-Booten zu sein.«

»Aber bisher hat die Navy dir immer verziehen.«

Angela streckte den Kopf aus der Küche. »Dinner ist fertig, und es wäre schön, wenn ihr eure Fachsimpeleien mal unterbrechen könntet. Bob, würdest du bitte den Wein öffnen?«

Die Herrenrunde übersiedelte ins Esszimmer, wo bereits der Tisch gedeckt war. Roger Marsden, der die Erörterung der Details der U-Boot-Manöver eher gelangweilt hatte über sich ergehen lassen, studierte nun mit weitaus größerem Interesse das Etikett der Weinflasche, um danach etwas völlig Unpassendes zu sagen: »Ich brauche Sie ja wohl nicht daran zu erinnern, dass die ganze Sache unter Geheimhaltung fällt?«

»Entspannen Sie sich zur Abwechslung mal, Marsden«, forderte Roger Williams seinen Vornamensvetter auf. »Es hat irgendwelche Spekulationen und Gerüchte gegeben, wie immer. Und dabei wird es bleiben, denn die, die wirklich wissen, was Sache ist, werden eisern schweigen.«

»Dann ist ja alles in trockenen Tüchern. Ich habe zwischenzeitlich nochmals mit unserem norwegischen Freund telefoniert. Für ihn ist die Geschichte im wahrsten Sinne des Wortes gestorben. Schuldige nachträglich zu benennen brächte niemandem etwas, denn keines der Opfer des Serienkillers würde dadurch wieder lebendig. Ich weiß, die Floskel klingt abgedroschen, aber ich habe keine bessere Formulierung in petto.«

Betretenes Schweigen senkte sich über die Runde. Aber Marsden hatte recht. Sollten Thornby und Miller als ehrenhafte Offiziere in Erinnerung bleiben. Die Polizeibehörden dieser Welt hatten sich schließlich beinahe zwanzig Jahre nicht wirklich um die Opfer gekümmert. Nachträglich zu gewinnen gab es nichts mehr. Trotzdem blieb ein bitterer Nachgeschmack zurück – speziell im Hinblick auf die Witwe Elisabeth Thornby.